JN213290

疎まれ第二王子、辺境伯と契約婚したら
可愛い継子ができました

CHARACTERS
グウェナエル
デルヴァンクール辺境伯。
黒い狼の獣人で、
領民たちに慕われている。
テオフィル
アンリと同じく、
精霊を見ることができる。
アンリ
王国の第二王子。
精霊が見えることで、
周囲から疎まれてきた。

コンスタン
アンリの異母兄。
第一王子だが、
アンリに嫌がらせを繰り返す。
エヴラール
辺境伯領の騎士団長で、
グウェナエルの右腕と
呼ばれる鹿の獣人。
ギン
行商人。
よくアンリのもとを
訪れるが……？
ブルレック
王国の大臣。
誰に対しても
厳しい態度を見せる。

目次

疎まれ第二王子、辺境伯と契約婚したら
可愛い継子ができました

第一章　逆さ月と精霊の呼び手

幼子《おさなご》は、頭上を見上げた。

眩《まぶ》しく光る太陽を見るためではない。もっと優しく、柔らかい光を見つめるためだ。

手を伸ばすと、光はふわりと避ける。赤子の頃から周囲を漂《ただよ》っていた光に触れてみたくて、幼子《おさなご》はおぼつかない足取りで駆け出した。

走りながら、光に向かって手を伸ばす。

からかうように、あるいは幼子《おさなご》をじゃれさせるように、指が届きそうになると光はひょいと避けてしまう。

光が遊んでくれている。それが無性に楽しくて嬉しくて、幼子《おさなご》は声を上げて笑った。

途端に、悲鳴が響く。

大勢の人間が幼子《おさなご》を取り巻き、問いただした。

その時、幼子《おさなご》は知った。あの光たちは自分にしか見えないもので、見えないものが見える自分は、大人にとって不気味な存在なのだと。

「はあ……」

アンリは溜息《ためいき》とともに起床した。

懐《なつ》かしい夢を見た。幼き日の陽光と絶望の残滓《ざんし》を追い払うために、頭を振る。

身体を起こして寝台から抜け出すと、部屋の隅に置かれた甕《かめ》から桶《おけ》へ水を移し替える。水で顔を洗い、鏡台を見つめた。

鏡には、顎《あご》の辺りまで伸びた猫っ毛の金髪に、淡いキトンブルーの瞳を持つ青年が映っている。

アンリは美しい見た目に似合わぬ鋭《するど》さでそれを睨《にら》みつけた。

天使のようだとも評される、幻想的な見目が嫌いだった。人間離れすればするほど、不気味がられるのだから。王太子である兄のように平凡な見た目であれば、どれほどよかったことか。

アンリは王国の第二王子だ。

だが、寝起きしている部屋はとても王子の身分に見合うものではない。部屋の広さも家具の質も、貴族が見れば、中級程度のものしか用意されていないとわかるだろう。王子が自ら甕《かめ》から桶《おけ》に水を張るのも、ありえない話だ。

アンリは王子にふさわしい扱《あつか》いを受けていない。

使用人にも無視されているので、自らの手で寝間着を脱ぎ、服を着る。すっかり慣れた手つきで胸元のクラヴァットを結んだところで、ふと気がついた。

「穴が……」

一部がほつれたのか、穴が空いていた。

普段は存在を無視するのに、瑕疵《かし》を見つけるなり指摘《してき》して詰《なじ》ってくるのがアンリの周囲の人間だ。仕方なく別のものに替えようとした、その時。

ふわり。

漂《ただよ》ってきた光が、アンリのクラヴァットを優しく撫《な》でた。触れた部分が光ったかと思うと、穴は綺麗に塞《ふさ》がっていた。

「ありがとう、貴婦人《レディ》」

アンリは光に向かって微笑む。光はお辞儀《カーテシー》をするかのように上下した。どういたしまして、と言われた気がした。

この光こそがアンリが冷遇される原因であり、またアンリを支え、助けてくれる存在でもあった。

彼らはアンリにしか見えない存在だ。他の者には見えない。

光は一つだけでなく無数に存在する。そして、それぞれに意志がある……とアンリは感じている。

この「漂《ただよ》う者たち」はどれも、光の塊《かたまり》にしか見えない。けれどもアンリにとっては、一つ一つが違った存在だ。クラヴァットを直してくれた光は貴婦人のように感じたので、そう呼びかけた。

光はいつでもアンリを見守って、助けてくれる。

アンリが起きたことに気づいたのか、光が続々と集まってきた。

ある光はカーテンと窓を開け、ある光はそよ風を起こして部屋から埃《ほこり》を払う。甕《かめ》の辺りに光が集まったかと思うと、不思議なことに水が増えている。どこからともなく美味《おい》しそうな匂いが漂《ただよ》ってきて見てみると、トーストと目玉焼きとスープを載せたトレイを光が運んできた。

「みんな、ありがとう」

アンリは席に着くと、光たちに感謝して食事を始めた。

見えないものが見えると言い、それらを目で追い、不思議な力を使うアンリは、城中の人間から不気味がられていた。

どんなに嫌がらせをしようと惨《みじ》めな見た目になることも、腹を空かせることもない。

それが神経を逆撫《さかな》でするらしく、周囲の嫌がらせはますます苛烈《かれつ》になっていった。

最初はこんなにひどくなかった。使用人たちは表向きアンリに仕え、ちょっと手抜きをする程度だった。

だが、今となってはこの城にアンリの居場所はない。

光たちが助けてくれるのはありがたいが、同時に彼らを見ることのない、普通の人間だったらどんなにいいかという考えが、ふと頭をよぎった。

アンリには、嫌がらせのように押しつけられた公務や雑事がある。気は進まないが、外に出て仕事をこなさなければならない。

周囲をついてくる光たちの存在に支えられながら、アンリは部屋を出た。

アンリの姿を見て、侍女などの使用人がさっそく陰口を囁《ささや》いた。それも、かろうじて聞こえる程度の際どい声量で。

「今日も不気味なくらい、お綺麗ですこと」

「お可哀想に。美しすぎるせいで、魔女だの男を誑《たぶら》かしているだのと噂になっていましてよ」

「あははは、殿下ともあろうお方が、そんな淫蕩《いんとう》なことをなさるはずがないでしょう」

彼ら彼女らは噂を否定する振りをしながら、アンリに噂を聞かせているのだ。

男を誑《たぶら》かすどころか、同性異性含めて誰かと交際をした経験すら、アンリにはない。いわれのない誹謗中傷《ひぼうちゅうしょう》だ。年頃になって、急にこういう類《たぐい》の噂が増えた。拭《ぬぐ》い難《がた》い嫌悪感が、身体にまとわりつく。

歯を食い縛《しば》っていると、両耳にふっと柔らかい感触があった。途端に使用人らの声だけが聞こえなくなる。

光が、耳を塞《ふさ》いでくれたのだ。

ありがとう、と心の中で礼を言った。

同時に、この光たちが見えなければよかったなんて、一瞬でも考えたことを恥じた。彼らはいつだって自分を助けてくれるのに、どうしてそんなことを考えたのか。

彼らはかけがえのない友だ。普通の人間だったら、なんてもう二度と考えたりしないと心の中で誓う。

そこかしこで似たような嫌がらせを受けながら、アンリはなんとか一日を終えた。

夜――人気がなくなる頃。やっと一息つける時間が訪れた。

光たちを連れ、アンリは城の中庭に出た。夜風が気持ちいい。

「三日月、か」

夜空を見上げ、アンリは呟いた。

三日月が、穏やかな光を投げかけている。

夜空の白い宝玉に向け、アンリはそっと手を伸ばした。その手を取ってくれる人がいるわけでもないのに。

脳裏に浮かぶのは、今から十年前のことだ。

ちょうどこの中庭で、市が開かれた日のことだった。


市の日は、王の許可を得た商人たちが貴族向けに露店《ろてん》を出すことができる。王の許可といっても、父である国王がいちいち目録に目を通すわけではなく、文官が確認するのだが。

城に住む貴族の子供にとって、年に数回の市は楽しみなものだった。商人たちはアンリのことを知らないので、少年だったアンリもまた楽しみにしていた。

財布を持って、露店《ろてん》の間をうろうろとさまよい歩いていた時のことだ。

「ちょいとそこの人、占いをやっていかんかえ？」

老婆が手招きをしていた。

紫色のビロードで覆《おお》われたテーブルの前に、素朴《そぼく》な木製の椅子が置かれている。

「占い？」

「この札《ふだ》が未来を少し教えてくれるのさ。面白いよ」

老婆は手の中で、何枚かの札《ふだ》を弄《もてあそ》んでいる。

アンリは素直に椅子に腰かけた。菓子や装飾品を見てまわるよりも、人と会話をするほうがいいと感じたのだ。

「どんなことを占いたい？」

慣れた手つきで札《ふだ》を交ぜながら、老婆はアンリに笑いかけた。神秘的な雰囲気は欠片《かけら》もないが、親しみやすい笑顔に好感を覚えた。

「私は……どうしたら救われるのか、だろうか」

どうしたら父に好かれるか、と尋《たず》ねるべきだったかもしれない。

兄と違って、アンリは父親から無視されている。母はアンリが赤子の時に死んだ。アンリを愛してくれる人は誰もいない。

一度でも抱きしめてもらえれば、満たされるのではないか。一度でも微笑みかけてもらえれば、報《むく》われるのではないか。そんな考えが常に頭の中にある。

この城のどこにも、自分の居場所はない。だから、父に好かれたかった。それ以外に、アンリは望むことを知らなかった。

けれども、咄嗟《とっさ》に出た言葉はなぜだか違った。

「どうしたら救われるのか、ね。みんなそれを探し求めているよ」

老婆は深く頷《うなず》くと、交ぜるのをやめ、札《ふだ》を一枚、裏向きに置いた。

「これがお前さんの未来さ」

アンリは我知らず唾《つば》を呑んだ。

「本当に見たいかい？」

札《ふだ》をめくれば、後悔するかもしれない。そう言われているようだった。

自分の決断が未来を決定づける気すらして、恐れを感じた。

そして。知りたい、という気持ちが勝った。もし未来に希望があるなら、心を切り裂く孤独も耐えていけると思ったから。

アンリはしっかり頷《うなず》いた。

「わかったよ」

老婆は、重々しい手つきで札《ふだ》をめくった。

現れたのは、逆さまの月だった。空が下にあって月が浮かんでいる。上にある地面では、狼が月に向かって吠えていた。

「逆さの月だね。脱却、回復、好転……。いつか、現状からお前さんを連れ出してくれる人が現れるよ。逆さ月の人がね」

「逆さ月の人……」

占い師の言葉が、頭の中に木霊《こだま》する。いつか、ここから連れ出してくれる人。

札《ふだ》に描かれた逆さまの三日月と、月に向かって吠える狼の姿が強く瞳に焼きついた。

ただの占いなのに、本当になってくれたらと願った。

父に愛されること以外にも、望みを抱いていいと知った瞬間だった。

あれ以来、逆さ月の人のことはずっと頭の片隅にあった。

こうして月を眺《なが》める時は特に、その人に出会えるのではないだろうかと期待するほどに。

見上げる月は、穏やかな光を投げかけている。占いなんて当たるわけがないと思いながらも、想いを馳《は》せずにはいられなかった。逆さ月の人が存在するなら、この月の光のように穏やかで優しい人だろうかと。

「おやぁ、薄汚い金髪がいるかと思えば」

心穏やかな物思いの時間に、ねっとりした声が侵入してきた。

「我が弟じゃないか」

「これは……兄上」

振り返るとそこに、ニヤニヤと嫌らしい笑みを浮かべる男がいた。アンリの兄にして王太子のコンスタンだ。

異母兄であるコンスタンは、髪質こそアンリとそっくりな猫っ毛だが、茶色の髪も茶色の瞳も、まるで似ていない。彼はアンリの憧れる、平凡そのものの見た目をしていた。

「いやぁ、相変わらず陰気くさいね。流行遅れのださい服なんて着てさ、目が腐りそうだよ。またぞろ不気味なものでも見ていたんじゃないだろうね？　はっ」

コンスタンはせせら笑った。

使用人の大半は無視したり陰口を叩いたりするくらいだが、彼はこうして積極的に嫌がらせをしに来る。とてもではないが、好ましい人物とは言い難《がた》かった。

「いえ、月を見ていただけで……」

「なに普通に受け応えしてるんだよ」

少し口を開いただけで、ぴしゃりと言葉が飛んできた。

アンリは唇を噛んで黙る。

「身分の差ってものがわかってないよね。相応の態度ってものがあるんじゃないの？」

「え……？」

「察しが悪いな、跪《ひざまず》けって言っているんだよ」

兄の言葉に、呆気《あっけ》に取られた。

同じ王族同士で跪《ひざまず》くなんて。いや、兄は自分を王族とすら思っていない。もっと格下の存在だと思っているのだ。

実際、アンリは王族として扱《あつか》われていない。

第二王子は王太子になにかあった時のため、王太子と一緒に王になるための教育を受けるのがこの国の習わしだ。だがアンリを差し置いて、年の離れた異母弟である第三王子ジェロームがその教育を受ける予定だと聞く。

王妃ではなく側室だったアンリの母は、早逝《そうせい》している。後ろ盾のないアンリは、兄と対等とは言い難《がた》い。

「……かしこまりました」

兄の機嫌《きげん》を損ねれば、ますます城での居場所はなくなる。

屈辱《くつじょく》に震えそうになりながら、アンリは地面に膝《ひざ》をついた。泣きたくなるような恥辱《ちじょく》だ。

だが、こんな男に涙など見せてなるものか。動揺《どうよう》した様を見せれば、魂が砕け散って二度と元に戻らなくなってしまう気がした。

アンリは心の中で鋼《はがね》の仮面を己の顔に被せ、キトンブルーの瞳でまっすぐに兄を見返した。鋭《するど》い視線で、兄の瞳を射貫《いぬ》く。

「ふん、可愛げのないやつ」

アンリの反応が面白くなかったのだろう、兄は鼻を鳴らした。

「まあいいさ。アンリ、実はちょうどお前に頼みたいことがあるんだった」

また厄介な頼み事を押しつけられるのだと悟った。兄のせいで、何度大変な目に遭い、苦労を重ねたことか。

「豊穣祭《ほうじょうさい》では、いつも父上が観劇をなさるだろう？　次の豊穣祭《ほうじょうさい》はもう半年後だ。だから、なんやかんやと決めなければならないことがあるのだけれど……」

豊穣祭《ほうじょうさい》は王国の一大イベントだ。

元は農民が収穫を祝う祭りで、秋になると国を挙げた盛大な祭りを執《と》り行う。王都ではさまざまな催し物が行われる。

国王は観劇が好きで、王室お抱えの劇団による豊穣祭《ほうじょうさい》での公演は毎年必ず観覧する。それだけに一定以上の質が要求されるのだ。そのために予算だなんだと、話し合わなければならないことが多い。

「担当文官が獣人なんだよ」

「獣人？」

王国には人間以外に、獣人という種族が存在する。獣人は獣の頭を持ち、首から下は毛皮で覆《おお》われているものの人間と同じ構造の身体を持つ種族だ。身体能力が人間よりも高く、代わりに持久力に欠ける。好戦的な性格で、野蛮《やばん》な種族だという噂を聞く。

王国の人口のうち八割が人間で、残り二割が獣人だ。

「獣臭《けものくさ》い獣人となんて顔を合わせていられないからね。ここは一つ、アンリが行ってくれないか」

「かしこまりました」

獣人を嫌う兄は、「獣臭《けものくさ》い」だなんて他人に聞かれたら問題になりそうな言葉をさらりと口にした。誰が聞いているかわからないというのに。

「その文官は忙しい人のようでね。城まで来る時間はないそうだ。アンリが、獣人の家へ行くんだ。いいね？」

普通は、王族が出向くなどありえない。間違いなく嫌がらせのために手配したのだろう。獣人の家に行かせることが、嫌がらせになると思っているのだ。

アンリ自身は、獣人への嫌悪感は持っていない。

「……かしこまりました」

それでこの場を凌《しの》げるならと、アンリは了承した。

「ははは、引き受けてくれて助かったよ！　それじゃあ、頼むよ」

コンスタンは踵《きびす》を返し中庭を去るのかと思いきや、跪《ひざまず》いたままのアンリを振り返る。

「ああ、そうそう。獣人は、人を食べてしまうことがあるんだってさ。せいぜい食われないといいな。はははは！」

哄笑《こうしょう》を響かせ、兄は今度こそ去っていった。

獣人が人を食うだなんて、ただの偏見《へんけん》だろう。本当にそんなことがあるわけがない。

そう思うのに、兄の去り際の一言は胸のうちに嫌なものを残していった。

「はあ……」

アンリは深く溜息《ためいき》を吐いて、立ち上がった。

脚衣《ブリーチズ》が土で汚れてしまった。手洗いするか、光たちにお願いするしかない。アンリは暗澹《あんたん》たる気持ちで通路を歩き、自室に戻ろうとした。

「おや」

通路を前からやってくる人物がいて、アンリの姿を見咎《みとが》めた。

「ブルレック大臣……」

アンリは男の名をこわごわと口にした。

ブルレックは、頬《ほお》がこけ眼孔《がんこう》の落ちくぼんだ中年の大臣だ。表立った行動はしていないが、着々と反国王派の派閥《はばつ》を広げているという。

国王の息子であるアンリにとって、まず間違いなく気安く会話ができる相手ではない。

「王太子殿下ですか」

アンリの膝《ひざ》の汚れに視線を落とし、ブルレックは短く問うた。

膝《ひざ》が土で汚れているのを見ただけでおおよそを察せるなんて、鋭《するど》い男だ。

兄のしたことを口に出すわけにはいかず、アンリは答えに迷った。

「ふっ」

ブルレックは突然、せせら笑った。

「王太子殿下は相変わらず劣等感と嫉妬心《しっとしん》を拗《こじ》らせていらっしゃる」

自分が笑われたのかと思ったが、ブルレックが口に出したのは兄のことだった。

まるで、兄が自分に劣等感やら嫉妬心《しっとしん》やらを抱いているかのような口ぶりだ。馬鹿な。父に愛されて全てを持っている兄が、自分に嫉妬《しっと》する理由などない。

ブルレックは、アンリを見据えた。

「貴方も貴方です。自分を客観視する能力が欠けすぎています。まるで王族に向いておりません」

「ふさわしくあれるよう、努力する」

「改善せよという意味で言ったのではないのですがね」

忠言でないのなら、どうあがいても王族らしくないという嫌味だろうか。アンリは眉根を軽く寄せると、ブルレックとすれ違って、自室へ戻った。

疲れる一日だった。明日は獣人の文官とやらの家に行かねばならない。

光たちの助けを借りて衣服を綺麗にすると、アンリは寝台に倒れ込むように眠った。

担当文官の家は、どこだかの辺境伯の分家なのだという。

「大変申し訳ございません。実は、ただいま先客がございまして。殿下をお待たせするのは心苦しいのですが、こちらでお待ちいただけますでしょうか」

担当者の館につくと、家令に平謝りされて応接間で待つことになった。たまたま先客と被ったのか、それとも兄が嫌がらせで間違った時刻を伝えてきたのか。アンリは怒りを見せることなく、大人しく長椅子に座った。

それとはなしに周囲を眺《なが》めながら、不思議なことに気がついた。この館では、あの柔らかい光たちが漂っているのが目につく。

アンリの周囲以外では、光たちは自然のある場所に集《つど》うことが多い。このような貴族の屋敷に、ふよふよと漂《ただよ》っているのは珍しいことだ。

ぼんやりと目で追っていると、不意に光たちが一つの方向へ動き出した。こんな動きは見たことがない。普段は好き勝手に漂《ただよ》う光たちが、どこかへ集合するように動くなんて。

光たちは応接間の壁をすり抜け、廊下に出た。その先になにがあるというのか。

アンリはいてもたってもいられず、長椅子から立ち上がり応接間を出た。

廊下に出ると、光たちは角を曲がっていった。曲がり角の先から、喧噪《けんそう》が聞こえる。誰かが揉《も》めているようだ。

「何度言ったらわかるの！」

光を追って角を曲がった途端、ヒステリックな声がびりびりと空気を震わせた。

見ると、小さな子供が叱責《しっせき》を受けているところだった。

ただの子供ではない。

狼の頭を持つ、獣人の子供だ。柔らかそうな銀色の毛皮が、首から上をふわふわと覆《おお》っている。ふわふわの三角形の耳がぺしょりと垂《た》れ、同じくふわふわの銀の毛に覆《おお》われた尻尾が足の間に挟まっているのが見えた。

「見えないお友達なんていない！　なにか見えている振りをして、ママをからかわないでって言ってるでしょ！」

「フリじゃ……ないもん」

子供を叱っているのもまた、狼の獣人だ。

獣人の性別はアンリには見分けにくいが、服装と声から女性なのだと判別できた。

光たちはまっすぐ子供の獣人のもとへ集まっていく。子供を慰《なぐさ》めるように、光が彼を取り囲み、頭や頬《ほお》を撫《な》でるようにくっついたと思ったら、今度は輪になって踊るみたいに飛びまわりはじめた。

「わ……」

光の動きに沿って、子供の首が動いた。光を目で追ったのだ。

「っ！」

アンリは思わず息を呑んだ。

まさか、自分以外にこの光が見える者がいるだなんて。冷たく孤独な世界で、やっと仲間を見つけた思いだった。胸のうちに熱い感情が込み上げてくる。

「またそんな真似をして！　なにもいないでしょ！　どうしてからかうの、ママが憎いの!?」

女性の獣人がキンキンと声を響かせながら、傍《かたわ》らの花瓶《かびん》を手に取った。手に取るだけでなく、頭上まで持ち上げて大きく振りかぶる。——まさか、それを子供にぶつける気なのか!?

アンリは駆け出した。

ガシャン。

咄嗟《とっさ》に子供を抱きしめ、女性との間に割って入ったアンリの頭に、思い切り花瓶《かびん》がぶつけられた。花瓶《かびん》に入っていた水で全身が濡《ぬ》れた。額《ひたい》が切れた感触がする。ぬるりと垂《た》れてくるものは水だろうか。血かもしれない。こんなものを、子供にぶつけようとしていただなんて。

アンリは、キトンブルーの瞳で女性を強く睨《にら》みつけた。

「あ、あ……」

己のしたことの重大さに気がついたかのように、女性は震え上がった。

「なんの騒ぎだ！」

花瓶《かびん》の割れる音を聞きつけたのか、大人の狼獣人が二人、駆けつけてきた。一人は子供と同じく銀色の毛皮をしている。おそらく父親だろう。

もう一人の獣人に、視線が吸い寄せられた。

漆黒の影が動いているのかと思った。

それは影ではなく、黒い毛皮の獣人だった。真っ黒な狼の顔の中央に、二つの金の瞳が光っている。金の双眼はまっすぐにアンリを射貫《いぬ》いていた。

不思議と恐怖はなかった。

それより、頭の中に浮かんだことがあった。——ああ、逆さ月だ、と。

黒い瞳孔に切り取られた金色の瞳は、まるで夜空に浮かんだ三日月のようだった。

「これは一体、どういうことだ？」

黒狼は、鋭《するど》く問いただした。

「マルク、お前の妻がこの方を花瓶《かびん》で殴ったように見えるが？」

マルクと呼ばれた銀色の獣人は——マルクとは、会う予定だった担当文官の名だ——狼狽《ろうばい》する女性獣人から事情を聞き出しはじめた。

その間にアンリは子供を庇《かば》うために抱きしめていた腕をゆるめ、声をかけた。

「大丈夫だった？」

「う、うん……」

子供は毛皮と同じく、銀色の瞳を持っていた。潤《うる》んだ瞳の中に、キラキラと星が瞬いている。なんて綺麗な目をしているのだろう。

「おにいさんにも、おともだち、たくさんついてる……」

気がつけば、アンリも含めて二人の周りを光たちが踊っていた。案ずるようにアンリの額《ひたい》の傷を撫《な》でる光もいた。

——やはり、この子には見えているのだ。

アンリは感極まって、涙ぐみそうになった。

「家内がとんだことをしでかしてしまい……申し訳ございません！」

事情を把握したマルクは、狼の耳をぺったり伏せながらアンリに謝ってきた。人間ならば、顔が真っ青になっていることだろう。

マルクが慌てて呼び寄せた使用人複数名がアンリに毛布を被せたり、花瓶《かびん》の欠片《かけら》を片づけたりしはじめた。他人の頭に花瓶《かびん》をぶつけてしまったショックからか、茫然自失《ぼうぜんじしつ》となっている獣人の奥方は使用人に連れられ、どこかへ消えた。

アンリもまた治療のために適当な部屋へ移るよう使用人に促《うなが》されたが、押し止めた。マルクが黒狼に話しかける声が聞こえたからだ。

「事情をご説明します、閣下」

マルクは黒狼に向き直っていた。黒狼は閣下と呼ばれた。一体何者だろう。

少し考えて、思い至った。

この獣人家は、とある辺境伯の分家だ。ならば目の前のこの黒狼こそが、辺境伯その人なのだろう。なにがしかの用事で、はるばる王都の分家を訪れていたのだ。アンリが待たされる原因となった先客とは、この黒い狼の獣人のことだったに違いない。

「あの子はテオフィルと言いまして、当家の次男です」

テオフィルと呼ばれた子が、ぎゅっとアンリの衣服を掴んだ。

「これがひどく手のかかる子で、見えないものが飛んでいるなどと嘘をついては、家内を困らせるのです。家内はすっかり参っており、つい手を上げたところ、誤って客人に怪我をさせてしまった

「というわけです」

アンリが庇《かば》っていなかったら、怪我していたのは自分の息子だったのに、マルクがそのことを気にする様子はない。テオフィルも自分と同じく、家族に理解されず疎《うと》まれているのだ。

「そうか」

マルクの説明を聞いて、黒狼がわずかに顔をしかめたように見えた。

黒狼は、テオフィルに視線を移した。彼はゆっくりした足取りで、こちらに近づいてくる。

テオフィルを叱るのだろうか。あるいはしっかり躾《しつ》けておけとでも、親に注意するのだろうか。

――違うのに。

アンリは思わず、再度テオフィルを抱きしめた。

近づいてきた黒狼はアンリの額《ひたい》に視線を向けると、痛々しそうに表情をゆがめた。まるでアンリの怪我に心を痛めているかのように。

それから黒狼はテオフィルのほうへ視線を移し、口を開いた。

「ならば、この子をオレの養子にしよう。この子をオレの跡継《あとつ》ぎとして育てる」

「ふぇ……」

驚いたような声は、テオフィルのものだ。

どういう話の流れかはわからないが、黒狼はテオフィルを引き取るつもりのようだ。この男のもとでなら、今よりはマシな境遇になるだろうか。

出会ったばかりだというのに、アンリはテオフィルの行く末を本気で心配し、幸福を願うようになっていた。やっと会えた、あの光が見えるたった一人の同胞《どうほう》だ。せめてこの子は、幸せな人生を歩んでほしい。

「それは……跡継《あとつ》ぎにしていただけるなら願ってもないことですが、なぜこの子なのです？　この子の兄のほうが……」

「このテオフィルがいいのだ」

黒狼は、決然と言い放った。

なにを考えているのかはわからないが、黒狼は跡継《あとつ》ぎとして強くテオフィルを求めている。ならば、無下《むげ》に扱《あつか》われることはないだろう。

自分は、こんな風に誰かに強く求められたことなどないけれど――そんな思いが胸をかすめた。

「か、かしこまりました。それにしても、養子を跡継《あとつ》ぎにすることは、簡単には認められないと思いますが……」

王国の貴族は、血統第一主義だ。

理由もなしに養子を跡継《あとつ》ぎにすることは、基本的に認められない。

「ああ。だが、この王国では慣例的に、当主が同性婚を行う場合には、分家から養子を迎えて跡継《あとつ》ぎとして教育を行うことになっている」

黒狼は、滔々《とうとう》と理由を口にした。

同性婚は、数少ない例外の一つだ。同性同士では子を成せないのだから、養子を取るしかない。

子を成せないことは愛し合う二人を引き裂く理由にはならない……というのは建前で、性別を選ばず結婚できたほうが政略結婚に都合がいい。そういうことで、王国では同性婚が全面的に認められている。分家から養子を選ぶのだから血統が途絶えるわけではない、という理屈もこねられる。

「なんと、ついにご婚約ですか。お相手は同性の方なのですね。まるで存じませんでした。そうとおっしゃっていただければ、よろしかったのに。お相手は一体、どこのどなたなのですか？」

「相手は……」

黒狼は、床にしゃがみこんだままのアンリを一瞥《いちべつ》した。なぜそこで自分を見るのだろう。

「この方だ。この方がオレの将来の伴侶《はんりょ》だ」

黒狼は、ぽんと肩に手を置いた。アンリの肩にだ。

「は？」

思わず声が出た。


頭部と同じく漆黒の毛に覆《おお》われた手が、額《ひたい》の傷にガーゼを当てる。

鋭《するど》い爪の生《は》えた手でありながら、白い肌を傷つけることなく器用に包帯を巻いていく。

黒い毛に覆《おお》われてはいるが、五本の細長い指と肉球のない手の平を見ると、彼が人間と同じ構造の肉体を持っていることがよくわかる。

アンリは長椅子に座った状態で、黒狼に怪我の手当を受けていた。

彼はアンリを伴侶《はんりょ》にしてテオフィルを養子にする、と驚きの宣言をした後、「早く婚約者《フィアンセ》の手当をしてやりたいから、二人きりにしてくれ」と頼んだのだ。

婚約者《フィアンセ》。婚約者《フィアンセ》だと。

頭の中で反芻《はんすう》するたび、胃が躍り出しそうだった。

「これで完了だ」

黒い手が、最後にきゅっと包帯を結んだ。きつくないのに、ゆるみそうな気配もない。こなれた手当だ。

見上げるほど大柄で、にこりとも微笑まない彼が、こんなにも細やかな手当をしてくれるとは意外だった。

「戦場では、自ら包帯を巻かなければならないこともあるのでな」

アンリの視線を問いかけに感じたのか、黒狼は答えた。

戦場ではさぞ有能な指揮官なのだろう、と切れ長の怜悧《れいり》な金の瞳から連想した。

「それよりも、聞きたいことがあるのだが……」

フィアンセやら伴侶《はんりょ》やら養子やらの話だ。どういうつもりであんな嘘を口にしたのか、聞かせてもらわなければならない。アンリはキトンブルーの瞳で黒狼を鋭《するど》く睨《にら》みつけた。

「ああ……」

黒狼は、向かいの長椅子に腰かけた。

金の双眼が、アンリの視線をしっかり受け止める。

「あの子を養子に取りたいと思ったのだが、適当な口実が思いつかず……やむを得ず、貴殿を婚約者だと偽ってしまった。申し訳ない」

アンリは目を瞬かせた。

申し訳なさそうな顔色をしているのかどうか、アンリに獣人の表情は判別がつかない。

あんなに落ち着き払っていたように見えたのに、婚約者《フィアンセ》だなんだと言い出したのは口からでまかせにすぎなかったというのか。

「養子に取りたいと思ったのは、一体なぜ？」

「……あの子をこのままこの家に置いておいたら、どうなるかわからないからだ」

このまま虐待《ぎゃくたい》が深刻化すれば、テオフィルの身体と心が無事でいられる保証はない。アンリが感じたのと同じことを、彼もまた感じていたのだ。そして、咄嗟《とっさ》に嘘を吐いてでも助けようとした。

この男なら、信用してもいいのではないか。そんな考えが去来する。

「しかし、実際には私は貴方の婚約者ではない。よって、テオフィルを養子にすることはできない。どうするつもりだ？」

咄嗟《とっさ》の嘘が真実になることはない。テオフィルを救いたいという気持ちは痛いほど理解できるが、どうするのか。

——咄嗟《とっさ》の嘘が真実になることはない？　それは本当に？

アンリの頭の中で考えが閃《ひらめ》くのと、黒狼が口を開いたのは同時だった。

「そのことだが……本当に、オレと結婚してもらえないだろうか」

思わず、ぱちぱちと瞬いた。彼の言葉が理解できなかったからではない。自分が思いついた考えと、まったく同じだったからだ。

その通りだ。テオフィルを救うには、本当に結婚してしまうしかない！

「ほんの数年間でいい。あの子がオレの後継者だと、名実ともに認められるまで。そうすれば、あの子がこの家に連れ戻されることはないだろう。貴殿の時間を浪費させる提案だと理解している。結婚から数年で離婚すれば、貴殿の名誉が傷つくことも。だが、オレにはあの子を引き取る手段がそれしかない。金なら積む。だから、どうかオレと結婚してくれないか」

黒狼は腰を折って、深々と頭を下げた。

アンリは、黒狼の姿をしばし見つめる。王族相手といえど、辺境伯ともあろう人間が頭を下げるとは。相当な覚悟の表れだ。

「……金と引き換えの契約婚ということか」

黒狼の提案を、アンリは一言にまとめた。

政略結婚とは別に、金品などと引き換えに婚姻を結ぶ契約婚という概念は、しばしば耳にする。明確な目的があって、結婚の期限が定められていることが多い。

黒狼の提案は、いわゆる契約婚に該当すると判断した。

それにしても代価として金しか提示できないなんて、彼は実直すぎる人間のようだ。辺境伯なら、いくらでもやりようはあるだろうに。生き馬の目を抜く社交界では、さぞ苦労してきたことだろう。あくどいやり方はいろいろあるのだと、兄のコンスタンを見ていればわかる。

そもそも王族相手に、金を積むという提案が効果的だろうか。そこまで考えたところで、アンリはふと気がついた。

まさかこの男、契約婚を持ちかけた相手が、誰だかわかっていないわけではあるまいなと。こちらが第二王子であることに、気づいていないのではないだろうか。

いやいやまさか、そんな間抜けなことがあるわけがない。降って湧《わ》いた考えを、一旦横に置いておく。

「そう、金と引き換えの契約婚だ。あの子を救うために、どうか受けてもらえないだろうか……？」

黒狼の表情がわずかに動き、眉間に皺《しわ》が寄った。懇願《こんがん》するように。

ほんの少し会話を交わしただけの、銀色のふわふわなあの子。自分と同じく光たちが目に見えるのだとわかっただけで、アンリはもうあの子のために全てをなげうってもいいとまで思っていた。

それこそ、この黒狼と契約婚してもいいくらいに。

「わかった、貴方と契約を交わそう」

鋭《するど》い視線のまま返答すると、黒狼の肩からすっと力が抜けるのが見て取れた。

「ただし、契約に際して一つ条件がある」

「なんなりと聞こう」

「貴方がテオフィルの親にふさわしくないと判断した場合には、彼を連れて家を出ていかせてもらう」

アンリは厳しく言い放った。

辺境伯の家を出ても、王城に居場所はない。だが光たちの助けを借りれば、たとえ野山でも生きていけるだろう。

この男のところよりも野山で暮らすほうがマシだと判断することがあれば、テオフィルを連れて逐電《ちくでん》するつもりだ。

「当然の条件だ。心しておく」

黒狼は重々しく頷《うなず》いた。

こうして、二人の契約は成立した。一人の子を救うための、共犯関係だ。

「ところで、曲がりなりにも伴侶《はんりょ》となる御身《おんみ》の名を聞きたいのだが」

アンリは尋《たず》ねた。

「む、まだ名乗っていなかったか。これは大変な失礼をした。オレはグウェナエル・ドゥ・デルヴァンクール。デルヴァンクール辺境伯領を治めている」

やはり辺境伯だったか。

予想が裏切られなかったことに、内心でそっと安堵《あんど》する。

「よろしければ、貴殿の名も聞かせていただけないだろうか」

グウェナエルに名を請《こ》われ、アンリは口を開いた。

「この身は現国王が第二子、アンリ・ドゥ・シャノワーヌという名を持つ者だ」

「アンリ……ドゥ、シャノワーヌ……殿下……」

アンリが名乗っても、グウェナエルの表情は変わらなかった。

正確には、表情だけは変わらなかったと言うべきか。

黒く毛並みのいい尾は、アンリの名前を聞くなり爆発したかのように膨《ふく》らみ、毛の一本一本を逆立たせていた。よくよく見ると、三角形の耳もピンと立っている。獣人に詳しくないアンリにすら、これが「驚愕《きょうがく》」という感情を表していることはよくわかった。

——この男、本当に相手が誰かもわからないまま、契約婚を持ちかけたのか。

その事実は、テオフィルをなんとしても保護したいという彼の思いの必死さを伝えてきた。

だが、それ以上に。

なんというか……この男、思っていたよりもずっと、天然なのではないか?

まさか正体を知ったからといって契約を反故《ほご》にしようと言い出しはしないだろうな、と言わんばかりに睨《にら》みつけたからか、あるいはグウェナエルの意志が硬かったからか。契約婚の話が取り消しになることはなかった。

引き取ると決めた以上、こんな家にテオフィルを一日でも置いておくわけにはいかない。

今すぐ引き取ろうということで、グウェナエルとアンリの意見は一致した。

事情を説明するために、部屋にテオフィルを呼んでもらった。

少しして使用人に連れてこられたテオフィルは、不安そうにグウェナエルとアンリとを見つめた。銀色の瞳は、緊張と恐れでいっぱいのように見開かれている。

アンリは微笑みを浮かべ、テオフィルの前に膝《ひざ》をついて目線を合わせた。彼のためなら、膝《ひざ》をつくことなどなんでもなかった。

「初めまして。さっきは挨拶《あいさつ》をする暇《ひま》もなかったね。私の名前は、アンリ・ドゥ・シャノワーヌ」

「こ、こんにちは。テオフィルです、五さいです。よろしくおねがいします」

少しつっかえたものの、テオフィルは物怖《ものお》じせずに挨拶《あいさつ》ができた。なんていい子なのだろう。

「よろしくね。これから大事な話をするよ。いいかな」

テオフィルは、ちっちゃい頭を動かして、こくんと頷《うなず》いた。

どこもかしこもふわふわで、動くぬいぐるみのような子だ。彼の一挙手一投足が愛らしくて、自然と笑みが零《こぼ》れた。こんな風に優しい表情になれたのは、いつぶりだろうか。

アンリはグウェナエルを振り返った。ここから先は、責任者が説明すべきだろうと。

グウェナエルは頷《うなず》き、口を開いた。

「先ほども聞いただろうが、オレはアンリ殿下と結婚するつもりだ。だが男同士では子を成せず、後継者ができない。そういう時は、分家から養子を取ることになっている。オレは、テオフィル、君なら後継者にふさわしいと思った。君さえよければ、これからオレの家に君を引き取ろうと思う。君の意見は、どうかな？」

彼がどう説明するかも、テオフィルにふさわしい親かどうかの判断材料の一つだ。彼が落第点を取り次第、すぐさまテオフィルの手を取って逃げ出すつもりだ。

アンリは、彼の言動を見定める。

子供に対するものとしては、口調が硬い。それに一気にたくさん説明しすぎだ。あれでは、五歳の子には理解が難しいだろう。目線の高さも合わせていない。別にアンリも慣れているわけではないが、グウェナエルはそれ以上に子供の相手が苦手なようだ。

だが、「後継者にふさわしいから」と前向きな理由を口にしている。テオフィルの意志も、きちんと確認している。子供相手が不慣れなだけで、テオフィルという個人を尊重するつもりはしっかりあるようだ。

グウェナエルと自分が契約婚で、いずれ別れることになることは、テオフィルには秘密にしておくつもりだ。そんなことを話しても、混乱させるだけだろう。グウェナエルは契約婚のことを、おくびにも出さなかった。それも評価できる。

ひとまず彼を信じてよさそうだ。

「おとうさまは、いいからうなずきなさいって……」

——あのマルクとかいう父親は。

アンリは、心の中で悪態《あくたい》を吐いた。

絶対に自分たちが引き取ってやらなければという思いが、さらに強くなる。

「テオフィル、君自身の気持ちが聞きたいのだ」

目線の高さこそ合わせていないものの、グウェナエルの瞳の色は優しい。穏やかな口調で、テオフィルの意見を促《うなが》した。

「ようしになるって、へんきょーはくかっかと、あ、アンリさま……？　が、おとうさまとおかあさまになるってこと？」

「その通りだ。我々は君の両親にふさわしき存在だろうか？」

「えっと……」

テオフィルは、迷ったように視線をさまよわせる。

その時、複数の光が前に出た。

光たちは、グウェナエルとアンリの周りを踊るようにくるくる回る。まるで、この二人なら大丈夫だと太鼓判《たいこばん》を押してくれているかのようだ。

光たちの踊りを眺《なが》めていたテオフィルは、うつむいて床を見つめる。

心の中で本来の父母と、自分たちとを比べているのだろうか。どんなにひどい親だろうと、彼にとっては血の繋がった本当の親だ。簡単には愛を捨てられないだろう。アンリ自身が未だに父への愛慕《あいぼ》や、いつの日か愛される期待を捨てきれないのと同じように。

もしかするとテオフィルは、この家に留まることを選ぶかもしれない。そうしたら、無理強いはできない。自分たちにできることはなにもない。

祈るような気持ちで銀毛に覆《おお》われた後頭部を見つめていると、意を決したかのようにテオフィルは顔を上げた。

「あ、あのね……おかあさまはね、おにいさまにはやさしいおかあさまなの。いつもえがおなの。でもね、テオにはおこってばっかり」

彼の語る内容に、心臓がぎゅっと締めつけられる。覚えのある胸の痛みだった。父に愛されているのは、兄だけ。どうして自分は愛されないのかと、思い悩んだ夜がどれほどあったことか。

「テオがこのおうちにいないほうが、おかあさまはいつもえがおでいられるのかも」

絞り出すような震えた声を聞くと、力の限り抱きしめたくなった。そんなことはないと言ってあげたかった。こんなに可愛らしい子がいて、笑顔でいられないなんてことがあるものか。

だが、現実は残酷なものだ。

本人が感じている通り、テオフィルはこの家にいないほうがお互いにいいだろう。

「だから、テオ……へんきょーはくかっかのおうちにいく」

テオフィルは、はっきり意志を口にした。

「よく、決断してくれたね」

これがテオフィルにとって、どれだけ苦しい決断だったことか。我が事のように感じ取ったアンリは、彼の小さな身体に両腕を回して抱きしめた。

「今度のおうちは、居心地のいいおうちにしてあげるからね」

アンリの声もまた、わずかに震えを帯《お》びていた。

突如としてできたこの継子《ままこ》を、なんとしても幸せにしてやらなければ。

アンリは深く深く、胸に誓ったのだった。


テオフィルを連れ、グウェナエルとアンリは王城へ向かった。

結婚の許しを得るためだ。結婚とは親が許可するもので、アンリの場合は国王たる父の許可が下りなければ、結婚することは叶わない。

辺境伯家の馬車に乗り、揺られることわずか。王城に着いた二人は国王への謁見《えっけん》を申し出た。

それから、どれほど待たされただろうか。

テオフィルが退屈して、アンリに身体を預けて寝息を立てていた頃、ようやく一行は国王の間に通されることとなった。

国王の間に足を踏み入れると、部屋の中央を貫く絨毯《じゅうたん》の先に玉座があり、国王が厳《いか》めしい視線を一行へ向けていた。白髪《しらが》の交じった茶髪に、同じ色の顎髭《あごひげ》。疲労を感じさせる深い皺《しわ》が、国王の視線を鋭《するど》いながらも無関心そうなものに見せている。周囲には何人かの大臣が侍《はべ》り、その中に兄のコンスタンもいた。兄は王太子として、国王の公務の手伝いをしている。この場にいるのは、なんら不思議なことではない。

一体なんの用だと言わんばかりに、兄は訝《いぶか》しげな視線を送ってきた。

大臣の中には、ブルレックの姿もある。

「あれはデルヴァンクール辺境伯か」

大臣の誰かが呟いた。

「デルヴァンクールというと、残虐《ざんぎゃく》だという、あの？」

誰かがそう言葉を継《つ》ぐ。

——残虐《ざんぎゃく》？　誰が？　隣の男が？

アンリの脳裏に浮かぶのは、アンリが王子だと知って尻尾を膨《ふく》らませていたグウェナエルの姿ばかりだ。残虐《ざんぎゃく》なんて、およそ似つかわしくない言葉だ。

だが、誰かの呟きについて深く考えている時間はない。

グウェナエルとアンリは国王の前に跪《ひざまず》き、テオフィルもまた小さな身体で真似をした。

「デルヴァンクール辺境伯と、結婚したいのだとか？」

国王たる父は、出し抜けに口を開いた。

謁見《えっけん》の目的は事前に大まかに伝えるが、実際に謁見《えっけん》したら改めて一から説明するのが正しい形式だ。それを省くのは手っ取り早く、一見鷹揚《おうよう》にも思えるが、その実この謁見《えっけん》をさっさと終わらせたいのだ。

跪《ひざまず》いてうつむいたままのアンリは、唇を噛み締めた。

「結婚？」

どよめきが起こった。いきなり結婚かと、大臣らが囁《ささや》き合っているようだ。「誑《たぶら》かした」だの「獣人と？」だのと聞こえてくる。

好きに言えばいい。テオフィルを救うためなら、今さらどんな噂が立ったところで気にしない。

「うむ、よかろう。めでたいことだ。アンリはそなたにくれてやる」

父はあっけなく、ぞんざいに婚姻の許可を下した。

ほんの少しの躊躇《ちゅうちょ》もなかった。本当に、自分は父にとってどうでもいい存在なのだ。

テオフィルという大事な存在を得た今なら、わかる。少しでもアンリを大事に思っているなら、その男が相手でいいのかどうか確かめようと思うはずだ。いきなり結婚だなんて、なにが起こったと聞きたくなるはずだ。

「なんなら、今ここで結婚の契《ちぎ》りを済ませてしまうがいい。ほれ、誰でもいいから神官を呼べ」

「は？」

ぱんぱんと手を叩く父に対して声が上がったのは、隣からであった。

面《おもて》を上げる許可も出ていないのに、驚愕《きょうがく》のあまりつい顔を上げてしまったグウェナエルの姿が隣にあった。口をあんぐり開けている。

いくらなんでも、国王の間に神官を呼んで婚姻の契《ちぎ》りを交わすなんて、聞いたことがない。どれだけ自分の存在をぞんざいに思っていれば、そんな発想が出てくるのだろうか。

いや、いくらアンリのことをぞんざいに思っていようと、婚姻の相手は辺境伯だ。これでは、グウェナエルのことまでぞんざいに扱《あつか》っていることになる。国王といえども、辺境伯は軽々しく扱《あつか》ってはならない存在のはずだ。

父はグウェナエルをも、ぞんざいに扱《あつか》っているのだ。

不意に気がついた。兄コンスタンの獣人蔑視《べっし》は、どこから来ているのか。兄より幾分か狡猾《こうかつ》だから口に出さないだけで、父もまた獣人を見下しているのだ。

辺境伯領は国境に接する要衝《ようしょう》の地でありながら、王都から離れているために、国王に睨《にら》まれた者が左遷《させん》される地としても有名だ。

獣人であるため武力に優れ、なおかつ気にくわない異種族を遠方の地に追いやれる。一石二鳥というわけだ。

自分のみならず、グウェナエルまで粗末《そまつ》に扱《あつか》われている。気がつくと同時に、怒りが胃の腑《ふ》を焦《こ》がした。こんなに激しい怒りを感じるとは、自分でも意外だった。

もう、父に期待するのはやめた。

いつか愛してもらえるかも、なんて望みは捨てよう。これからは、父とは関係のないところで生きていくのだ。契約婚が終わった後も、決して王城には戻らないと心に決めた。

見ると、グウェナエルの手もまた怒りを覚えているかのように震えていた。彼は同じ気持ちでいてくれる。単なる契約婚の相手だが、同じ気持ちを抱いてくれる人が伴侶《はんりょ》でよかった。

ほどなくして、走ってきたのか真っ赤な顔の神官がやってきた。

グウェナエルとアンリの二人は跪《ひざまず》いた姿勢から立ち上がり、神官の前に立った。

「えー、それではグウェナエル・ドゥ・デルヴァンクールとアンリ・ドゥ・シャノワーヌに問います」

このような略式での誓いの儀は初めてなのだろう、神官は言葉運びに困惑を滲《にじ》ませながら問う。

「汝《なんじ》、互いを伴侶《はんりょ》とすることを誓いますか？」

月のような金の双眼で神官をまっすぐに見据え、まずグウェナエルが口を開く。

「春が過ぎ、夏の暑さに晒《さら》されようと、秋になり葉が落ちて、冬の雪に包まれようと、アンリ・ドゥ・シャノワーヌを生涯伴侶《はんりょ》とし、守り続けることを誓う」

彼は朗々と誓いの言葉を口にした。

誓いの言葉に、決まり文句はない。自分で考えるのがならわしだ。

いきなりで考える時間などなかったはずなのに、彼は意外なほど詩的な誓いの言葉を口にした。

もしかしたら父は恥を掻《か》かせるつもりだったのかもしれないが、その目論見《もくろみ》は打ち砕かれた。

ならば、自分もそれに続かねば。

「鋼鉄よりも固く揺るぎなき意思を持って、グウェナエル・ドゥ・デルヴァンクールの伴侶《はんりょ》として添い遂《と》げることを誓う」

アンリは淀《よど》みなく誓った。

実際には期限の定められた契約婚だが、テオフィルの保護者としての意思は鋼《はがね》よりも固いつもりだ。

「然《しか》れば、誓いの口づけを」

神官に促《うなが》され、二人は向き合う。

普通の結婚式なら、客人たちに祝福されながら、あるいは羨望《せんぼう》の溜息《ためいき》を聞きながら口づけする場面だろう。

だが、今ここにあるのは好奇の視線だけだ。このような場所で誓いの口づけをさせられることが、どれほど屈辱的《くつじょくてき》なことか。

恥辱《ちじょく》で首筋まで顔が熱くなるのを感じていると、グウェナエルの口が動いた。

『オレだけを見ろ』

そう言っているように見えた。

月のような双眼に、視線が吸い寄せられる。金の海の中に、自分の姿が映っていた。金の猫毛に、キトンブルーの瞳。毎朝鏡に映る姿を呪っているのに、月面に映る自分はなぜだか心穏やかに見られた。

互いの瞳に、お互いの姿しか映らない。

まるで世界に二人しかいないみたいだ。

グウェナエルの細長い鼻筋が近づいて……唇のすぐ横に口づけが落とされた。父たちからは、唇に口づけたようにしか見えないだろう。

彼の気遣いに、胸のうちが温かくなる。

「おめでとーっ！」

下のほうから、可愛らしい祝福の声がした。テオフィルだ。

笑顔で尻尾を振っている。彼にとっては、これは純粋に喜ばしい出来事なのだ。略式でも結婚式をしてよかったと、少しだけ思えた。

その時。

あちらこちらから、大量の光が集まってくるのが目に入った。いつもアンリを助けてくれる、あの光たちだ。今まで見たこともないほど、たくさんの光が集まってくる。

寄り集まった光は少しずつ形をなし――巨大な女神となった。

「わあー……！」

現れた女神の姿に、テオフィルは歓声を上げた。

否、声を上げたのはテオフィルだけではなかった。気がつくと、騒《ざわ》めきが周囲を満たしていた。女神に指をさす者もいる。みんな、この女神が見えているのだ。

グウェナエルとアンリの頭上に現れた女神は、二人の上に光を降らせた。

七色に煌《きら》めく光を浴びると、不思議と心地よさを覚えた。全身に力がみなぎり、勇気が湧《わ》いてくるようだ。

祝福されているのだと、本能的に感じた。

「おお、これはもしや精霊神の祝福……！　アンリ殿下が精霊の呼び手であられたとは！」

大臣の一人が目を爛々《らんらん》と輝かせながら言った。

あの大臣はアンリも知っている。

三度の飯よりも学問が好きな学者で、元は王族の家庭教師だった。第二王子を冷遇するよう指示かなにかが出ていただろうに、学問にのめり込むあまりアンリにも普通に授業をしていた変わり者だ。

昇進して大臣になることが決まった日には、「大臣になんてなりたくない。学問だけしていたい」と泣き言を言っていたのをよく覚えている。

「精霊神？　精霊の呼び手？」

聞き覚えのない単語に、アンリは首をかしげた。

「せ、精霊の呼び手だと!?」

一方で父はその言葉がなんなのか理解しているようで、途端に血相を変えた。

「間違いございません。精霊神が祝福を授けるのは、精霊の呼び手に対してのみ。初代国王がそうであられたように、殿下も精霊の呼び手であられたようですな」

学者大臣がこくこくと頷《うなず》く。

「しかし、精霊の呼び手は伝承だけの存在ではないのか!?」

「いいえ。そう勘違いしていらっしゃる方は多いようですが、文献をあたれば精霊の呼び手が実在していた証拠はいくらでも出てきます」

彼らの会話から察するに、初代国王は精霊の呼び手とやらだったようだ。しかし、精霊の呼び手がなんなのかアンリにはわからない。

「聞いたことがある。精霊の呼び手とは、目に見えない精霊を見ることができ、精霊と心を通わせ、精霊の手を借りることのできる人間のことだと」

隣でグウェナエルが、女神を見上げながら呟いた。

目に見えない精霊を見ることができる。精霊と心を通わせられる。精霊の手を借りることができる。

——自分がそんな存在だというのなら……あの柔らかい光たちは、精霊だったのか？　精霊たちが寄り集まって姿を現した女神が、精霊神？

見上げていると、女神はすうっと姿を消した。

代わりに再び現れた大量の光……精霊たちは、思い思いの方向に散っていった。

「アンリがか!?　確かなのか!?」

「繰り返しますが、精霊神が祝福を授けるのは、精霊の呼び手に対してのみ。つまるところ、精霊神の祝福を受けたアンリ殿下は、精霊の呼び手であられるのです」

学者大臣が深く頷《うなず》いたのを見て、父は悔しそうに歯噛みした。

「精霊の呼び手だとわかっていれば、アンリを王太子にしたものを！　初代国王と同じなら、箔《はく》がつくではないか。惜しいことをした！　アンリの乳母《うば》は、使用人はなにをしていた！　なぜ誰一人、精霊の呼び手だと見抜けなかったのだ！」

父の言葉を聞いて、思わず眉間に皺《しわ》が寄る。

なぜ見抜けなかったのかなんて。勝手に不気味がって、遠ざかっていったのはそちらのほうではないか。そもそも父が直接自分と遊んでくれたことなど、一度もなかった。父が自分を大事にしてくれていたら、もしかしたら判明したかもしれないのに。

父の言葉を聞いた兄が、愕然《がくぜん》と目を見開いた。

「な、なにをおっしゃるんですか、父上……！　アンリを王太子に⁉　僕は全てにおいてアイツを上回っているのでは、なかったのですか……⁉」

兄は上擦った声で父に訴《うった》えた。

「ふん、わずかな能力の差がなんになる。政治など、どうせ官僚が行うのだ。国王に必要なのは、他の貴族に舐《な》められないだけの威厳《いげん》だ。アンリを見てみよ。あの美しい外見に初代国王と同じ精霊の呼び手という事実があれば、どんな貴族も文句はつけられまい」

コンスタンはわなわなと震え出す。その場に尻餅《しりもち》をつきかねないほどの震えを、王太子としての矜持《きょうじ》が辛うじて支えているかのようだ。

「う、嘘だ……！　アンリは常に、僕の格下でなきゃいけないんだ！　僕よりも王太子にふさわしいだなんて嘘だ、嘘だ、嘘だぁ……ッ！」

いっそ哀れなほど、兄は取り乱していた。

そんな兄に興味を失くしたように父は視線を外すと、こちらに向き直った。

「アンリ、今からお前を王太子にしてやる。国王になるための教育は受けていないが、どうにでもなる。そんな獣人と結婚するのはやめろ。精霊の呼び手であるお前は、獣人にはもったいないほど高貴な存在なのだ」

どうだ嬉しいだろう、と言わんばかりに父は口角を上げた。

父が自分を望んでいる。

こんなの、初めてのことだ。幼い頃の自分は、こんな瞬間を常に夢見ていた。

アンリはまっすぐに父を見返し、口を開いた。

「辺境伯閣下との結婚を許可したのは、父上自身ですよね」

もはや父の誘いに魅力は感じなかった。これが幼い時分にかけられた言葉なら、これほど嬉しいことはなかっただろうに。

自分はもう、父を見限ったのだ。

なにより、あんなに父に可愛がられていた兄があっさり捨てられる様を目の当たりにした。いつ裏切られるかわからない愛など、少しも欲しくはない。

愛されなくていい。

テオフィルを守り抜くのが、これからの唯一の生きがいだ。

「ああ、それは気の迷いだ。すぐにでも取り消そう」

アンリの堅い意志は伝わらなかったようで、父はにこにこと笑っている。

「と、と、と、取り消すですと!?」

動揺《どうよう》した学者大臣の声が割って入った。

「陛下、辺境伯閣下とアンリ殿下はすでに神官の前で契《ちぎ》りを交わし、それを精霊神に祝福されたのです。その契《ちぎ》りを取り消すなど、神に背《そむ》く行為に他なりません！」

「神に背《そむ》く行為、だと……!?」

神への反逆行為と聞いて、父の顔が青褪《あおざ》める。

アンリはキトンブルーの瞳で、ただ冷たく父を見つめた。冬の風よりも冷たく、冴《さ》え冴《ざ》えとした視線で。

「そこまでして、私を王太子にしたいですか？」

アンリの問いに、父は顎《あご》の贅肉《ぜいにく》をぶるぶる震わせながら、無言で首を横に振った。

ほら、もう裏切った。

「そうですか。それでは、ご健勝で。もう二度と会うことはないでしょう」

アンリは父に背を向けると、背後にいたテオフィルに笑いかけた。

用事は終わったよ、もう行こう。なんて話しかけながら、テオフィルの小さな手を握った。

もう父や兄のことなど、欠片《かけら》も意識になかった。

第二章　辺境伯領での日々

「わああ……！」

ガタゴトと揺れる馬車の中、テオフィルは目を輝かせながら外の景色を眺《なが》めていた。

王都の外が珍しいのだろう。ただの田園風景を、窓にべったり鼻をつけて見つめている。かくいうアンリも王都の外に出た経験は数えるほどしかなく、内心では興味津々《きょうみしんしん》だった。

「ここから先は、多少揺れる」

低い声で忠告したのは、グウェナエル・ドゥ・デルヴァンクール辺境伯。つまり、アンリの伴侶《はんりょ》であった。

グウェナエル、アンリ、テオフィルの三人は、馬車に乗ってデルヴァンクール辺境伯領に向かっている。辺境伯領は北の果てにある。途中の町々に立ち寄りながら、一月以上もかけねば辿《たど》りつけないと聞いた。

そんなに遠い場所など、想像がつかない。

四人がけの馬車で、グウェナエルとアンリは向かい合って座っていた。アンリの隣にテオフィルがいて、テオフィルは靴を脱いで座席に上がり、窓の外の光景に夢中になっている。

どうやらグウェナエルは、物静かな性格のようだ。アンリもおしゃべり好きとは言い難《がた》く、馬車の中で聞こえる音といったら、テオフィルが尻尾を振るぶんぶんという音くらいなものだった。

「殿下は」

なにか世間話でもしたほうがよいと感じたのだろうか、グウェナエルが口を開いた。

「殿下だなんて、やめてくれないか」

アンリは、遮《さえぎ》って答える。

「私たちはもう夫夫《ふうふ》なのだ。ただアンリと呼んでくれればよい。敬語もいらぬ」

正直に言えば、この国の王子であった事実など忘れたいくらいだ。王子ではなく、辺境伯の伴侶《はんりょ》という立場を手に入れたのだと思うと、契約婚も悪くないと思えた。

「む、すまん」

言葉を途中で遮《さえぎ》ってしまったからだろうか、毛皮に覆《おお》われて判別しづらい狼の表情が、心なしかしょんぼりして見えた。

ただの契約相手にしても冷たい態度だったかと、胸がちくりと痛む。

背丈《せたけ》は、二メートルはあろうか。毛皮の下は、一分の隙《すき》もなく筋肉で覆《おお》われているだろうと想像のつく胸板の厚さがある。彼はアンリよりも体格の勝る大の男だ。

それなのに、テオフィルと同じふわふわの生物が落ち込んでいるのだと思うと、どうしても可哀想に思えた。

彼は、決して味方ではない。テオフィルの親にふさわしいかどうか、常に気を張って見極めねばならない相手だ。絆《ほだ》されてはならない。

絆《ほだ》されてはならないのだが……

しょぼんとしている黒い狼を見つめる。

本家と分家だけあって、テオフィルとどことなく顔つきが似ているように見える。

テオフィルと似た人間大のぬいぐるみみたいな存在が、しょぼくれているのだ。どうして胸がきゅんきゅんするのを止められようか。

――くそ、可愛い！

「……代わりに、私も貴方をグウェナエルと呼んでも構わないだろうか」

つい、歩み寄る一言を発してしまった。

途端に空を切るぶんぶんという音が増えた。

グウェナエルを見ると、顔は無表情でキリッとしているのに、尻尾だけがぶんぶん振られている。

どうやら嬉しい提案だったようだ。

もしかして獣人は、自分の意思で尾の動きをコントロールできないのだろうか。

「もちろん、構わん」

彼は極めて冷静な声音で答えたが、喜んでいることはすでにこちらに伝わってしまっている。

――やはり天然、なのか……？

「……テオは？」

小さな声が、横入りしてきた。

いつの間にか窓の外の景色よりも二人の会話のほうが気になっていたようで、きちんと座席に座っておずおずと見上げていた。

「テオはどうよんだらいいの？　おとうさまとおかあさま？」

新たな呼称を口にするテオフィルは、びくびくと震えていた。

男同士で結婚する場合、婿入《むこい》りしてきたほうを「母」扱《あつか》いすることが多い。「お父さま」と「お父さま」では、区別がつかないからだ。

とはいえ、自分がお母さまと呼ばれるのだと思うと、変な気分だった。

「私のことはアンリと呼んでくれればいいよ、テオフィル。無理にお母さまなんて呼ぶ必要はない」

震えるテオフィルの頭に手を添え、そっと撫《な》でた。

テオフィルを守りたいという思いはあるが、母として慕《した》われたいわけではない。どんなにひどい母親でも、花瓶《かびん》を振り下ろそうとしたあの女がテオフィルにとっての母だろう。

自分のことなんて、どう思ってくれてもいい。愛されなくてもいい。テオフィルを守るのがこれからの使命だと決めたのだから。

「……アンリ？」

テオフィルはおそるおそるアンリの手にちょんと触れ、大きな銀色の瞳で見上げてきた。

「うん、なあに？」

できる限りの優しい声音で答えた。

「えへへ」

アンリと呼んでいいとわかったからか、テオフィルは控えめな笑みを浮かべた。なんて愛らしい笑顔だろう。

「慣れるまでは、オレのことも名前で呼ぶといい。グウェナエルだ」

自分にならったのか、グウェナエルもまた名前で呼ぶようテオフィルに提案した。

「ぐなえなえる？」

テオフィルは真剣な顔で、グウェナエルの名前を口にしようとしたが、思いきり間違えていた。まだ五歳の彼には難しい響きだったようだ。

「ふふっ」

名前を間違えたテオフィルに、思わずといった風にグウェナエルは顔を綻《ほころ》ばせた。

その微笑みの柔らかさに、つい視線が引き寄せられる。

彼が笑うのを、アンリは初めて目にした。なんだ、子供相手になら優しい顔ができるんじゃないか、と目が丸くなる。

「もう一度言おう。グウェナエルだ」

「ぐ、ぐえるなるなる」

「わかった、愛称にしよう。グウェンと呼んでくれ」

「グウェン！」

グウェナエルは穏やかに頷《うなず》いた。

「グウェン、グウェン！」

「その通りだ」

テオフィルは飛び跳ねるようにして、グウェナエルの隣に移る。もうすっかり彼に慣れたようだ。あっという間に仲良くなった二人を見ていると、なぜだか胸がちくんと痛んだ。

いや、これでいい。辺境伯家での生活がうまくいけば、テオフィルは彼の跡を継《つ》ぐ。自分などよりグウェナエルと仲良くなっておくべきだ。テオフィルの将来を思えば、心穏やかでいられた。


辺境伯領までの道のりは、実に順調に進んだ。

テオフィルが馬車の揺れに酔ってしまったこともあったが、どこからともなく精霊が飛んできて、不思議な力で治してくれた。

旅の生活は快適とは言い難《がた》いながら、テオフィルは不快さを訴《うった》えることなく、新しいものだらけの旅を楽しんでくれた。

「テオフィル、遠くに森が見えるだろう」

「うん！」

グウェナエルは、馬車の外に見える景色を指し示した。

「オレたちはこれから、あの森を通る。森を突っ切るように、道が通っているのだ。父の時代はこの道がなくて森を迂回《うかい》しなくてはならず、ひどく不便だったと聞く」

彼が示す先には、鬱蒼《うっそう》と生《お》い茂る巨大な森が広がっている。あれを迂回《うかい》するとなれば、旅程がどれだけ延びることか。

自然が多い場所は精霊も多い。森を突っ切ることに不安はなかった。

「あの森さえ越えれば、辺境伯領はすぐそこだ」

「あたらしいおうち、つくの？」

「そうだとも」

「わーい、やったー！」

テオフィルは新しい環境に期待を抱いているようだ。

変化に怯《おび》えるよりは、ずっといい。後はテオフィルにとって、本当にいい環境になってくれるのを願うばかりだ。

森が近づくほどにテオフィルの興奮は増し、尻尾のぶんぶんが大きくなっていくのを、アンリは微笑ましく見守った。

ほどなくして、馬車は森の中に突入した。

「わああ」

テオフィルが歓声を上げた。

木々の間を、たくさんの精霊が飛んでいたからだ。

大小さまざまな光が飛びまわり、あちらこちらへ散っていく。幻想的な光景だった。アンリもまた、外の光景に視線が釘づけになる。

「みてみて、こびとさん。あ、あれはねこちゃんだよ」

テオフィルが声を潜めて、教えてくれた。

テオフィルは、アンリよりも精霊が「どんな精霊か」を感じ取る力が強いようだ。アンリは近くにいる精霊ならなんとなく印象がわかるだけだが、テオフィルは彼らの姿が目に見えているようにどんな精霊か言い当てる。実際、テオフィルにはアンリよりもはっきり精霊が見えているのかもしれない。

小声なのは、グウェナエルに聞こえないようにか。だが、同じ馬車の中なのだ。いくら声を潜めたって聞こえるだろう。

「オレには見えないが、そんなにたくさんの精霊がいるのか」

予想通り、聞こえていたようだ。グウェナエルはテオフィルに問いかけた。

「うん！　……あっ！」

テオフィルは勢いよく頷《うなず》いた後、耳をぺたんと伏せ両手で口を塞《ふさ》いだ。不安げに銀色の瞳を揺らしている。

「テオフィル、どうしたの？」

アンリはさりげなく手を伸ばし、テオフィルをそっと抱き寄せて事情を尋《たず》ねた。どんな心配事でも遠慮《えんりょ》なく口にしていい、と伝わるように頭を撫《な》でる。

「……見えること、あんまり言っちゃいけないから」

テオフィルはアンリを上目遣いに見つめながら、そっと零《こぼ》した。

「どうしてそう思ったの？」

アンリは穏やかに尋《たず》ねた。

「だってこびとさんとか、ねこちゃんなんていないって、おかあさまが」

テオフィルは、実の母親に言われていたことを口にした。感情的に精霊の存在を否定していたテオフィルの母親を思い出し、アンリは我知らず拳を握った。せっかくテオフィルの明るい笑顔が見られたのに、過去の記憶が掻《か》き消してしまった。いつまでテオフィルを苦しめるのだろう。

「そうか、そんなことを言われていたんだね」

胸のうちの怒りを押し隠し、アンリは穏やかに答えた。

二人の会話に耳を傾けていたグウェナエルが、口を開いた。

「オレは精霊については詳しくないが、精霊が見えるというのはとても貴重な才能なのだと思う。自らの才を押し殺して生きる必要などない。辺境伯領では、誰にもテオフィルにひどいことは言わせないと約束する」

グウェナエルなりに、テオフィルに柔らかい言葉を使おうと努力しているようだ。

テオフィルは黙り込んで、アンリにひっついている。テオフィルの耳はいろんな方向に動いていて、グウェナエルの言葉についてよく考えているのだろうと窺《うかが》える。

「む。その、今のは精霊が見えるということを公表したい場合の話で、もしテオフィルが隠したいというのであれば、その権利があることも約束する」

怖がらせてしまったと思ったのか、彼はあたふたと言い添えた。

「ほんと？　いわなくていい？」

「もちろんだとも」

しっかりとした返答を聞いて、テオフィルはやっと顔を上げた。安堵《あんど》したように、おずおずと笑顔を見せた。

「アンリも同じだ。隠したければ公表する必要はない。もし精霊の呼び手であることを明らかにすると決めた場合には、誰にも君を誹《そし》るようなことはさせないと約束しよう」

アンリは目を瞬いた。まさか彼がそんな風に言ってくれるなんて。

アンリもテオフィルと同じく、精霊が見えることが周囲を不気味がらせるのだと気づいてからは、なるべく隠して生きてきた。テオフィルが怯えているのであれば、アンリも同じだと彼は気づいてくれたのだ。胸がじんわり熱くなる。

「む、なんだその意外そうな顔は。オレは貴殿、いや、君のことも……」

グウェナエルはなにか言おうとしたが、最後まで続かなかった。

「うひゃあ！」

テオフィルが驚いた声を上げた。

馬車が突然加速したからだ。御者《ぎょしゃ》が慌ただしく馬たちを鞭打《むちう》つ音が聞こえる。

「なにが起こったんだ？」

アンリは咄嗟《とっさ》にテオフィルを抱きしめた。彼を守るために。

「……熊だ」

馬車の外を見たグウェナエルが呟いた。

「熊!?」

アンリもまた馬車の外に目をやると、黒く大きな塊《かたまり》が見えた。猛然と馬車を追ってきている。

熊とは、あんなに大きな生き物なのか。

「雪深い地の熊は大きくなるものだ。それにしても馬車を追いかけてくるとは、普通ではないな。人を食った熊かもしれん」

「人を……!?」

人を食べたことのある熊が、この馬車を追いかけているだなんて。

テオフィルを抱きしめる腕に、思わず力が入る。

馬車を引く二頭の馬は全力で走っているが、いかんせん馬車が重すぎるようだ。熊を引き離すことはできていない。それどころか、だんだん距離を詰められているようにすら見える。

「人肉の味を覚えた熊は、人を恐れなくなる」

グウェナエルの言葉に、アンリは思わず想像してしまった。鋭《するど》い牙に引き裂かれて迎える最期を。

「テオたち、たべられちゃう？」

テオフィルは涙目で震えていた。

なにを言ってあげたらいいかと逡巡《しゅんじゅん》した瞬間、グウェナエルが馬車の中で立ち上がった。

「領主として、危険な獣の放置はできん」

「どうする気なんだ？」

彼は口端を上げ、笑みを見せた。

「案ずるな。オレの剣にかかれば、熊一匹くらいどうということはない」

たしかに彼は腰に剣を佩《は》いている。だが、剣一本であんな恐ろしげなものに立ち向かうなんて。

「オレが降りたら、馬車の扉をしっかり閉めておけ」

「えっ」

馬車は全速力で走っているというのに、グウェナエルは扉を開け放ち、ひらりと飛び降りた。

万一にもテオフィルが馬車から落ちてしまわぬよう、アンリはすぐに扉を閉めた。

グウェナエルは音もなく地面の上に降り立ち、腰の剣を抜いた。刃が光を反射して、鈍《にぶ》く煌《きら》めく。

熊は凄《すさ》まじい速度でグウェナエルに迫る。

あっという間に彼の目の前に来ると、巨大な身体で立ち上がった。

背丈《せたけ》が二メートル近くあるグウェナエルと、熊の体格はほとんど変わらないように見える。なんて大きな熊なのか。

熊はグウェナエルを挽肉《ひきにく》にせんと、片手を振り上げる。

もうだめだ。目を瞑《つむ》ろうとした瞬間。

「ハァッ！」

刃が翻《ひるがえ》る。

剣は熊の身体を袈裟《けさ》切《ぎ》りにして、なんと斜めに分断してしまった。

二つに分かたれた身体から血が噴き出すのを見て、アンリはテオフィルの目を手で塞《ふさ》いだ。子供に見せるには、凄惨《せいさん》すぎる。

熊だったものはどうと倒れ、ぴくりとも動かなくなった。

「どうしたの？　グウェンはどうなったの？」

「大丈夫だよ。熊をやっつけてくれたよ」

「よかったあ」

御者《ぎょしゃ》が馬車を止め、グウェナエルはゆっくり歩いて馬車の中に戻ってきた。

「血腥《ちなまぐさ》くてすまないな」

そう言う割に、彼はわずかしか返り血を浴びていなかった。

「いや、いい。そんなことより、怪我はないのか？」

「大丈夫だ。あの熊に食われた被害者がいるかもしれん。街に着いたら、街道沿いを調査するように伝えておかないとな」

まさか獣人がこんなに強いだなんて、知らなかった。

生き物の身体を、あんな風に両断できるなんて。身体の内側には、肉だけでなく骨だってあるはずなのに。どんな怪力であれば、そんな芸当が可能だというのか。

頼もしいと同時に、少しも恐怖を感じなかったと言ったら嘘になる。

熊の身体が両断され、大量の血が噴き出した瞬間が頭から離れない。気がつくと、テオフィルを抱きしめる手が震えていた。

アンリは自分が獣人のこともグウェナエルのことも、なにも知らないことに、ようやく気づいたのだった。

馬車が熊に襲《おそ》われた事件から、数日が過ぎた。

長旅を続けていると、たとえ途中の町々で休んでいても疲労は蓄積《ちくせき》されていくようだ。

「アンリ」

「ん……んぅ」

「起きなさい。着いたぞ」

着いたという言葉を認識して、意識が覚醒《かくせい》する。

——また次の町に着いたのか。いや、待てよ。グウェナエルが、次は自分の城に着くと言っていた気がする。ということは……

「えっ」

瞼《まぶた》を開くと、石造りの城壁が目に飛び込んできた。

城塞《じょうさい》だ。つまり、グウェナエルの城に着いたのだ。

「街に着いてからテオフィルが大騒ぎだったのに、アンリはぐっすりだったな。疲れが溜まっていたのだろう」

「アンリ、おしろだよ！　おしろ！　すごいよ！」

「本当だね。すごいお城だ」

いくら疲れが溜まっていたとはいえ、目的地に着いても眠っていただなんて。アンリは恥ずかしさに頬《ほお》を赤らめた。

馬車は跳ね橋を渡り、城塞《じょうさい》の大門をくぐっていく。

アンリは城塞《じょうさい》を眺《なが》める。

分厚く高い石壁が城を囲んでいる。堅牢《けんろう》という言葉が具現化したかのようだ。並大抵のことではこの城塞《じょうさい》は攻め落とせないだろう、と一目でわかる。

無骨。いや、実用的というべきか。優雅《ゆうが》さの欠片《かけら》もない城塞《じょうさい》は、けれども至極グウェナエルらしい。

まさかこんな立派な城だとは、思ってもみなかった。国防の要衝《ようしょう》だとわかっていたのに、辺境だというだけで勝手に貧しい田舎を想像してしまっていた自分が恥ずかしい。

大門をくぐった先には、巨大な城館《ドンジョン》がそびえ立っていた。この建築物の中に、居住空間があるのだ。

馬車は城館《ドンジョン》の正門の前で止まり、御者《ぎょしゃ》が恭《うやうや》しく扉を開けた。

「アンリ、手を」

先に降りたグウェナエルが、手を差し出す。

仮初《かりそめ》でも伴侶《はんりょ》になるとは、こうした場面ではエスコートされるということだ。今の今まで、アンリはまったく実感がなかった。

「あ、ああ」

今のうちに慣れておかなければな、と彼の手を取る。ふわりと柔らかな毛が手に触れた。もふもふの手に手を握られながら、アンリは馬車を降りた。もふもふの感触に喜んではいけないのではないかと、謎の罪悪感で妙にドギマギとした。

「まってえ」

背中に声がかかったので振り返ると、テオフィルが今まさに馬車からジャンプしようと、屈伸《くっしん》しているところだった。

「テオフィル、飛び降りたら危ないよ。こういう時は、下ろしてもらうのを待てばいいんだよ」

「おろしてもらえるの？」

「もちろんだとも」

グウェナエルは大きく頷《うなず》くと、テオフィルの身体を軽々と抱え上げ、地面に下ろした。

「わああ……！」

抱きかかえられただけなのに、テオフィルは感動したのか銀色の瞳をキラキラさせていた。

アンリにはテオフィルの感動が理解できた。きっと、抱っこされたことがあまりないのだ。幼き日の自分もそうだった。これからはたくさん可愛がってあげなければ、と密かに胸を痛めた。

正門の両脇に控える番兵が、門を開く。

「おかえりなさいませ、閣下」

城の玄関ホールには家宰《かさい》や侍女など使用人がずらりと並び、一斉にグウェナエルを出迎えた。

使用人を見ると人間は少なく、リスや兎《うさぎ》や狐《きつね》、鳩《はと》などの獣人がいるのを見て驚いた。表情には出さないよう努めたが。

この領地には、獣人が多いのか。

いきなりの大人数に気圧《けお》されたのか、さっきまではしゃいでいたテオフィルは尻尾を足の間に挟んでアンリの後ろに隠れてしまった。

アンリもまた、グウェナエルにいきなりできた伴侶《はんりょ》と継子《ままこ》が、使用人たちにどう思われるだろうかと緊張している。それでも緊張は表に出さず、そっとテオフィルの頭を撫《な》でた。

「大丈夫、きっとみんなすぐにテオフィルのことを好きになるよ」

「本当？」

「うん、本当だよ」

囁《ささや》くと、テオフィルはわずかにはにかんでくれた。少しは元気づけられただろうか。

「閣下、長旅お疲れ様です。それで、そちらの方々が……？」

侍女頭と思《おぼ》しきリス獣人の侍女の視線が、こちらに向く。声から察するに年配なのだろうか。

心臓が飛び跳ねるのを、はっきり感じた。

「ああ、皆に紹介しよう。オレの伴侶《はんりょ》のアンリと、デルヴァンクール家の跡継《あとつ》ぎとなったテオフィルだ」

使用人たちの注目が集まる。

ごくりと固唾《かたず》を呑むと、アンリは努力して微笑みを浮かべた。

「私はアンリ・ドゥ・デルヴァンクール。元はシャノワーヌ姓を持つ身だったが、王の第二子という立場は捨て、辺境伯の伴侶《はんりょ》としての責務を果たす所存だ」

堂々と自己紹介をした後、テオフィルの背中を軽く押す。

「ほら、テオフィルも」

テオフィルはアンリの後ろから、おずおずと姿を現した。

「テ、テオフィルです。よろしくおねがいします」

尻尾を足の間に挟んだままだが、礼儀正しく挨拶《あいさつ》ができた。

それを見た使用人たちが、顔を見合わせる。

そして。

「まあまあまあ、なんて可愛らしい子なんでしょう！」

彼らは一斉に目尻を下げたのだった。

「伴侶《はんりょ》殿に至っては『責務を果たす』ですって！　責任感が強そうで、よさそうな方じゃありませんか」

「閣下に、こんな素晴らしい伴侶《はんりょ》と子供が一挙にできるなんて！」

使用人たちはきゃあきゃあとはしゃいでいる。

彼らの笑顔から感じ取れるのは、「歓迎」の気持ちだ。まさかこんなに好意的に受け入れてもらえるとは思わず、アンリはきょとんと目を丸くした。

「その……使用人たちの雰囲気は王城とは多少違うかもしれない。我慢《がまん》してほしい」

申し訳なさそうにグウェナエルが囁《ささや》いた。

たしかに、王城の使用人たちとは全然違う――いい意味で。

「賑《にぎ》やかなのはいいことではないか」

アンリの返事が意外だったのか、彼は金色の目を丸くした。驚いた表情のグウェナエルは少し印象が幼くなって、可愛らしいなと感じた。

テオフィルも歓迎されていることを感じ取ったのか、嬉しそうに尻尾の先が揺れはじめている。

銀色の瞳を大きく見開いて、使用人たちを物珍しげにきょろきょろと見ている。

「長年独身を貫《つらぬ》かれてきた閣下から、いきなり『伴侶《はんりょ》と養子を連れて帰る』とお手紙をいただいた際は、それは仰天《ぎょうてん》したものです。それがこんなに素晴らしい方々とは、さらに驚きました。一体どのようなご縁があって、第二王子殿下に求婚することになったのです？」

兎《うさぎ》獣人の家宰《かさい》からなれそめに関する質問が差し向けられ、使用人たちの耳目《じもく》を集めたのを感じた。

グウェナエルはなれそめをどう語るのだろう。アンリもまた、彼を緊張した面持ちで見つめた。

「む……それはだな、オレが一目惚《ひとめぼ》れしてアプローチ、したのだ」

――一目惚《ひとめぼ》れ!?

たしかにこんな急な結婚、一目惚《ひとめぼ》れとしか説明のしようがない。

とはいえ彼がそんな言葉を口にしたのが意外で、動揺《どうよう》が顔に出るところだった。

「まあ～！」

主に女性の使用人の頬《ほお》が紅潮する。

たどたどしい口調がまさに照れているようで、真に迫って聞こえたようだ。

「ついに閣下に春が！」

「閣下のプロポーズを、アンリさまがお受けになったのですね！」

グウェナエルのせいで、自分が一目惚《ひとめぼ》れされた末にプロポーズを受け入れた人間になってしまった。アンリは曖昧《あいまい》な笑みを浮かべて頷《うなず》いた。

「デルヴァンクール閣下！」

突如、正面玄関が開いて人が入ってきた。

例によって、獣人だ。それは美しい純白の体毛が目を引く鹿の獣人だった。広げた翼のような形の角を二本、頭に戴《いただ》いた青年だ。声から青年だと判断した。

「もうお帰りになられていたとは。出迎えたかったのに、部下の鍛錬《たんれん》に時間を取られてしまいました」

鹿の青年は、黒い瞳を光らせてグウェナエルに微笑んだ。獣人の美醜《びしゅう》はわからないが、自信に満ちた微笑みを見るに、おそらく彼は顔立ちがいい部類に入るのではないか。

「そちらが……？」

青年は、アンリとテオフィルに視線を向けた。

「アンリ、テオフィル、紹介しよう。この男はエヴラール。我が領地を守る騎士団の団長だ」

「お初にお目にかかります」

騎士団の団長だと聞き、意外な思いがした。

エヴラールと紹介された青年はどちらかというと細身で、武官というよりも文官に見えたからだ。

「エヴラールはオレの右腕だ。彼がいるからこそ、領地を空けることができたと言ってもいい」

「閣下、お褒《ほ》めの言葉がすぎます」

エヴラールは謙遜《けんそん》した。

「こちらはオレの伴侶《はんりょ》のアンリと、オレの子のテオフィルだ。よくしてやってくれ」

紹介されたので、アンリは彼に笑みを向けた。

「よろしくお願いする」

「はじめまして」

テオフィルは礼儀正しくお辞儀《じぎ》をした。

それに対して、エヴラールはゆっくり首を横に振ると、テオフィルの前に膝《ひざ》をついて目線を合わせた。

「テオフィルさま。貴方はこの領地を継《つ》がれる方です。お父君の部下である私に頭を下げる必要はございませんよ」

「え、ええ……？　えっとぉ……」

「申し訳ありません、テオフィルさま。私めの言葉のせいで、混乱させてしまいましたね。これから、少しずつ慣れていけばよいのですよ」

「そうなの？」

エヴラールの言葉に困惑し、テオフィルはアンリを振り返った。そうだよ、と頷《うなず》いてみせる。

テオフィルは自信を得たようで、勢いよくエヴラールに向き直った。

「わかりました！　あ、わかったよ？　わかった、りました……？」

敬語で話していいのかどうか、すっかり混乱している。

「ふふ、ふふふふ。テオフィルさまは愛らしい方ですね」

思わずといった風に、エヴラールは笑みを漏《も》らす。

その笑顔を見ると、どうやら悪い人ではなさそうだと感じた。


「ここがテオフィルの部屋だ」

お茶をしてゆっくり休んだ後、グウェナエルに城の中を案内してもらうことになった。

伴侶《はんりょ》や我が子に自ら住処の案内をしないでどうする、と張りきっていた。

城の通路は入り組んでおり、しばらくは案内がないと迷ってしまいそうだ。

「こんなにひろいおへやが、テオのなの？　テオだけの？」

案内された部屋を見て、テオフィルは目を丸くした。

テオフィルの部屋は立派だった。部屋の奥には大人が横になっても充分な大きさの天蓋《てんがい》付きの寝台があり、鏡台や衣装箪笥《いしょうだんす》、机に椅子、部屋の中央にはテーブルと長椅子まで備えつけられている。

家具の質も、かつて冷遇されていたアンリのものよりも立派なくらいだ。

準備する時間は少なかっただろうに、よくもここまで立派な部屋を用意できたものだ。

「アンリとグウェンは、どこにねるの？」

テオフィルの問いに、グウェナエルが微笑む。

「言っただろう、ここはテオフィルだけの部屋だ。テオフィルだけで使えるのだ。オレたちの部屋は、テオフィルの部屋の隣にあるぞ」

「テオだけここにねるの……？」

グウェナエルの言葉を聞いて、テオフィルは悲しげな顔になった。

旅のさなかでは、町で一番立派な宿屋でも貴人を泊めるのにふさわしい部屋は一部屋しかないということもあった。そういう時は、三人で同じ部屋に寝たものだ。テオフィルはそれを不快に思うどころか、むしろ楽しそうにしていた。

貴族の子なら一人で寝るのは当たり前のことだが、旅を経《へ》たテオフィルにとっては、そうではない。

グウェナエルとアンリは、顔を見合わせた。

「テオフィル、一人ではない。この城の使用人たちが常にテオフィルのそばにいて、着替えの手伝いでもなんでもやってくれる。寝るまで一緒にいてくれる。寂しくはないぞ」

「うん……」

グウェナエルの言葉にテオフィルは素直に頷《うなず》いたが、表情は曇《くも》ったままだ。可愛い三角形の耳もしょんぼり伏せられている。

旅をする中でグウェナエルとアンリには懐《なつ》いてくれたが、使用人たちは今日会ったばかりの他人だ。不安でたまらないのだろう。

グウェナエルにとっては信頼できる使用人かもしれないが、テオフィルにとっては違う。

アンリは跪《ひざまず》き、テオフィルと視線を合わせた。

「よし、それならテオフィルが寝るまで、私がそばにいてあげよう。グウェナエルは領主だから忙しいけれど、私は暇《ひま》だからね」

「ほんと？」

テオフィルはぱっと顔を上げた。

ふぁさふぁさと尻尾が揺れている。

「本当だとも。テオフィルが寝たら私は自分の部屋で寝るけれど、いいね？」

「うん！」

テオフィルは目を細めて、尻尾をぶんぶん振っている。こんなに喜んでくれると、提案した甲斐《かい》があった。

テオフィルを通して、人のためになることをする喜びと、それが報《むく》われる嬉しさを教えてもらっている。そんな感慨《かんがい》が湧《わ》いてきた。

一人にはならないとわかったからか、テオフィルは自分の部屋に興味を示して、ありとあらゆるところの匂いをふんふんと嗅《か》ぎはじめた。

「さあ、今のうちにオレたちの寝室に案内しよう」

「『オレたちの寝室』……？」

グウェナエルの言葉に疑問を抱きながら、隣の部屋を見に行くと。

そこには一際大きな部屋があり、部屋の奥には巨大な寝台が鎮座《ちんざ》していた。寝台には、二人分の枕が並べられている。つまりグウェナエルと同じ寝室で、同じ寝台に並んで寝るということだ。

「その……オレが熱烈にアプローチして、君が応えてくれたことになっているので、こういうことになってしまった」

考えてみれば、夫夫《ふうふ》だということになっているのだから、同じ寝台で寝るものなのか。今の今まで、まったく想像していなかった。

「もちろん、君に手出しはしない。安心してくれたまえ」

ただの契約婚なのだから、と彼は言う。

「それを聞いて安心した」

「同じ寝床に寝ることにはなるが、それは我慢《がまん》してほしい」

「大丈夫だ」

こくりと頷《うなず》く。旅の間に同じ寝室で寝ることもあったのだから、同じ寝台で寝るのも似たようなものだろう。

そんな風に彼を信じられる根拠《こんきょ》はあるのか。心の声が語りかけてくる。

たまたま契約婚を持ちかけてきた相手が善人だなんて、都合のいいことがあるだろうか、と。今までの暗澹《あんたん》たる自分の人生と比べると、疑わしく感じてしまうのだ。

グウェナエル自身に疑わしい点があるわけではない、と自分に言い聞かせ、心の声を無視することにした。

夕食にはステーキが出て、テオフィルは大喜びで平らげた。まだ五歳なのに完食できるのかなと心配していたら、なんと二枚も食べてしまった。

グウェナエルの皿には、五枚もステーキが重ねられていた。もちろん全て食べきっていた。

獣人がこんなにたくさん肉を食べるだなんて、知らなかった。どうやら旅の間は、我慢《がまん》をさせていたようだ。「テオ、こんなにたくさんたべていいの？」と目を輝かせていたのが忘れられない。

「テオフィル、ごはん美味《おい》しかった？」

「うん！」

夕食の後はテオフィルの手を引いて、寝室まで戻ってきた。

グウェナエルは食事の後エヴラールに話しかけられて、仕事の話があるからと名残惜《なごりお》しそうに別れた。

「この城館《ドンジョン》には、大きなお風呂があるんだって。もう少ししたら、お湯が入ったよって侍女さんが知らせに来るから、一緒にお風呂入ろうか」

「どれくらいおっきいの？」

「私も知らないから、一緒にたしかめよう」

「うん！」

二人で話していると、ドアをノックする音がした。入室の許可を出すと侍女が入ってきて、入浴の準備が整いましたと伝える。

「行こうか」

「うん！」

テオフィルが自ら手を差し出して、手を繋ごうとしてくれる。これほど嬉しいことがあろうか。

アンリは彼の手を力強く握り、侍女に案内されて浴場へ向かった。

「わあー！　みてみて、おゆのいけだよ！」

浴場を一目見て、テオフィルは興奮してはしゃいだ。

彼の言う通り、まさに池のような大きさの湯舟だった。広い浴場の傍《かたわ》らには、白亜の大理石で象《かたど》られた女神が、入浴者たちに慈愛《じあい》の微笑みを向けている。

「本当だ、すごく大きいな。テオフィル、溺《おぼ》れないように気をつけるんだぞ」

「はーい！」

身体を洗い流し、いよいよ湯舟に入る準備が整った。

テオフィルは湯舟の縁《ふち》に登ると、ちょんちょんとお湯に足先でつつく。

「熱い？」

「ちょとあついかも」

テオフィルは振り返り、真面目くさった顔で報告した。それが妙に可愛らしくって、アンリはくすりと笑った。

「じゃあ慎重《しんちょう》に入ろうか」

「うんっ」

テオフィルはそろそろとお湯に足先を沈めた。

その様子を見守りながら、アンリもまたゆっくり湯舟に入った。

お湯の温かさが、皮膚《ひふ》を通して伝わってくる。溜まっていた長旅の疲れが解《ほど》けていくようで、アンリは充足の溜息《ためいき》を吐いた。

「ふう……」

「あっついけど、あったかいねー」

身体が沈まぬよう、湯舟の中の石段に腰かけたテオフィルが笑う。

「そうだね」

「えへへ」

手を伸ばして頭を撫《な》でると、揺れた尻尾がちゃぷちゃぷと水面に波紋《はもん》を作った。

波紋《はもん》の行く先をしばし眺《なが》め、アンリは口を開いた。

「テオフィル、この家でやっていけそう？」

最初に人見知りした時以外は、テオフィルは終始楽しそうにしていた。それでも、感想は直接聞いてみなければ。

「うーんとねえ、おうちがおっきくてびっくりしたけどね、ごはんがおいしくて、テオのおへやがおっきくて、おふろもこーんなにおおきくて、とってもたのしいよ！」

テオフィルは満面の笑みを浮かべた。

感じていた通り、ここで幸せに暮らしていけそうだ。

「でもいちばんなのはね、グウェンとアンリといっしょにいられることだよ！　ふたりともやさしいからね、ふたりといっしょなら、きっとテオ、どこでもたのしいよ」

テオフィルはキラキラの銀色の目を、糸のように細めて笑った。

「テオフィル……！」

胸のうちから込み上げてきた衝動に従って、彼を強く抱きしめた。

「わあ、なあに？　うふふ、くすぐったい」

テオフィルに必要とされている。それがこんなにも、胸を熱くするとは。

「なんでもないんだ。ただ、抱きしめたくなっただけ」

「ええ～、あっついよお～」

テオフィルはくすくすと笑い、尻尾をぱちゃぱちゃと振る。

しばらく時間が経つと、「このままだとのぼせるよ」と言わんばかりに周囲を飛びまわる光――精霊が見えたので、二人は湯舟から上がった。

風呂から上がった後、テオフィルは濡《ぬ》れた毛皮を侍女に丹念に乾かしてもらった。

ふかふかのふわふわになったテオフィルと寝室に戻り、寝台に横になるのを見守った。

「んふふ、ぽっかぽか」

羽毛の布団に包まれたテオフィルは、満足げに目を細める。

「とりさんのにおいするから、とりさんたべるゆめみちゃうかもね」

「羽毛の匂い、するの？」

すんすん、と鼻を鳴らすが、羽毛らしき匂いはしない。

「テオフィルはすごいね。私には全然わからないや」

「そなの？　テオ、アンリよりとくいなことあった！」

寝台の中で、テオフィルは得意げな顔になった。

「さ、そろそろ寝よう。目を瞑《つむ》ろうね」

「うん、わかったぁ」

大人しく目を瞑《つむ》ったテオフィルの頭を、いい子いい子と撫《な》でる。少しの間、彼の毛皮の感触を堪《たん》能《のう》しながら頭を撫《な》で続けていた。

そろそろ寝てくれただろうか。

アンリはそっと、手を離した。

「アンリ……？」

テオフィルが、不思議そうな顔で目を開けてしまった。まだ寝ていなかったのだ。

「大丈夫、そばにいるから。寝るんだから、目を閉じてなきゃだめだろう？」

「あっ」

テオフィルは再び目を閉じた。アンリはテオフィルの頭を撫《な》ではじめた。

こういう時、普通は子守歌を歌ってあげるものなのだろうか。乳母《うば》に養育を放棄《ほうき》されていたアンリは、子守歌など知らない。

安らかな夜が訪れますようにと、ただひたすら頭を撫《な》で続けることしかできなかった。

やがて胸の上下が落ち着いたのを見て、本当に寝ついたのだと気づく。

「おやすみ」

そっと声をかけ、アンリは子供部屋を後にした。

アンリは隣の夫夫《ふうふ》の寝室に戻った。

寝台の上では、グウェナエルが腰かけてくつろいでいた。つい今しがた風呂に入ってきたばかりなのか、黒い毛皮がふかふかになっている。

「テオフィル、ちゃんと寝てくれたよ」

「寝かしつけてくれたのか、ありがとう」

あえて遠くに座るのもどうかと思い、アンリもまた寝台の縁《ふち》に腰かけた。

「テオフィルはどうだった。緊張していなかったか？」

グウェナエルが、様子を尋《たず》ねる。

「大丈夫そうだったよ。グウェンとアンリが一緒なら、どこでも楽しいと言ってくれたんだ」

「オレとアンリが一緒なら、か。嬉しいことを言ってくれるな」

アンリの言葉に、彼は口元を綻《ほころ》ばせたように見えた。

「……オレも、同じようなことを思っていたところだ」

「同じようなこと、というと？」

「仮初《かりそめ》の夫夫《ふうふ》であっても、君を伴侶《はんりょ》に選んでよかった。そういうことだ」

彼の告白に、アンリは目を丸くした。

「テオフィルを庇《かば》って血を流す君を見た瞬間、君は信頼できる人だとオレは感じた。たとえ仮初《かりそめ》の伴侶《はんりょ》でも、信頼できない人物は選びたくない。その点、君を選んだのは正解だった。君はテオフィルにとてもよくしてくれて、テオフィルも君を信頼している」

「あ、ああ……そうか」

こんな風に他人から人柄を評価されるのは初めてのことで、アンリはなんと返したらよいかわからなかった。

「なんというか、オレたちは……いや、よそう」

「うん……？」

グウェナエルは言いかけ、口を閉じてしまった。なにを伝えようとしていたのだろうか。

「それよりも、あのような性急な結婚式になってしまってすまなかった」

「なにを言っているんだ、あれはグウェナエルのせいではない」

話を逸らされたのかもしれないが、いきなり結婚式のことを謝罪され、アンリは驚いた。あれは、どう考えたって父のせいだ。

「元はと言えば、オレが契約婚を頼んだせいだからだとも言える。あのような性急な式、さぞ屈《くつ》辱《じょく》だったろう」

「グウェナエル……」

表情に出ぬよう気をつけていたはずなのに、彼はアンリが感じた屈辱《くつじょく》に気づいてくれていた。

胸のうちに嬉しさが溢れる。

「時間はかかるが、必ずや式をやり直すと約束する」

「え!?　そんなの必要ない、気持ちだけで充分だ！」

辺境伯の地位にふさわしい結婚式など、いくらかかるかわかったものではない。父がアンリの結婚式を省略したのも、金などかけたくなかったからに決まっている。

「いずれ別れが来るのだろう。そんな者のために金をかけるくらいだったら、テオフィルのために使ってくれ」

ただの契約婚の相手に大金をかけて、どうするというのか。

「いずれ別れが来る……か。そうか、そうだな」

アンリの言葉を聞いて、グウェナエルはうつむいてしまった。

彼は一体なにを感じているのだろうか。気持ちを推《お》し量《はか》るために尻尾を見るのは失礼な気がして、彼の尾に視線を向けることはできなかった。

「長旅で疲れが溜まっているだろう。今日は早く寝たほうがいい。オレも今日はもう寝るつもりだ」

「ああ、そうだな」

グウェナエルが寝台に潜り込んで横になったので、アンリも同じく横になった。なるべく距離を空け、彼に背中を向けて寝転がる。

距離はあるものの、同じ寝台に二人の人間がいるからだろうか。一人の寝台よりも温かい気がした。

もう寝入ったのか、ゆっくりした呼吸による揺れが、寝台を通して伝わってくる。なんだか大きな獣に抱擁《ほうよう》されているようだなと感じながら、アンリもまた眠りに就《つ》いた。

月明かりのように穏やかな夜だった。


「アンリ、手を」

朝起きて身支度を終えた後、朝食をとるために食堂に行こうとしたら、グウェナエルが手を差した。

「え？」

「オレたちは対外的には、愛の末に結ばれたことになっている。だからエスコートしたほうが自然ではないかと」

アンリは差し出された手を見つめる。

そうか、これからずっとグウェナエルを熱愛している振りをしなければならないのか。それが自分にできるだろうか。

「その、大丈夫だ。近くにいるようにしていれば、自然とそのように見えるだろう」

アンリの不安を感じ取ったのか、彼は提案した。

ふと、グウェナエルには恋愛経験があるのか気になった。今まで一緒にいてわかった限りでは、彼は朴訥《ぼくとつ》で不器用な人間だ。どうにも恋愛経験があるようには思えない。

もしかすると恋愛したことのない二人で、恋愛している振りをしなければならないのではないだろうか。

本来なら不安になる状況なのだろうが、なんだかおかしみを感じてしまった。

「わかった、善処する」

こくりと頷《うなず》いて、アンリは彼の腕に手を添えた。

グウェナエルにエスコートされながら、アンリは食堂へ向かった。

「アンリ！　グウェン！　おはよお！」

食堂に入ると、テオフィルが真っ先に朝の挨拶《あいさつ》をしてきた。

きちんと使用人に着替えさせてもらって、朝の身支度を終えられたようだ。

ここでの生活に慣れてくれそうでよかった。

「おはよう、テオフィル」

「おはよう」

二人が挨拶《あいさつ》を返すと、テオフィルは尻尾をぶんぶん振る。

昨晩の夕食時のようにグウェナエルとアンリが並んで座り、その向かい側にテオフィルが座った。

目の前に、朝食が給仕されていく。

オレンジジュースにスープ、葉野菜のサラダ。スクランブルエッグに、分厚いベーコンが二枚。

一つ一つがステーキほどの分厚さがあるベーコンが、二枚もだ。おまけにバスケットにパンがこんもり盛られている。バスケットからパンを取って、いくらでも食べていいようだ。

「王都と違って、こちらの朝食は質素《しっそ》に済ませるのが習慣なのだ。もし不満があれば、改善しよう」

「これが、質《しっ》……素《そ》……？」

グウェナエルの謝罪に、アンリは目をぱちくりさせた。

アンリの王城での食事は嫌がらせのせいでまともなものではなく、果てには食事すら出なくなって、精霊が持ってきてくれる食べ物で済ませていた。だから、朝食にこんな量を食べたことはない。

どうやら質素《しっそ》な食事という言葉の認識が、自分とグウェナエルで大きく違っているようだ。

ちなみにテオフィルの皿にも二枚の厚切りベーコンが、グウェナエルの皿には三枚も盛られている。昨晩の夕食は領主が帰ってきたから特別豪華なのかと思っていたが、もしかすると普段からステーキを食べているのだろうか。

「いや、不満などあろうはずがない。美味《おい》しそうだ、早くいただこう」

アンリが肯定的な返事をすると、グウェナエルの耳がピンと立つ。嬉しいのだろうか。だんだん彼のことが狼というより、大きな黒い犬に見えてきてしまう。

三人は食事を始めた。

アンリはナイフで分厚いベーコンを切り、フォークで口に運ぶ。とてもじゃないが、切り刻まずに食べることはまず不可能な肉の塊《かたまり》だ。

ベーコンを噛み締めると、燻製《くんせい》された風味と肉汁が口の中に広がった。

「んー、ベーコンおいちー!」

テオフィルが満面の笑みで、感嘆《かんたん》の声を漏《も》らした。向かいの席だというのに、尻尾がぶんぶん揺れる音が聞こえてくる。

テオフィルは二枚のベーコンを綺麗に平らげた。アンリは一枚しか食べられなかった。残りは使用人に下げ渡されるので、食べ物を無駄にしたと心配する必要はない。

「テオフィルはテーブルマナーの勉強が必要だな」

テオフィルが自分の口元についたケチャップをぺろりと舐《な》めるのを見て、グウェナエルが言った。

「う？」

テオフィルはきょとんと首をかしげた。

「テーブルマナー以外にも、オレの跡を継《つ》ぐためには、学ばなければならないことがたくさんある。明日から勉強が始まるぞ、テオフィル」

「おべんきょう、やだあ……」

さっきまでご機嫌《きげん》だったテオフィルの耳と尻尾が、あっという間に萎《しお》れてしまった。

「立派な大人になるためには、やらなければならないことだぞ」

「だってぇ……」

テオフィルは、上目遣いにグウェナエルを見つめた。

「おべんきょうできなかったら、ぶたれるもん」

呟くような言葉に、アンリは息を呑んだ。

アンリは弾かれるように立ち上がると、テオフィルの隣まで行き、椅子ごとぎゅっと抱きしめた。

こんな小さな子を、勉強ができないなどという理由でぶっていたなんて。

「大丈夫だよ、テオフィル。ここにはテオフィルをぶつような人なんて、誰もいない。勉強ができないだけで、ぶたれたりしないから」

彼の辛い記憶を全て、消し去ってしまえたらいいのに。

前の家で、どんなひどい目に遭ってきたのだろう。彼の境遇に比べれば、自分が過去受けてきた辛さなど、なんということはない。

「ぶたれないんだったら、どうやっておべんきょするの？」

アンリの腕の中で、テオフィルは心底不思議そうに聞いた。

ぶたれない勉強を想像できないのだ。アンリは胸が締めつけられるようだった。

この状況で、安心して知らない人間から教育を受けることはできるだろうか。どうしてもテオフィルを案じてしまう。

「……グウェナエル」

「なんだろうか」

「最初の数カ月、いや数週間でもいい。私にテオフィルの教育を担当させてもらえないだろうか」

グウェナエルは目を見張った。

「しかし、それでは君に負担がかかるのではないのか」

「私の負担など、どうということはない」

アンリは首を横に振った。

「領主の伴侶《はんりょ》には、本来なら城館《ドンジョン》の管理という役目がある。だが……私に任せるくらいなら、家宰《かさい》に任せたほうがいいだろう？　となると、私の仕事は今のところないわけだ。テオフィルの教育を担当するくらいは、なんでもない」

二人は契約婚だ。いつか別れが来るのに、城館《ドンジョン》の管理を任せてもらえるはずがない。

「立派な領主になるためには教育は重要で、いつまでも私が担《にな》えることではないと重々承知している。それでも慣れるまで、ほんの最初のうちだけは、私が教えてやりたいのだ。まったく知らない人間に教えられるより、テオフィルも安心するだろう」

テオフィルは、「グウェンとアンリがいっしょならたのしい」と言ってくれた。ならば、自分が教えるなら安心してくれると自惚《うぬぼ》れてもいいだろうか。

「よくわかんないけど、アンリがテオのせんせーやるの？」

アンリの腕の中で、テオフィルがそっと尋《たず》ねる。

「なら、テオがんばれるかも」

さっきまで萎《しお》れていたテオフィルの耳が、こちらを向いた。元気を取り戻してくれたのだ。

「なら、決定だな。テオフィルにそう言われたら、敵《かな》わない」

グウェナエルは柔らかい微笑みとともに、テオフィルの教師をすることを認めてくれたのだった。


「わあー、せんせーみたーい」

眼鏡をかけたアンリの姿に、テオフィルは歓声を上げた。といっても硝子《ガラス》は貴重なので、フレームだけだ。無論、無意味にかけたわけではない。切り替えのためだ。

「先生みたいじゃなくて、先生なんだよ。私が眼鏡をかけている時は、アンリじゃなくて先生と呼ぶように」

「はーい、せんせー」

テオフィルは素直に返事してくれた。なんて可愛い子だ。

こんなに可愛い子をぶつ人がいただなんて、信じられない。

「まずはテオフィルがどれくらい文字を書けるか、見せてほしいな。自分の名前を書いてみて」

用意してもらった小型黒板とチョークを手渡し、促《うなが》した。

「うん！」

テオフィルはチョークを握ると、元気よく名前を書きはじめた。チョークの握り方はきちんとしている。間違った握り方はしていない。

テオフィルは立派に自分の名前を書きあげた。

すごい。長い綴《つづ》りなのに、テオフィルはきちんと自分の名前を覚えているのだ。

幼児らしい丸みのある文字を見ていると、愛おしさが溢れてくる。これからもっと上手に字を書けるようになることだろう。

「テオフィル、すごい！　間違えずに名前を書けたね」

「えへへ、やった」

尻尾がふぁさふぁさと、控えめに揺れている。

「ちゃんと文字が書けるね。じゃあ次は、読む練習をしていこうね」

アンリは一枚の羊皮紙を配った。

羊皮紙には、アンリが考えた子供用の物語が書かれている。城には子供用の本が一切なかったので、急遽《きゅうきょ》考えた。青い目をした白い猫が、銀色の子犬と、黒い大きな犬と一緒に旅に出る物語だ。

「テオフィルはこのお話を読めるかな？　ちょっと音読してみようか」

「わかったあ！」

テオフィルは羊皮紙を手に取り、元気な声で音読を始めた。

「あるところに、あおいめのねこがいました。ねこは、なんにもないところをみ、みつ……？」

「みつめる」

「みつめるくせがあったので、かぞくにきらわれていました。あるひ、ねこはいじめられていたぎんいろのこいぬをたすけました。それをみていたおおきなくろいいぬが、いっしょにたびにでようといいました」

少しつっかえたものの、文章に出てくるおおよその単語を読めるようだ。なんて賢い子なのだろう。

勉強ができなくてぶたれていただなんて、信じられない。もしかすると勉強ができないからというのは、テオフィルをぶつためのただの口実だったのかもしれない。

「テオフィルはすごいね、こんなにたくさんの言葉が読めるんだね。発音規則もしっかり覚えられているよ」

「ほんと？　テオ、すごい？」

「本当にすごいよ、テオフィルは勉強ができるよ！」

わしわしと思いきり頭を撫《な》でまわす。

「えへへへ」

テオフィルははにかみながら、アンリの手を受け入れたのだった。

それから一緒に物語の音読をし、綺麗な字を書くコツを教えながら、いくつかの単語の書き取りを行った。テオフィルは集中してがんばってくれた。すぐに綺麗な文字を書けるようになることだろう。

「さあ、次はテーブルマナーの練習をしようか。そうしたら、お昼ご飯の時に実践《じっせん》しようね」

「はーい、せんせー」

筆記用具を片づけ、練習用の皿とカトラリーを並べた。

テオフィルと向かい合って座る。

「まず基本から。背筋はまっすぐ、ピンとしよう」

「はい！」

「それから……」

テオフィルはとても真面目に、テーブルマナーの授業を受けた。

「口元にソースがついてしまった時は、ナプキンで拭《ふ》こうね」

説明しながら、アンリはナプキンで口元を拭《ふ》くお手本を見せた。

「でも、おいしくてなめたくなっちゃうよ？」

テオフィルは澄《す》んだ瞳で訴《うった》えた。今朝のケチャップが本当に美味《おい》しかったのだろう。

「ふふ。そういう時は、美味《おい》しかったからまた食べたいって誰かに伝えればいいんだよ。これからは、美味《おい》しいものをいくらでも食べられるんだから」

「いくらでも!?」

銀色の瞳がキラキラと輝く。

もしかすると、前の家では満足に食べさせてもらえなかったのかもしれない。

ステーキやベーコンをぺろりと食べていたのを見るに、この年の獣人がすくすく成長するには、結構な量の食事が必要なのだろう。これからは、好きなだけ食べさせてあげなければ。

「えへへ。じゃあ、きょうのおひるごはんもおいしいものでてくるかな？」

テオフィルは目を細めて、幸せな想像をしているようだ。

「うん、お昼ご飯もきっと美味《おい》しいよ。だから、テーブルマナーの勉強をがんばろうか。綺麗に食べられたら、もっと美味《おい》しく感じるよ」

「そーなんだ！　わかった、がんばる！」

授業は順調に終わり、二人は昼食を取るために食堂へ移動した。

まだ眼鏡はかけたままだ。この昼食はテーブルマナーの実践《じっせん》だから、自分はまだ先生なのだ。

「おや」

すでに食堂にいたグウェナエルが、眼鏡をかけて現れたアンリの姿に反応した。

「君は視力が悪かったのか？」

本物の眼鏡だと思ったようだ。レンズも嵌《は》まっていないのに、と笑った。

「形だけだよ。先生っぽいだろう？」

「うむ……似合うと思う」

ぎこちない褒《ほ》め言葉に、アンリは目を丸くした。

そうか、熱愛夫夫《ふうふ》の振りか。

「あ、ありがとう」

どう答えるのがそれらしいかわからず、小声で感謝の言葉を返した。なんだこのひどく気恥ずかしいやり取りは。侍女に微笑ましげな視線を向けられている気がするのは、きっと意識しすぎなだけだ。

「メガネをかけたアンリのことは、せんせーってよばなくちゃだめなんだよ！」

侍女に椅子に座らせてもらっているテオフィルが、グウェナエルのことを注意した。

「そうだったのか。アンリ先生、おかけになってはいかがかな」

彼はテオフィルの注意に目を丸くすると、悪戯《いたずら》っぽく「アンリ先生」なんて呼んで、席に着くように促《うなが》した。

アンリが席に着くと、昼食が給仕される。

「わあー、ハンバーグだあー！」

昼食から豪勢にハンバーグが出た。

テオフィルの目の輝きが、見たことないくらいキラキラしている。ハンバーグが好物のようだ。

ちなみに、普通のハンバーグではない。皿一枚を覆《おお》い尽くさんばかりの巨大ハンバーグだ。獣人であるグウェナエルとテオフィルなら、綺麗に食べきるのだろう。

「いただきまーす！」

元気に食事を開始したテオフィルを微笑ましく思いながら、アンリもナイフとフォークを手に取った。

教えた通り、テオフィルはいい姿勢で正しくカトラリーを使えている。途中、口元についたソースを少し舐《な》めてから、慌ててナプキンを手に取って口元を拭《ふ》いたのが可愛らしく、危うく笑ってしまうところだった。

「あ、どーしたの？　ハンバーグたべたいの？」

ご機嫌《きげん》でハンバーグをもりもり食べているテオフィルに何人かの精霊が寄ってきて、周りをふよふよと浮いている。

「はい、あーん」

テオフィルはハンバーグを一口分フォークに刺して、精霊たちに差し出した。精霊はハンバーグを食べないと思うが。

「あっ！」

ガシャン。

テオフィルが、ハンバーグを刺したフォークを取り落としてしまった。水を注ぐために近くを通りかかった侍女に、驚いたのだ。

テオフィルは、椅子の上で小さく縮こまってしまった。

「テオフィル、どうしたの⁉」

アンリは席から立ち上がり、テオフィルに駆け寄った。

彼はちらりとアンリを見上げる。

「おともだちいないって、いわれるかもしれないから……」

身体に触れると、彼は小さく震えていた。

アンリは、グウェナエルと顔を見合わせた。

テオフィルがこの家に慣れるには、まだ解決しなければならない問題が残っているようだ。


「どうしようか」

夜の寝室で、アンリはグウェナエルに声をかけた。話題はもちろん、テオフィルのことだ。

使用人の前では、テオフィルは精霊のことを曝《さら》け出すのを怖がっている。

どうにかしなければならないだろう。

「オレとしては、この城で怯《おび》えながら暮らしてほしくはない」

「同意見だ」

アンリは頷いた。

テオフィルが話したくないなら秘密にしていればいいだけだと思っていたが、それでは怯《おび》えを抱えて生きることになるとわかった。

「テオフィルが精霊の呼び手であることを使用人たちに知らせて、不気味に思うことのないよう言い含めておくのはどうだろうか」

アンリの提案に、グウェナエルはゆっくり首を横に振った。

「オレから伝えれば、使用人たちはテオフィルに不躾《ぶしつけ》な反応を見せることはないだろう。使用人たちにとっても、事前に心構えができていていい。だが、テオフィルが隠したいと思っている秘密を勝手にオレたちがバラしてしまったことが明るみに出たら、テオフィルはどう思うだろう？」

「それは……」

グウェナエルの意見はもっともだ。テオフィルはきっと、裏切られたと思うことだろう。せっかく二人のことを信頼してくれたのに。

「オレはテオフィルを一人前の人間として扱《あつか》いたい。彼に対して不誠実なことはしたくないと思っている」

初めて聞いたグウェナエルの意見が、胸のうちに沁《し》み込む。テオフィルについて、そんな風に考えていたなんて知らなかった。

彼はテオフィルを子供としてではなく、「いずれ大人になる一人の人間」として扱《あつか》っているのだ。それはテオフィルにとって、幸福なことなのかもしれない。

「それに、使用人の反応は本質ではない。問題は、テオフィル自身が秘密を打ち明けることに恐怖を抱いていることだ」

城で暮らしはじめる前、「ひどいことは言わせない」と約束しても顔を曇《くも》らせたままだったテオフィルを思い出す。

「なら、どうすればいい？」

「妙案はない。テオフィルの成長を信じよう」

「そう、か……」

要は放っておくしかないということだ。不安を覚えたものの、アンリにもいい案は浮かばなかった。

アンリは翌日もテオフィルに勉強を教えた。

テオフィルは集中して勉強に励《はげ》んでいたが、心なしかいつもより元気がないように見えた。

「テオフィル、午後は一緒に遊ぼうか」

見かねたアンリは提案した。

「あそんでいいの？」

「うん、勉強してばっかりも退屈だろう？　思いっきり遊ぼうか」

「やったー！」

テオフィルは耳をピコピコさせ、尻尾をびゅんびゅん振りはじめた。

少しでも彼の心の負担を軽くできるなら、いいのだが。

昼食を終えた後、アンリとテオフィルは中庭へ出た。

城館《ドンジョン》の中庭は広大だ。緑の芝生《しばふ》が敷き詰められ、道の端には様々な花が植えられている。生け垣や花壇に突っ込まないように気をつければ、子供が駆けまわれるだけの広さは充分にある。

自然が多いからか、ちらほらと精霊が飛んでいるのも見える。

「わーい！」

中庭に出るなり、テオフィルは元気に駆け出した。

「わ、待って！」

五歳児だからぽてぽてと走るのだろうと思っていたのに、テオフィルは結構な健脚だ。彼はあっという間に、中庭の端まで駆けていってしまった。

獣人の子供というのは、もしかするとすごく身体能力が高いのではと気がついた瞬間だった。

「アンリー、おそいよー！」

テオフィルがこちらに手を振っている。

全速力を出さねば、追いつけないかもしれない。

「待てー！」

アンリは全速力で走り出した。

「きゃー！」

それを見たテオフィルは再び駆け出し、自然と鬼ごっこが始まったのだった。

「はあ、はあ……」

「たのしいけど、テオ、つかりた」

四半刻《しはんとき》もすると、二人ともすっかり汗だくになっていた。正確にはテオフィルは肩で息をしているだけで、汗をかいているかは毛皮に覆《おお》われていてわからない。

テオフィルは芝生《しばふ》の上に、ごろんと寝転んだ。

「こんなに走りまわったの、久しぶりだ。筋肉痛になっちゃうかもしれないな」

「きんにくつー、テオもなる？」

「かもね」

「えへへへへ」

ころころと寝返りを打ちながら、テオフィルは笑った。

芝生《しばふ》の上で寝転がるテオフィルを撫《な》でるように、精霊がふよふよと近寄ってきた。

「きゃはふっ！」

精霊と戯《たわむ》れ、テオフィルははしゃいだ声を上げた。

「あえ？　どーしたの？」

そのうち精霊はテオフィルの周囲で漂《ただよ》うのをやめ、どこかへ飛んでいってしまう。

「まってー」

ついさっきまで寝転んでいたのに、テオフィルはぱっと身を起こすと、精霊を追いかけはじめた。

「テオフィル、遠くに行っちゃだめだよ」

アンリも慌てて後を追った。

「んん～？」

精霊はふよふよと漂《ただよ》い、白い花の周りでくるくる回りはじめた。

テオフィルは足を止め、白い花が生《は》える生け垣を覗き込んだ。

「ねえ、アンリ」

テオフィルは追いついてきたアンリを振り返り、生け垣の一点を指さした。

アンリも覗き込むと、そこにはイバラの間に絡まるようにして、もう一人の精霊がいた。

どうやら精霊は、この精霊の存在を知らせたかったらしい。

「どうしてこのこ、ここにいるのかな？」

イバラに絡まっている精霊は、抜け出ようともがいているように見える。

アンリも幼い頃、このようにイバラに捕らえられている精霊を見たことがあった。

「なぜかはわからないけれど、精霊はイバラに捕まっちゃうみたいなんだ」

精霊は壁やドアを簡単にすり抜けるのに、イバラだけはすり抜けることができないようだ。

「たいへん、たすけてあげなきゃ！」

止める間もなく、テオフィルはイバラの生け垣に手を伸ばした。

「いたい！」

イバラの棘《とげ》が刺さったようで、テオフィルはキャンと叫んだ。

「テオフィル、大丈夫か!?」

テオフィルの手を見ると、小さな引っかき傷ができていた。可哀想に。

「テオフィルはそこで見てて。私が精霊を解き放ってあげるから」

テオフィルの前に出て、イバラに捕らわれた精霊に手を伸ばす。

アンリの白い手を、棘《とげ》が掻《か》いて傷をつけていく。赤い血が垂《た》れるのも構わず、イバラを押し広げ、両手で包み込むようにして精霊を助け出す。

イバラから完全に抜け出してから両手を広げると、精霊はお礼を言うようにその場でくるりと回った。お転婆《てんば》少女のような印象を受けた。

「アンリ、おててだいじょうぶ？」

「これくらい、平気だよ」

後で使用人の誰かに包帯を持ってきてもらおうかと思っていると、助けた精霊がアンリの手の傷にそっと触れた。その瞬間、煌《きら》めく粉のようなものがかかったような気がした。

「わあ……っ！」

傷が、瞬く間に治っていく。

元の綺麗な白い手に、あっという間に戻った。

精霊はテオフィルの手にも飛んでいくと、同じように煌《きら》めく粉をかけた。テオフィルの手にできた引っかき傷も、綺麗さっぱりなくなった。

それから精霊はアンリたちから離れ、花壇の上でくるくる飛びはじめた。他の精霊も加わって、花壇の上で踊る。

「アンリ、みて、みて！」

傷を治した煌《きら》めく粉が、花壇にもかけられているのだろうか。花壇に植わったチューリップのつぼみが、淡く光りはじめた。やがてつぼみは綻《ほころ》ぶと、神秘的な青い花を咲かせた。

二人の精霊はどこかへ飛び立ち、後には淡く発光する何本ものチューリップが残された。

傷を治してもらったのはありがたいが、この花々を一体どうすればいいのだろう。

そう思っていると、人の気配が近づいてきた。

「アンリさま、テオフィルさま、そろそろお茶になさってはいかがでしょう……あら？」

それはリス獣人の侍女頭だった。たしか、エマという名前だったか。

「あらまあ、なんて綺麗なお花なんでしょう！　どうしてこんな綺麗な花が咲いたのかしら？　大変、みんなに知らせなくっちゃ！」

エマは、止める間も無く城館《ドンジョン》へ引き返していった。それから侍女や家宰《かさい》を、ぞろぞろと引き連れて戻ってきた。まるで使用人全員で仕事を放り出して花を見に来たようだ。グウェナエルの右腕というエヴラールまでいる。

「アンリ、テオフィル。変わった花が咲いたとか？」

グウェナエル本人まで来てしまったではないか。仕事はどうしたのだ、仕事は。

「あれだ」

もうどうにでもなれとばかりに、アンリは青いチューリップを指し示した。

「なんと！」

グウェナエルは耳をピンと立たせて、驚きを露《あら》わにした。

「まあ、なんて綺麗なんでしょう」

「幻想的でございますね」

使用人たちは、淡く光る花を見て、美しさに相好《そうごう》を崩している。みんな笑顔だ。

テオフィルは人が集まってきた時こそ尻尾を足の間にしまっていたが、和《なご》やかな雰囲気なのを察したのか、次第に尻尾がさわさわと揺れはじめる。

「ねえねえ、アンリ」

「うん？」

テオフィルが内緒話をしたそうにしていたので、その場に座って耳を貸す。

「みんな、よろこんでるよね？」

「うん、そうだね」

「せいれいさんがおはなをさかせたんだよって、おしえてあげてもいいかな？」

アンリは小さく息を呑んだ。

テオフィルは、自分から精霊のことを明かすつもりなのだ。

これがどれほど勇気のいる決断か、アンリには痛いほどわかった。自分がテオフィルと同い年の時、こんな決断ができただろうか。

アンリとテオフィルは同じ精霊の呼び手だが、同時に違う人間なのだと理解した。幼い頃の自己を投影して同情するだけでは、彼の本質を見誤るだろう。

テオフィルは、ただ守られるだけの無力な子供ではない。意思を持った一人の人間だ。

テオフィルを個人として尊重したいというグウェナエルの意見は、正しかったのだ。

「いいと思うよ」

テオフィルに耳打ちを返すと、テオフィルはぱっと顔を輝かせ、みんなのもとへ走っていった。

「あのね、あのねっ」

声を弾ませ、花が咲いた理由を皆に告げる。

グウェナエルとアンリも言葉を添え、テオフィルが精霊の呼び手であることを説明した。

テオフィルが快《こころよ》く受け入れられたのは、言うまでもない。気味が悪いと言う者など、一人もいなかった。

「あのね、あのね、それでね、もりにはせいれーさんがたくさんいたんだよ！」

「まあまあ、そうなのですねテオフィルさま」

精霊のことが受け入れられてからというもの、テオフィルは使用人とも朗らかに会話をするようになった。

これが彼本来の人懐《ひとなつ》っこさなのだろう。グウェナエルの城で幸福に暮らしていけそうな様子に、アンリはほっとした。

これならもう、自分が勉強を教える必要はないだろう。きっと新しい家庭教師とも打ち解けられるはずだ。

「ね、アンリ！」

テオフィルはこちらを振り向き、弾けるような笑顔を向けてきた。

「うん、そうだったね」

アンリはもちろん、笑顔を返した。

「えへへへ」

テオフィルははにかむ。なんて愛らしいのだろう。

「あ、ねえねえ！」

テオフィルは別の使用人が通りがかるのを見かけ、そちらに話しかけに行った。人懐《ひとなつ》っこくなったテオフィルは、あっちへこっちへ、目を離すとすぐにふらふら移動している。

「テオフィルさまは、すっかり馴染《なじ》まれましたね」

さっきまでテオフィルと話をしていたリスの侍女頭エマが、アンリに話しかけてきた。

「ああ、そうだな」

テオフィルの背中を見守りながら、頷《うなず》いた。

「ですが継母《ままはは》とはいえ母親を名前で呼び捨てにするというのは、よろしいのでしょうか……？」

アンリは驚き、エマのほうを見た。

まさか自分の呼称が問題になるなど、思わなかった。テオフィルのためによかれと思って名前で呼んでいいと提案したのに、そのために彼が悪く思われることがあってはいけない。

アンリは素早く頭を回転させる。

「……いずれはグウェナエルや私のことを、きちんと父や母と呼ぶようになるべきだろう。だが今のテオフィルにとって、父や母といった単語は、自らを虐《しいた》げた両親を想起させるものだ。彼の心が癒《い》えるまで、私は待ちたいと思っている」

そもそも自分は母として慕《した》われたいとは思っていない本心を押し隠して、説明した。

愛されたいと期待するより、テオフィルを守ることだけを考えると決めたのだ。

「差し出口でした、申し訳ございません」

アンリの言葉にエマははっとして、頭を下げた。

「いいんだ、顔を上げてくれないか」

「アンリさまはテオフィルさまのことを、心から考えていらしたのですね。私が考え足らずでございました。……ああ、あんな可愛らしい子が、分家では疎《うと》まれていたなんて、信じられません」

事情をある程度聞いていたのか、エマは苦しげな表情でテオフィルを見つめた。

「本当にそうだ。ここでは健やかに育ってくれればいいのだが」

アンリは同意して頷《うなず》く。

「活発でお元気でいらっしゃいますし、いずれは閣下のように武勇に優れた領主になられることでしょう」

エマは誇《ほこ》らしげに胸を張った。

武勇に優れた領主という言葉に、アンリは不意に興味をそそられた。

「その、グウェナエルは戦《いくさ》で勇名を馳《は》せているのだろうか……？」

アンリはグウェナエルのことを、あまり知らない。

彼について知りたいと思えたのは、グウェナエルがテオフィルのいい父親になれそうだと認める心が生まれてきたからだろうか。

「あら、本人からお聞きになっていらっしゃらないのですか？」

――まずい、愛によって結ばれた夫夫《ふうふ》らしい質問ではなかったか。

アンリは一見無表情ながら、頭の中では必死に言い訳を考えていた。

「……あまり、物騒《ぶっそう》なことは話してくれないので」

「ふふっ、閣下らしいこと」

どうやらアンリの言葉は、もっともらしく聞こえたようだ。エマはくすりと笑った。

「ならば僭越《せんえつ》ながら、私からお話しいたしましょう。まず、このデルヴァンクール辺境伯領の北側は、北方諸国と接しておりますよね」

アンリはこくりと頷《うなず》く。もちろん、周辺の地理は頭に入っている。

「北方諸国は王国に適うべくもない小国の集まりなのですが、少しでも南の豊かな地を切り取れないかと思っているのか、散発的に攻めてくることがあるのです」

テオフィルから目を離さぬよう気をつけながらも、話に聞き入る。

「今から五年前と、ええとそれから先代が亡くなって閣下が辺境伯位を継承なさるきっかけとなった九年前の戦争の計二回、戦《いくさ》に参加しておられます。閣下自ら指揮官を務め、見事勝利に導いたのです」

「先代は、戦争で亡くなったのですか⁉」

まさか辺境を守る戦争がそんなに危険だとは思わず、アンリは驚く。

「裏切りがあったのですよ。調停が決まっていたのに、奇襲《きしゅう》を受けたのです」

思わぬ重い過去を聞いて、アンリはグウェナエルのことを考えた。そんな形で父親を亡くしていたなんて。

「思えば閣下の人生は悲劇続きでございますね。閣下は昔、フィアンセを病で亡くしているのです」

フィアンセがいたとの事実に、軽く息を呑んだ。そんな素振り、おくびにも出さなかったのに。

「それ以来縁談を断り続けていらっしゃいましたので、閣下は生涯その方に操《みさお》を立てるおつもりなのだろうかと、使用人一同危惧《きぐ》していたのですよ。それが突然、こんな素敵な伴侶《はんりょ》を連れていらしたのですから、本当に驚いたこと」

「……そうですか」

エマの笑顔に、アンリは曖昧《あいまい》な笑みを返した。

心の中で、アンリは得心していた。

グウェナエルは依然として病死したフィアンセに、操《みさお》を立てるつもりに違いない。目の前で虐待《ぎゃくたい》を受けている子を救うためだけに契約婚をして養子を取るだなんて、随分衝動的な人だと思っていたが、なんのことはない。グウェナエルにとっては一石二鳥だったのだ。愛のない契約婚ならかつてのフィアンセを裏切らずに済むし、しかも跡継《あとつ》ぎまでできる。長い間の謎が解けた気分だった。

謎が解けると、アンリは急にグウェナエルへの警戒心が解けるのを感じた。理解不能な人物ではなくなったからだろうか。

夜が訪れ、グウェナエルと二人きりの時間が訪れても、安堵《あんど》した心地でいた。

「明日から、テオフィルに新しい家庭教師がつく」

「それはよかった」

グウェナエルの報告に頷《うなず》いた。

「これで君の負担が軽くなるな」

「別に、負担なんかじゃなかったよ。楽しかったくらいだ」

アンリは本心から言った。テオフィルに勉強を教える日々は、楽しかった。

「ところで明日は休日にするつもりでな。どうだろう、たまには二人でお茶でもしないか」

突然の提案に、アンリは目を丸くした。

「なんでまた」

「二人きりで、ゆっくり過ごす暇《ひま》もなかっただろう？」

グウェナエルの尾が、ぱたんぱたんと左右に揺れている。

「二人で時間を過ごす意味は？」

「う、む……その、仮初《かりそめ》とはいえ、伴侶《はんりょ》となった相手について知る時間が欲しいと……思ったのだが……」

表情は変わっていないのに、三角形の耳がぺしょりと垂《た》れていき、そわそわとした尾の動きがなくなる。相変わらずわかりやすい男だ。

「別にいいよ。お茶は嫌いじゃない」

アンリが苦笑すると、彼の耳と尾が力を取り戻し、ぴこぴこと小刻みに動いた。

そんなに喜ばれると、まんざらでもなくなってしまう。

それに対外的には熱々夫夫《ふうふ》ということになっているのだから、お茶会の一つもないのは不自然だろう。

同じ寝台に潜り込みながら、彼とのお茶会を楽しみにしていることを自覚した。

翌日。

アンリは新しい家庭教師から挨拶《あいさつ》を受け、テオフィルと笑顔で別れた。

テオフィルの部屋の扉が閉まると、一抹《いちまつ》の寂寥感《せきりょうかん》を覚えた。この後グウェナエルとのお茶会の予定がなければ、気鬱《きうつ》な一日を過ごすことになっていたかもしれない。

もしかすると、それを見越してお茶会を提案してくれたのだろうか。

——なんて、考えすぎかな。

「アンリ、どうした？」

アンリが笑ったのを見て、隣で一緒に家庭教師の挨拶《あいさつ》を受けていたグウェナエルは首をかしげた。

「いいや、なんでもない。部屋に連れていってくれ。エスコートしてくれるのだろう？」

「もちろんだとも」

アンリが促《うなが》すなり、きょとんとしていた間抜け顔はどこへやら、きりっとした顔つきでさっと腕を差し出した。

彼にエスコートされて、お茶会場へ向かう。

お茶会のための専用の部屋は、すでに準備が整っていた。種々の焼き菓子が美しく盛られ、すぐにでもカップにお茶を注げるよう、侍女が控えている。

二人が席についてお茶を淹《い》れてもらうと、グウェナエルは「二人きりになりたいから」と侍女たちを下がらせた。

「うちの侍女が淹《い》れる茶は絶品でな。遠慮《えんりょ》なく飲んでくれ」

グウェナエルは誇《ほこ》らしげに勧めた。

「ああ」

アンリはカップを傾《かたむ》け、紅茶を口に含んだ。すっと芳香が鼻腔《びくう》に広がり、飲み下すと清涼さが喉《のど》を通った。なるほど、自慢するだけのことはある。

前々から感じていたが、グウェナエルは使用人を身内のように扱《あつか》う。早くに父を亡くした彼にとって、使用人が家族なのかもしれない。

不意に、羨《うらや》ましさを覚えた。

父も兄もいるのに孤独な人生を過ごしてきた自分とは、まるで違う。自分にも家族のように接してくれる使用人がいたら、どれほどよかったことだろう。

自分と彼のなにが違うのか。彼には、まるで血の繋がった家族のように温かい絆《きずな》で結ばれた使用人たちがいる。一方で自分は父に疎《うと》まれ、兄に虐《いじ》められ、使用人からは無視され……

紅茶で体が温まるのとは裏腹に、辛い過去を想起して心は氷のように冷たくなった。

「……美味だな」

身のうちに生じた羨望《せんぼう》を押し隠し、笑顔で感想を口にした。

「気に入ってもらえてよかった」

アンリの感想を聞いて、彼の尻尾がふぁさふぁさと無邪気に揺れている。

「一度、君とゆっくり話をしたかったのだ」

グウェナエルもまた紅茶を口に含む。

「昨日も言っていたな。どんな話を？」

「例えば……あの日、君は国王陛下に『もう二度と会うことはない』と言っていたな。あれは本気なのか？」

「もちろんだ、もう王城に戻ることはない」

アンリは頷《うなず》いた。王城に戻るくらいなら、野山で生きるほうがマシだ。

「では、契約が終わった後、君はどうするつもりなのだ？」

「契約が、終わった後……」

答えようとして、なにも答えられないことに気がついた。

契約婚を申し込まれてから今の今まで、ひたすらテオフィルのことだけを考えてきた。テオフィルから離れてしたいことなど、なにもなかった。

「特になにも考えていなかった」

アンリは正直に吐露《とろ》した。

「そうか」

アンリの返事に、グウェナエルは紅茶を飲んで黙っている。左右の耳があちこちの方向に動いているので、なにやら思案を巡らせているらしい。

しばらく待った末に、両耳がピンと前を向いたので、話すつもりなのだと悟った。

「それなら、君がよければなのだが」

こくりと頷《うなず》き、続きを促《うなが》す。

「ずっとここにいてくれないだろうか」

時が止まったような気がした。アンリの笑顔も固まる。

「テオフィルは随分君に懐《なつ》いている。それに君も、テオフィルのことをよく見てくれている。もうすっかり本当の親子のようだ。特に行くあてがないのであれば、ずっとここにいてくれたほうが、テオフィルも喜ぶ」

「それは……」

「いや、テオフィルを盾にするような言い方は卑怯《ひきょう》だな。オレ自身も、君にずっとここにいてほしいと思っている」

「グウェナエルも……？　しかし、私がここに留まっていたら、その……対外的には私がグウェナエルの生涯の伴侶《はんりょ》ということになるだろう」

「それで構わない」

「構わない、のか……？」

アンリの声はわずかに震えていた。

急にグウェナエルが、理解不能な人物になってしまったように感じられたからだ。

グウェナエルは亡くなったフィアンセを裏切らないために、契約婚という形を選んだのではないのか。肉体関係さえなければ、フィアンセが収まるはずだった場所に、自分が収まっても構わないというのか。それは裏切りのうちには入らないのか。

続いて怒りが湧《わ》いた。

使用人に家族のように親しみを持って囲まれてきて、亡きフィアンセとの絆《きずな》もあって、継子《ままこ》のテオフィルにはさっそく懐《なつ》かれている。

充分恵まれた人生を送っているではないか。この上、対外的な伴侶《はんりょ》まで欲しいというのか。

「……そうか、私が第二王子だから手放すのが惜しくなったのか」

「え？」

「それとも、精霊の呼び手だとわかったからか？」

キトンブルーの瞳で冷たく睨《にら》みつけた。

グウェナエルが肩書き目当てなわけがないと心のうちでは思うが、肩書き以外のどんな価値が自分にあるというのだ。なにせ、家族や使用人たちに愛された彼とは違って、自分は誰にも愛されなかった無価値な人間なのだから。

そう思ったら、どんどんひどい言葉が口から出てくる。

「王族で精霊の呼び手である私が伴侶《はんりょ》なら、他領との力関係で優位に立つことができるのだろうな」

「違う！　アンリ、オレはそんなことを念頭に置いて提案したわけでは……！」

「では、どういうつもりだと？」

「それは……」

グウェナエルが口ごもったのを見て、アンリは席を立った。

「申し訳ないが、満腹でな。もう紅茶も菓子もいらない」

もちろん、満腹だというのは嘘だ。

アンリは精いっぱい冷静な振りをして、部屋を後にした。

グウェナエルと共通の寝室に戻る気もなく、中庭に出る。芝生《しばふ》の上の長椅子に、力なく腰かけた。

それから、後悔した。

なにも怒る必要はなかった。まるで自分自身が裏切りを受けた亡きフィアンセであるかのように、怒りを感じてしまった。グウェナエルにとっては、意味不明だっただろう。

彼の提案が多少不誠実な面を含んでいるからといって、なんなのだ。そんなことは自分には関係ないではないか。自分に行くあてがないのも、できればずっとテオフィルのそばにいたいのも本当だ。彼の提案はむしろ、ありがたいくらいではないか。

テオフィルがあっという間にここに馴染《なじ》んだのに引き換え、自分ときたら。楽しみにしていたお茶会を台なしにしてしまった。

テオフィルと比べると、自分が随分と性格の悪い人間に思えた。

もしかすると、王城で疎《うと》まれていたのはなにも精霊が見えるからというだけではないのかもしれない。この性根の悪さが滲《にじ》み出て、嫌われていたのではないだろうか。

キトンブルーの瞳から、一筋の涙が零《こぼ》れ落ちた。

思い悩んだせいだろうか、こめかみが締めつけられるように痛い。なんだか顔が全体的に熱いような気もする。

「あれ、どうしたんだ……？」

気がつくと何人かの精霊が集まって、ふよふよとアンリの周囲を漂《ただよ》っていた。またイバラに引っかかった精霊がいるのだろうか。

力なく長椅子の背もたれに身体を預けながら、そうではないと気がついた。

精霊たちは、自分を心配しているのだ。いつも熱が出ると、こうして精霊たちが心配してくれた。悩んだせいではなく、実際に体調が悪いのだ。

「まあアンリさま、お庭でお昼寝をなさっていたのですか？」

しばらくして、アンリは侍女頭のエマに発見された。

「このようなところでは身体が冷えてしまい……まあ、大変！　誰か！」

すっかり身体が冷えて高熱を出したアンリは、使用人たちの手によって寝台まで運ばれた。

領主に熱を移してはいけないからと、アンリは共同の寝室ではなく、客室に運ばれた。エマは謝罪していたが、グウェナエルとしばらく顔を合わせたくないアンリにとっては、好都合だった。

アンリは高熱に魘《うな》されながら、眠った。

意識が覚醒《かくせい》した時、部屋には誰もいなかった。窓はカーテンで閉ざされている、今は真夜中なのだろう。

誰もいないというのは、正確な表現ではない。アンリの瞳に映る客人たちが、寝台の上を漂《ただよ》っていた。

「お見舞いか、ありがとう」

ふよふよしている精霊たちに、感謝の言葉を口にした。

すると、精霊の一人が下りてきて、アンリの額《ひたい》を撫《な》でた。たちまち額《ひたい》がすっと冷えて、気持ちが楽になる。

幼い頃、発熱しても使用人の世話はろくになく、たった一人で咳《せき》をしていた。寂しくてたまらない気持ちを募らせて泣いていると、決まってたくさんの精霊が慰《なぐさ》めにきて、熱を冷やしてくれたものだ。

そうだ、自分には家族のような使用人はいなくとも、精霊たちがいてくれたではないか。なにを嫉妬《しっと》することがあろう。

「私は愚かだな……」

涙とともに呟く。

「あらアンリさま、お目覚めになられたのですね！　おそばについていなくて、申し訳ございません！」

侍女たちが入ってきたかと思うと、慌てて燭台《しょくだい》に火を灯し、体調を尋《たず》ねてくれた。

ここでは疎《うと》まれていないのだ。家族同然とまでいかなくとも、使用人は親切にしてくれる。醜《みにく》い怒りは捨て、グウェナエルの提案を呑むのが合理的なのだろう。

重いカーテンに閉ざされて、月明かりは窺《うかが》えない。

アンリは侍女に水だけ所望すると、再び眠りについた。

「アンリさま、閣下がアンリさまをお見舞いになりたいとのことにございます」

エマに告げられたのは、翌朝、蜂蜜入りの乳粥《リオレ》を食している時のことだった。朝早くに医者に診《み》てもらい、ただの風邪だと判明していた。

アンリはスプーンを置く。

「……まだ体調が思わしくないから、見舞いに応対するのは辛い。グヴェナエルには悪いが、断ってくれないか」

「かしこまりました」

体力的に辛いのは本当だが、それ以上にまだ気持ちの整理がついていない。

理性ではグヴェナエルの提案を呑むべきだ、自分から謝罪すべきだとわかっている。

でも、感情はまだ割り切れていないのだ。

気持ちに整理がついていなくて体調も悪いとくれば、自分がどんな言葉を口にしてしまうかわからない。今日は会わないほうが、お互いのためだろう。

「テオフィルさまも寂しがっておられます。でも、お風邪が移ってはいけませんものね。テオフィルさまにも、まだ会えないとご説明しておきますね」

エマが言った。

テオフィルには会いたい。そう思ってしまったが、侍女頭の言う通り風邪を移してはならない。

アンリはぐっと我慢《がまん》した。

「勉強を頑張るよう、伝えてくれ」

「ええ、かしこまりました」

代わりに伝言だけ託した。

その日は、銀色のふわふわした頭を撫《な》でたいという気持ちと戦うことになった。

さらにその翌日、体温は微熱まで下がった。

食欲も出てきて、アンリは普通の朝食を所望した。

「元気が出て、ようございました。閣下が今日もお見舞いを希望されていますよ。今日はお会いになられますか？」

「それは……」

グウェナエルと会うことを考えると、恐怖を覚えてしまった。

彼になんと言われるだろう。せっかくお茶会に誘ってあげたのにと、責められるだろうか。

なにせ、不機嫌《ふきげん》になったグウェナエルは見たことがない。どんな言葉をかけられるか、予測がつかないのが恐ろしかった。

「……一応、今日もやめておきます。万が一にも風邪を移したくないので」

せめてもう一日だけ、会わずにいたい。後もう一日だけ休んだら、勇気を出すから。

「かしこまりました」

エマは意外そうに目を丸くしたが、なにも意見しなかった。

風邪を移したくないという理由で見舞いを断ったので、テオフィルにも会えないだろう。

アンリは嘆息《たんそく》し、寝台に寝転んだ。そのうち、うとうとと眠りに落ちた。

次に目を覚ましたのは、扉をノックする音が聞こえた時だった。

「アンリ、オレだ。入ってもいいか」

グウェナエルの声が、扉の向こうから聞こえた。

アンリははっと息を呑んだ。

会えないと伝えたはずなのに、どうして来たのだろう。窓の外はまだ明るい。仕事を放り出してきたのか？

「アンリ……だめか？」

扉の向こうから、しょんぼりした声が聞こえてきた。耳と尻尾までしょんぼりしている様子が、ありありと浮かぶ。

「……入って構わない」

悩んだ末に、入室を許可した。

どうせいずれは、話し合わなければならないのだ。

「ありがとう」

ガチャリとノブが回り、扉が開いた。

途端に扉の向こうにいたグウェナエルが床を蹴《け》り、猛然と中に入ってきた。

アンリは驚いて、咄嗟《とっさ》に身を守るように両腕を身体の前で構えた。彼が加害すると思ったわけではないが、反射的に身を庇《かば》ってしまうような日々を送ってきたのだ。

「アンリ、すまなかった！」

「へ……？」

おそるおそる腕を下げると、グウェナエルが床に這《は》いつくばるようにして、全身で謝罪の意を表現していた。

「一方的に契約内容を変更するような提案をして、すまなかった！　アンリが不快に思うのは当然だ！」

グウェナエルのほうから謝罪してくるなどまったくの予想外で、アンリはぽかんとする。

「本当にすまなかったと思っている。その上で、言い訳と捉えられても構わないから、オレの気持ちを伝えておきたい」

「あ……ああ」

「オレが君にずっとここにいてほしいと望んだのは、決して君が王族だからでも、精霊の呼び手だからでもない。君は血の繋がっていないテオフィルのことを一番に考えられる心優しい人間で、君ほどの人格者をオレは見たことがなかった」

「私が、人格者……？」

彼の言葉は、ピンと来なかった。もしかしたら自分は随分と性格の悪い人間なのかもしれないと、疑っていたくらいなのに。

「オレにとって君は魅力的な人間に映った。裏切りの経験を乗り越え、仲を深めたいと感じるほど」

裏切りの経験とはなんだろうと思案し、彼の父が敵国に裏切られて戦死した事実を、思い出す。

——そうか、彼は戦《いくさ》での経験から人を信じること自体に臆病《おくびょう》になっていたのか。まったく気づいていなかった。

彼が理解不能な人物になったかのような錯覚《さっかく》が、すっと立ち消えていく。亡きフィアンセのことをどんなに大事に想っていようと、そこから立ち直り、新たな絆《きずな》を求めることもあるだろう。生きた人間なのだから。

「仲を深めたいと言っても、恋愛関係を望んでいるわけではない。けれども、長く一緒にいたいと願ってしまった。本当の伴侶《はんりょ》ではないが、本当の家族になれるのではないかと期待してしまったのだ」

「本当の、家族……？」

本当の家族という言葉が、不思議とアンリの身体を震わせた。

使用人と家族のように接するグウェナエルが、羨《うらや》ましかった。——なら、その彼と家族のようになれたなら……？

少し想像するだけで、胸のうちが熱くなる。

彼と本当の家族になることが、可能なのか？　可能なのだろう、このまま伴侶《はんりょ》という立場でい続ければ。

内側に生じたどのような感情がそうさせるのかは自分でもわからないが、首筋から顔が熱くなって、目の奥にツンと痛みを覚えた。

だめだ、赤くなった顔を見られてしまう。

「二度とオレのほうからは、ずっと一緒にいてくれなどとは言い出さない。約束する」

彼の誓いを、むしろ残念に感じた。今すぐ本当の家族になろうと言ってくれればいいのに、と願いを抱いてしまった。

アンリは、返事ができなかった。

無言なのを訝《いぶか》ったのか彼は顔を上げ、アンリの顔色を見てしまった。

「アンリ、顔が真っ赤ではないか！　熱がぶり返したのか！　すまない、気がつかなかった！　オレの話など聞いている場合ではなかったな、すぐに誰か呼んでこよう！」

いつも耳と尻尾でしか感情を露《あら》わにしないグウェナエルが文字通り目をまん丸にして、部屋を去った。あんなに驚いた顔は、初めて見た。

顔色が感情によるものだと気づかれることはなく、すぐさまやってきた侍女に熱を測られ、薬湯を飲むことになったのだった。


翌朝。

「アンリ〜〜ッ！」

「わっ」

風邪がすっかり治ったアンリが朝食の席に姿を現すと、テオフィルが涙を浮かべながら飛びついてきた。

アンリは慌てて抱き留めた。

「さびじかった！　おかぜなおってよかっだぁ……！」

テオフィルは涙声を零《こぼ》しながら、アンリにぐいぐいと頭を押しつけた。

風邪の間、ずっとテオフィルに会ってあげられなかった。

たくさんの使用人と仲良くなっても、自分のことがどうでもよくなってしまうわけではないのだ。

テオフィルから慕《した》われているのを感じて、アンリの頰は綻《ほころ》んだ。

自分をこんなに嬉しい気持ちにさせてくれる存在が、他にあるだろうか。銀色の毛に覆《おお》われたふわふわの頭を、優しく撫《な》でる。

朝食の間、テオフィルはずっとアンリに向かって喋《しゃべ》り続けていた。

話の内容は自分がどんな勉強をしたかと、どれだけたくさん遊んだかと、どんな美味《おい》しいものを食べたかだ。

「それでねそれでね、テオね、もうこーんなにおっきいかずのたしざんもできるんだよ！」

テオフィルは両手を伸ばして、どれほど大きい数字かを表現した。

「すごいじゃないか、テオフィル。勉強を頑張っていたんだな。言いつけを守って偉《えら》いぞ」

「えへへへ」

「がんばったテオフィルには、ご褒美《ほうび》をあげなくっちゃな」

「ごほーび？」

アンリの言葉に、テオフィルはきょとんと首をかしげた。もしかして、ご褒美《ほうび》をもらった経験がないのだろうか。

「うん、なんでも好きなものを買ってあげよう」

「すきなもの……なんでもいいの……？　おべんきょしただけなのに？」

テオフィルの目は、まん丸になっていた。アンリの言い出したことに、理解が及ばないようだ。

「なにが欲しい？」

「えっとぉ……」

テオフィルは朝食を食べる手を止め、考え込んでしまった。なにも思いつかないようだ。

「じゃあ、欲しいものを考えておいて。宿題だよ、テオフィル」

「しゅくだい……！　わかった！」

テオフィルは素直に頷《うなず》いた。なんて可愛らしいのだろう！

「む、その……欲しいものと言えばだな」

おずおずと声を出したのは、グウェナエルだ。当然のことながら、彼も一緒に朝食を取っていた。彼があまり口を挟まなかったのは、なにもおしゃべりしているテオフィルに気を遣ったからというだけではないだろう。

グウェナエルとアンリの仲は、かつてなくぎこちないものとなっていた。

グウェナエルの謝罪が中断されたために、アンリはまだ、彼を許すと言えていないのだ。茶会の途中で怒ってしまったことも、謝っていない。

どう切り出したらよいものか、アンリはすっかり機会を逃していた。

「実を言うと昨日テオフィルに作る服の採寸をする予定だったのだが、アンリが風邪だったために延期したのだ」

どうしてそんな理由でテオフィルの採寸を延期にするのかと、首をかしげる。

「アンリの採寸も一緒にしたほうがいいのではないかと、考えたからだ。君も新しい服が必要なのではないかと、思ったのでな」

「気遣ってくれたのは嬉しいが、別に新しい服を欲しいと思ったことはない」

アンリが首を横に振ると、まるで緊張しているかのように、グウェナエルの耳が伏せった。これは気まずいことを口にする時の、耳の動きだ。

「む、新しい服は欲しくない、か……。慎《つつ》ましいのはいいことだが、その……アンリの服の数は、貴族としては……あまりにも……少ないのではないか、と思うのだ」

グウェナエルの言葉に、アンリは衝撃を受けた。

アンリは王城から三着分の衣服を持ってきた。それがアンリの持つ衣服の全てだ。それで充分だと思っていた。

寝室が同じなので、グウェナエルの所有している衣服の数はなんとなくわかっている。着道楽というわけでもなさそうなのに、随分とたくさん持っているものだと思っていた。まさか自分の服が少ないだけだったとは。

「冬になれば冷える。暖かい服もいずれ必要だ」

「わかった、テオフィルと一緒に採寸してもらおう」

アンリは大人しく受け入れたのだった。

王城にいた頃は、精霊がアンリの服を綺麗にしてくれて、くたびれたところも直してくれた。だが、これからはそれだけでは不足なのだ。

自分の衣服のために金を使わせてしまうことを申し訳なく感じたが、伴侶《はんりょ》なのだから気にするなとグウェナエルは言った。被服代を出すことも契約に含まれていると、彼は言いたいのだろう。

数日後、裁縫職人が複数人やってきて、アンリとテオフィルは採寸された。

「アンリさま、どのような服がいいかご希望はございますか？」

エマが尋《たず》ねてくる。

「希望は特にない。流行りのものでいい」

「かしこまりました。職人に伝えておきます」

エマとやり取りをしていると、グウェナエルが横からぬっと口を挟んでくる。

「オレとしては、アンリの瞳と同じ水色が差し色に入っていると、とても似合うと思う」

彼もまたこの採寸に参加しているのだ。わざわざ彼の休日に、採寸の日を合わせたのだとか。

「まあまあ、たしかにとても似合いそうですわね。伝えておきますわ」

エマはにこにこと了承した。

「待った、私の衣服になぜグウェナエルが口出しするんだ」

「む……希望は特にないのだろう？　似合うと、思ったのだが……」

あっという間に彼の耳がしゅーんと下を向く。

こういう顔をされると——といっても表情自体は無表情なのだが——弱い。許してあげたくなる。けれども城の主がわざわざ口を差し挟んだら、それは決定事項になってしまうのだ。

「善意であったとしても、私に希望がなかったとしても、勝手に私のことを決めないでもらいたい」

「すまない。もう二度としない」

叱られているグウェナエルを、採寸されているテオフィルが目を丸くして見つめている。しまった、テオフィルが見ていないところで意見を伝えるべきだったと後悔した。これからは気をつけなければと、胸に刻む。

「まあ、差し色のことは私も異論はないから、採用しても構わない」

そばで待機していたエマに意思を伝える。アンリの反論を聞いて、その場に留まっていたのだ。

彼女は頷《うなず》くと、職人と会話しに行った。

「ありがとう。これに驕《おご》ったりはしない」

グウェナエルの表情は変わらないが、尻尾がふぁさふぁさと揺れていた。素直な耳と尻尾を見たら、つい甘やかしそうになる。

「それで、テオフィルさまはどんなお召し物がよろしいですか？」

今度はテオフィルに意見が求められる。

瞬時にテオフィルに似合いそうな服装の数々が、アンリの頭の中を駆け巡った。つい口を開きそうになって、今しがたのグウェナエルとまったく同じことをしかけていると気がついた。

――グウェナエルのことを、怒れないな。

アンリは自嘲《じちょう》した。

愛おしさから、テオフィルに似合う服や着てもらいたい服装がいくらでも思い浮かぶ。グウェナエルが差し色のことに口を出したのも、自分への好意や親しさからだったのかもしれないと、やっと理解した。

本当の家族になれるかもしれないと期待した、という彼の言葉を思い出す。肯定的な感情を抱いてくれたと思っても、自惚《うぬぼ》れではないだろう。

茶会の際に怒ってしまったのも、差し色に関するやり取りも全て、彼に好かれていることを理解できていなかったせいで、それが怒りとなって発露《はつろ》したのだ。

自分は、自分に向けられる肯定的な感情を理解することも、それに対してどう反応すべきかも知らない。自分が人間として実に不出来であることを、不意に理解した。

「あのねあのね、タンポポみたいなふくがいい！　きいろいの！」

テオフィルは元気な声で、はきはきと希望を述べた。彼には彼の意見があるのだ。

数日前に欲しいものを聞いてもわからなかったテオフィルが、希望を口にしている。口出ししなくてよかった。この調子で、どんどん欲しいものを口にできるようになってくれるといい。

「黄色でございますね。きっとテオフィルさまにお似合いになるでしょう。タンポポみたいにでしたら、袖《そで》は綿毛のようにフリルたっぷりにいたしましょうか。ふわふわのクラヴァットも注文いたしましょうね」

「わーい！」

エマの同意を得て、テオフィルは満面の笑みになった。

「他にはどんなものがよろしいですか？　数着分まとめて注文しますからね」

「う？　ほかに？　えーと、えーとぉ」

尋《たず》ねられたテオフィルは、困ったようにこちらを見た。

「グウェン、アンリぃ。テオ、どんなのきたらいいの？」

テオフィルの問いかけにアンリはグウェナエルと顔を見合わせ、それから、思い思いにテオフィルに似合う服を提案し合った。テオフィルもまた楽しそうに聞いてくれて、テオフィルのために注文する数々は、あっという間に決まった。

好意的な関係の作り方がわからなくても、これから少しずつ学んでいこう。テオフィルのおかげで、そう思うことができた。

テオフィルの衣服のことが決まると、グウェナエルはこちらを向いた。

「アンリ。指のサイズも測ってはどうだろうか」

「指？」

冬用の手袋でも作るのかなと首をかしげる。

「君に結婚指輪を贈ろうと思うのだ」

「け、結婚指輪⁉　そんなもの、いらない！」

アンリは反射的に拒否してしまった。仮初《かりそめ》の伴侶《はんりょ》なのだ、結婚指輪など作るだけもったいない。

するとグウェナエルがすいっと顔を寄せてきた。彼が耳元で囁《ささや》く。

「指輪一つなど安いものだ。指輪を拒否するなら、結婚式にしてもいいが？」

彼が脅《おど》しなんて器用な真似をしてくるとは。

それ以上にいきなり耳元で囁《ささや》かれたことに驚いて、アンリはビクリと身を離した。

「わかった、あまり高価でないものなら……」

結婚式を開くよりは、指輪のほうが安いだろう。よほど常識外れな指輪にならない限り。

「では、注文しておこう」

結婚指輪のことを受け入れた途端、グウェナエルの尻尾がふぉんふぉんと空気を切る音が鳴るくらいに揺れはじめた。

顔を見ると目元がわずかに細められ、笑っているように見えた。一体全体なにがそんなに嬉しいのだろう、この男は。


採寸の日から一日が経ち、さらに夜になっても、アンリはまだ謝罪の件を切り出す機会を掴めずにいた。

いい加減腹を括《くく》らねばと思いながら、アンリは寝室でグウェナエルを待つ。

「まだ起きていたのか」

寝台に腰かけるアンリの姿を認めるなり、戻ってきたグウェナエルの耳がぴょんと跳ねた。驚いたのだろう。

「寝る前に、少し話をしたくて」

「む……話か」

彼は少しばかり耳を後ろに倒し、アンリの隣に座った。最近の彼は、自分の前だと緊張してばかりいる。

「その、ただの世間話だ。ほら、この前はグウェナエルの話を聞けなかっただろう」

謝りたかったのに、彼の緊張を感じ取ると、どうにもその勇気が掻《か》き消えてしまう。

代わりに、どうでもいい内容を口にした。

「オレの話？」

「たとえば、休日はなにをしているのかとか」

他愛《たあい》もない話だとわかると、彼の尻尾はぱったぱったと揺れはじめた。

「昨日の休日は、アンリとテオフィルの採寸を見学したぞ」

「それは知っている」

「む。そうでなければ、休日は……そうだな、部下とともに狩りに行くことがある」

「狩り？」

グウェナエルはこくりと頷《うなず》き、説明する。

「近くに森番に管理させている森があってな、馬を駆ってそこまで行くのだ」

「馬に乗るのか！」

馬という言葉に、アンリは目をきらきら光らせた。

思えば王都から辺境伯領まで馬車で来たのだから、当然グウェナエルも馬を所有しているに決まっている。まったく考えが及ばなかった。

ならば、自分も馬に乗らせてもらえるのではないか。

なにを隠そう、アンリは馬が好きなのだ。馬はアンリを疎《うと》んだりしなかったから。

幼い頃はこっそり馬小屋まで遊びに行って、馬を撫《な》でるのが好きだった。ある日馬を撫《な》でているのを厩番《うまやばん》に見つかり、叱られると思いきや、以来ひそかに馬に乗せてもらえるようになった。

乗馬は、アンリの数少ない好きなことの一つであった。

「そういえば君は、旅の道中でも馬車の馬をよく撫《な》でていたな。馬が好きなのか」

「好きだとも」

「そうと知っていたら、オレの馬に乗っていいと許可を出したのに。なんなら、今度の休日にともに狩りに行こうか」

「いいのか？」

グウェナエルの申し出に、アンリは顔を輝かせた。

「なら、テオフィルも連れていこう。森でのピクニックを、きっと喜ぶと思う」

「そうだな、そうしよう」

彼は頷《うなず》き、口元を綻《ほころ》ばせた。

珍しい微笑みに、胸のうちが温かくなる。今の雰囲気なら、自然に切り出せそうな気がした。

「ところで、この間の……茶会の時のことだが」

ぱたりと彼の尻尾の動きが止まった。動揺《どうよう》がわかりやすい男だ。

「大人げなく怒りを露《あら》わにしてしまって、後悔している。申し訳なかった」

アンリは頭を下げた。やっと謝罪の言葉を口にできて、すっきりした心地になった。

「な、あれはアンリが謝るようなことでは……」

「最後まで聞いてくれないか」

グウェナエルが否定しようとして、アンリは首を横に振る。金色の瞳をまっすぐに見据え、きちんと自分の考えが伝わるように口を開いた。

「グウェナエルの気持ちを詳しく聞いて、怒るようなことではなかったと理解できた。私のすべきことは、怒って茶会を退席することではなく、グウェナエルの言葉をよく聞くことだった。己の考えを整理して言語化するのに、時間がかかるのは当たり前だ。その当たり前のことを理解せず、憤《ふん》慨《がい》した私が幼稚《ようち》だったのだ」

他人との対等な関わりをあまり経験してこなかった自分は、同年代の人間と比べて幼稚《ようち》すぎるのかもしれない。これからはそういう自分の特性を自覚し、直していかねばならないと、アンリは反省していた。

「……なので、私は怒っていない。この前の謝罪を受け入れる」

こういう時どういう表情をすべきなのかわからず、アンリはぎこちなく口角を上げて、微笑みを作ってみた。正解だったのかはわからないが、グウェナエルの尻尾がぱたぱたと音を立てはじめる。

「こちらこそ、不快な言動があれば遠慮《えんりょ》なく戒《いまし》めてほしい」

和解できて嬉しいという気持ちが、尻尾の動きから伝わってくる。

「戒《いまし》めるというよりは、話し合いたい。きっとわかり合えるはずだから」

「わかり合える、か。素晴らしい言葉だな」

二人の間のぎこちなかった空気が解消し、距離が少しばかり縮まったように感じられた。

――本当の家族、か。

この間の彼の言葉を思い出し、ほのかに頬《ほお》が火照った。

第三章　家族でピクニック

次の休日。

空は晴れやかに澄《す》み渡り、絶好の行楽日和《こうらくびより》となった。

「アンリさま、テオフィルさま、今日はよろしくお願いいたします」

純白の鹿獣人エヴラールが、騎士団を代表して挨拶《あいさつ》した。

「閣下を含め、お二人と狩りに赴《おもむ》くことができて光栄です」

てっきりグウェナエルとテオフィルと三人だと思っていたが、違った。辺境伯領の騎士団の面々とともに狩りに行くらしい。

料理人が拵《こしら》えてくれた料理や敷物などの荷物は全て騎士団の面々が運んでくれることになり、アンリは感謝した。

「おうまさん、おっきいねえ！」

ピクニック用の軽装に着替えたテオフィルが、無邪気に馬に近づいていく。

アンリは慌ててテオフィルを抱き上げた。

「テオフィルの背丈《せたけ》じゃ頭を蹴《け》られるかもしれないから、勝手に近づいちゃだめだよ」

「あう、ごめんなさい」

「お馬さんに触りたい時は、こうして私が抱っこしてあげるからね」

アンリは、テオフィルを黒毛の馬に近づけた。艶々《つやつや》した黒毛が見事な馬は、テオフィルが近づいても大人しくしている。

「わああ……！」

テオフィルはおそるおそる手を伸ばし、黒いたてがみを撫《な》でた。

初めて触れるたてがみの感触に、テオフィルはぶんぶん尻尾を振った。尻尾が顎《あご》に当たって、くすぐったい。

「このおうまさん、グウェンにそっくりだねえ」

グウェナエルの黒い毛皮になぞらえてか、そんな風に評した。

「そうだね、そっくりだね」

「オレはそんなに凛々《りり》しいか？」

テオフィルに同意していると、横合いから声が降ってくる。見ると、尻尾を振るグウェナエルがいた。今日の彼は矢筒を背負い、ブーツを履《は》いている。

ただ黒いからそっくりという意味だと思うのだが、彼は馬みたいに凛々《りり》しい顔つきをしていると解釈したようだ。たしかにこの黒い馬は首差しがスッとしていて、格好いいが……

――グウェナエルは格好いいというより、可愛いんだよな。

内心で抱いた感想は、口にすべきではないだろう。

「テオフィルは、グウェナエルが乗せてやってくれないか。私も乗馬は一応できるが、さほど長距離を乗りまわした経験があるわけではないのだ」

より乗馬技術が優れたほうにテオフィルを預けるのは、当然のことだ。

「わかった」

抱いているテオフィルを、彼に差し出す。彼は片腕で軽々テオフィルを抱いた。

アンリはテオフィルが撫《な》でていた黒い馬に、グウェナエルとテオフィルは栗毛の馬に乗った。

「では、行こうか」

グウェナエルの一声を合図に、一行は森へ向けて馬を歩かせた。

森までの道の周囲には、緑の野原が広がる。アンリの目には、野花の周りを蝶々だけでなく、精霊も飛びまわっているのが見えた。のどかな光景だ。

小さなテオフィルを気遣っているのか、グウェナエルは馬をぽくぽくとのんびり歩かせている。きっといつもなら速歩ぐらいの速度を出すところを、ゆっくり進んでくれているのだ。

穏やかな足取りの中、テオフィルは目に見えるもの全てにはしゃぎ、あちこち指をさしては、グウェナエルにいろいろ尋《たず》ねている。

テオフィルの質問に穏やかに答え続けるグウェナエルの顔を、アンリはじっと見つめていた。

一見無表情のようでありながら、わずかに上がった口角を見ると温厚な微笑みを浮かべているように見える。

グウェナエルはアンリとテオフィルのことを「もうすっかり本当の親子のよう」と評したが、アンリからすれば、グウェナエルとテオフィルの二人こそ、すっかり本当の親子のように見えた。

こんな理想的な父親がいるだろうか、とすら思ってしまう。

この瞬間を切り取り、永遠に記録しておければいいのに。なんて熱い思いに、瞬間的に囚われた。

――グウェナエルの家にもらわれることになって、本当によかったな。テオフィル。

アンリは心の中で呼びかけた。

「アンリ」

不意に、グウェナエルがこちらを向いた。まるで心の中の呟きを聞かれてしまったようで、顔が熱くなる。

「腰は大丈夫か。長時間の乗馬に慣れぬのなら、痛みを覚えるのではないかな」

「こんなにゆっくり歩いているんだ、揺れなどほとんどない」

心配してくれることを嬉しく思いながら、首を横に振った。

そんなやり取りをしているうちに、森番が管理しているという森に辿《たど》りついた。

自然の多い森には、多数の精霊が飛び交っていた。

開けた場所を見つけて、騎士団員が敷物を敷いてピクニックの準備をする。

「テオフィルさまは団員が警護しますので、狩りに参りましょう」

エヴラールが言った。

危険なので、狩りにはテオフィルを連れていかないことになっている。

「テオフィルと一緒に待っているから、狩りが終わったら一緒に昼食を食べよう」

馬に乗ることに興味があっただけで狩りに参加するつもりはなかったので、アンリはテオフィルと一緒に待つつもりだった。

「アンリは狩りに来ないのか……⁉」

グウェナエルが、三角形の耳をぷるぷると震わせた。

「狩りなどしたことがない。私が行っても役に立たないよ」

期待させたようで申し訳ないと思いながらも、彼の耳の動きが面白くてくすりと笑った。

剣術の鍛錬《たんれん》は一応させてもらったが、どうやら才能はなかったらしく形ばかり。弓など、扱《あつか》ったこともない。そんな体《てい》たらくで、狩りに貢献《こうけん》できるとも思わない。

「オレがやり方を教える……！　だから、行こう！」

なんとグウェナエルはアンリの手を取り、つぶらな瞳で見つめてきた。そんなに必死になるとは思わず、アンリは目を丸くした。

「あ、すまない！」

アンリの手を握っていた両手が、すぐに離された。もふもふした感触の名残《なごり》だけが手に残る。

まさか、そんなに一緒に狩りに行きたかったなんて。

テオフィルを残していくわけにもいかないしと考えていると、小さな指がちょんちょんと手をつついた。見下ろすとテオフィルが悪戯《いたずら》っぽい顔をしているので、なにか耳打ちしたいことがあるのだろう。

アンリは跪《ひざまず》いて、耳を貸した。

「あのねあのね、グウェンってアンリのことだいすきなんだよ」

重大な秘密を打ち明けるかのように、テオフィルは囁《ささや》いた。

使用人たちがことあるごとに「閣下は本当にアンリさまのことがお好きでいらっしゃる」なんて零《こぼ》しているので、テオフィルもそう思ったのだろう。

アンリとしては、熱愛夫夫《ふうふ》の演技があまりうまくできているとは思えないのに、なぜだか溺愛《できあい》されていると使用人たちは思っているのだから、不思議なものだ。

「だから、いっしょにいきたいんじゃないかな」

大好きだから一緒に行きたいかはともかく、期待させてしまったのは事実だろう。

テオフィルはぱっとアンリから離れると、みんなに聞こえる声で元気に言った。

「テオ、いいこでおるすばんできるからいってきて！」

自分が気にすることなく、狩りに行けるようにと。こんな小さな子に、気遣わせてしまった。

前々から思っていたが、もしかしてうちのテオフィルはとても賢い子なのではないだろうか。テオフィルの気持ちを、無下《むげ》にするわけにはいかない。

「わかった、グウェナエルと狩りに行ってくるよ。後でお昼ご飯食べようね」

テオフィルに返事するなり、ぶおんぶおんぶおんと空を切る音が聞こえた。音のほうを見るまでもなく、グウェナエルの尻尾によるものだ。そんなに嬉しいのか。

本当にわかりやすい男なのだから。アンリは顔を綻《ほころ》ばせ、グウェナエルとともに森の奥へ向かったのだった。

テオフィルのいる場所から充分に離れてから、グウェナエルによる弓の指南が始まった。

「通常は弓の左側に矢を番《つが》えるが、まずは矢を使わずにやってみよう」

彼が教えてくれたように、アンリは弓を左手で握った。

「弦は人差し指と中指と、薬指で握る。握るといっても手の平ごと握りこぶしを作るのではなく、手の平は開いたまま、指だけで握るのだ。そう、ちょうど猫の手のように」

どこらへんが猫の手なのかはわからないが、言われた通りに弦を握ってみた。

弓を構え、まっすぐ前を見据える。

わさわさと、彼の尻尾がうるさい。どうやら教えるのが楽しいようだ。

「正しく弦が握れているな。では、顔の前まで弦を引いてみよう」

「わかった」

——重っ⁉

弦を引いてみて、あまりの重さに驚いた。

とても弦を引いた状態を維持していられなくて、弦を離してしまった。もし矢を番《つが》えていたら、矢はへろへろと地面に落ちていたことだろう。

「今のは、弦を引く姿勢が悪かったな。弓が身体から離れていて、弦が引きづらかっただろう」

「そうか、弓が近くにあれば、余計な力がいらないのか」

「正しい姿勢を教えよう」

グウェナエルは、アンリの後ろに回り込んだ。

驚いたことに、彼は背後からアンリの肩や腕に手を回した。まるで、後ろから抱きしめるような体勢だ。こんなに密着されるのは初めてだった。あっという間に顔が熱くなっていく。

「目の前のあの木の幹を標的としよう。弓は標的に向けてまっすぐに構える。この距離なら、まっすぐでいい」

人間の背丈《せたけ》一人分も離れていない木を、標的と定めた。アンリの左手に手を添え、木の幹に向けてまっすぐになるように、弓を構えさせる。

密着していることに気を取られて、彼の説明があまり頭に入ってこない。耳が赤くなっていませんようにと祈りながら、アンリは先ほどと同じく三本の指で弦を握った。

「弦をゆっくり引こう。弦を引きながら、肩が身体に対して一直線になるように気をつけるんだ」

「あ、ああ」

すぐ耳元で、低い声が聞こえる。

穏やかな声音に、ぞくぞくと心地いい震えが走る。弓矢の扱《あつか》い方などどうでもいい。ずっと耳元で囁《ささや》いていてもらいたい。そんな欲に囚われそうになる。

なんとか彼の言葉を咀嚼《そしゃく》し、言われた通りに弦を引く。

今度は先ほどよりも楽に弦が引けた。それでも、だいぶ力がいる。弓を扱《あつか》うには、かなりの筋力が必要だと実感した。

「弦を離せ」

彼の言葉で、折り曲げていた指をまっすぐにし、弦を離す。弦は素早く元の形に戻った。

グウェナエルは、満足げに頷《うなず》いた。

「矢を番《つが》えていれば、標的を射貫《いぬ》いたことだろう」

彼の言葉に、上達を感じて少し嬉しくなる。

「今度は、矢を番《つが》えて実際に射ってみよう」

「わかった」

矢筒から矢を取り出す音が聞こえ、前から彼の手が、矢を弓の左側に番《つが》える。

「この角度のまま、矢を弦と一緒に握ってみてくれ。矢は人差し指と中指で握る」

矢を握ろうとすると、自然と彼の手に触れてしまう。もふもふの感触を味わいたい誘惑を振り切り、矢と弦を握った。

「弦を引きながら、左腕から肩までをまっすぐな一本の線にしていく」

弦が元の形に戻ろうとする力強さを感じながらも、片腕で懸命に弦を引き絞る。

弓を支える左手は彼に支えられ、まっすぐに木の幹を狙えているのがわかる。

「今だ」

アンリは指を開き、矢を放った。

矢は軽い音を立てて、木の幹に突き刺さった。

「わ、刺さった……！」

ほんのわずかな距離ながらも、自分の射た矢が飛翔し、過《あやま》たず標的を貫《つらぬ》いたのだ。高揚感が湧《わ》き起こる。

「素晴らしいです、アンリさま」

エヴラールが拍手をする。それに合わせて、他の騎士団員も拍手を送ってくれた。騎士から見ればほんの児戯《じぎ》だろうに、大仰《おおぎょう》に褒《ほ》められて恥ずかしい。

「アンリは呑み込みが早いな」

見上げると、細められた金色の目がすぐそばにあって、微笑んでいるのがはっきりわかった。

「お、大袈裟《おおげさ》だ」

なぜだか彼の瞳を見つめ続けることができなくて、ぱっとうつむいた。

「では、次は本番だ。まずは獲物を皆で探そう」

グウェナエルの言葉を聞くなり、犬の獣人や狐《きつね》の獣人の騎士団員たちが、森の中に散っていった。臭《にお》いで獲物を探すことができるようだ。

「閣下、獲物を発見いたしましただべ」

時間を置いて、犬獣人の騎士が報告しに戻ってきた。両耳の垂《た》れた茶色い毛色の騎士は、少し言葉に訛《なま》りがある。

皆で赴《おもむ》くと、巨大なイノシシが土を掘っているのを遠目に発見することができた。

アンリは黒い塊《かたまり》が動いているのを見て、まさか熊かと見間違えそうになった。熊に馬車を追いかけられた経験が、恐怖として残っている。

「よし、アンリ。あれを射ってみよう」

「なにを言うんだ!?」

あっけらかんと言うグウェナエルに、アンリは驚いて声を荒らげそうになった。すんでのところで、声を潜める。

「さっき弓を習ったばかりで、当たるわけがないだろう。あんなに距離があるんだぞ」

「オレと一緒に、イノシシの近くまで潜んでいけばいい。外してイノシシが逃げてしまったら、また別の獲物を探すだけだ。大丈夫、アンリが外したら、オレが獲物を獲ってくる」

彼は自信たっぷりに請け合った。

「い、一回だけだからな」

唇を尖《とが》らせながら返事をすると、ぶんぶんぶんぶんと彼の尻尾が嬉しそうに音を立てた。尻尾の音で、イノシシに気づかれるのではないだろうか。

矢を番《つが》え、弓を下に向けた状態で、ゆっくりイノシシまでの距離を詰めていく。今にも枝かなにか踏んで物音を立ててしまいそうで、神経が張り詰める。

すぐ隣をグウェナエルが、巨体にもかかわらず影のように静かについてくる。

ある程度距離を詰めたところでグウェナエルが止まり、アンリを手で制止する。これ以上近づいたら気づかれるということだろう。

イノシシの牙の鋭《するど》さまで見て取れる距離だが、とても矢が当たるとは思えない。

きっと、グウェナエルも当たるとは思っていない。狩りを体験させるために、やらせてくれているのだ。

アンリは心の中で彼の思いやりに感謝し、弓をイノシシに向けて構えた。グウェナエルがそっと手を添え、狙いを補正してくれる。

そのさりげない優しさに、彼がテオフィルに向けていた優しい眼差しを想起した。自分にも、あの優しい眼差しを向けてくれているのだ。そう思うと、いやに胸が熱くなる。

この想いは、一体――

アンリは猛りのままに弦を引き絞り、矢を放った。

矢は思ったよりも飛距離を伸ばし、さりとてイノシシの身体を貫《つらぬ》くほどでもなく、ちょうどイノシシの後方辺りにぽとりと軟着陸した。

「ふごっ⁉」

土を掘っていたイノシシは驚いて振り向き、アンリたちを発見した。

ああ、逃げられてしまう。

そう思った瞬間、イノシシは地を蹴《け》り、あろうことかアンリに向けて突進してきた。

「ひっ！」

逃げなければならないのに、恐怖で足が萎《な》え、尻餅《しりもち》を突いた。

「オレの後ろにいろ」

グウェナエルがさっと進み出て、鞘《さや》から剣を抜く。

イノシシが突撃してきた瞬間、彼はひらりと半身になって躱《かわ》し、すれ違った瞬間に刃を振り下ろした。

イノシシの首が飛び、胴体は地面にどうと倒れた。

グウェナエルは剣についた血を振り払うと鞘《さや》に収め、こちらを振り向く。

金の双眼が怜悧《れいり》に細められていて、やけに冷たく見えた。

そういえば、どこかで聞かなかっただろうか、デルヴァンクール辺境伯は残虐《ざんぎゃく》で有名だと――

「やったぞ！　晩餐《ばんさん》は、イノシシの丸焼きだ！」

ぶんぶんぶんと勢いよく、グウェナエルの尻尾が半円を描きはじめた。

冷たげに見えた雰囲気は、あっという間に雲散霧消《うんさんむしょう》した。身体全体を使って、わーいわーいと喜びを表現している。狼のくせにただの人懐《ひとなつ》っこいポヤポヤした黒い犬にしか見えない彼が、冷酷なわけがない。一体全体どこから、あんな噂が流れ出したのだろう。

「閣下、さすがです！」

エヴラールたちが駆けつけて、すぐにイノシシを運ぶ準備を始める。

「アンリ、大丈夫か？」

グウェナエルが、手を差し出してくれる。

「ありがとう。おかげで怪我はない」

温かい手を取り、立ち上がった。

「ところで、あのイノシシを丸焼きにするのか？　本気か？」

アンリは、地面に倒れている巨体を指し示した。

イノシシの丸焼きだなんて、初めて聞いた。丸焼きとは普通、仔豚を焼くものではないのか。このイノシシは何人分の肉になるのだろう。人ひとりの体重を、優に超すのではないだろうか。

あまりにも巨大すぎて、食欲は湧《わ》かない。

「丸焼きにできるとも。こう、大きな鉄串に刺して、火の上で回すのだ。ふふ、王都ではイノシシの丸焼きは饗《きょう》されないのかな」

グウェナエルはハンドルを回すように手を回転させてみせる。

丸焼きが可能かどうかを聞いたわけではないのだが、とアンリは苦笑いを浮かべた。

騎士団員は喜んでイノシシを運んでいるし、きっと獣人が複数人もいればぺろりと食べられるのだろう。テオフィルも喜んでくれるかもしれない。

「さあ、テオフィルたちのところに戻ろう」

「うん」

のんきな彼の声に、アンリは明るく返事をしたのだった。


イノシシ肉を持って凱旋《がいせん》したグウェナエルたちを、テオフィルは大喜びで迎えてくれた。

「あのねあのね、テオもたーっくさんごはんとったんだよ！」

テオフィルは両手をめいっぱい広げて、伝えようとする。お守りをしてくれた鼠《ねずみ》獣人の騎士団員が、小さな身体で籠《かご》を掲《かか》げる。真っ赤な野イチゴが、籠《かご》いっぱいに入っている。

「わあ、すごいじゃないか！　こんなにたくさん、どうやって採ったんだ？」

「えへへへ、せいれいさんが、おしえてくれたんだよ」

テオフィルは褒《ほ》められて、恥ずかしそうにはにかんだ。

まさか自分で食べ物を見つけてきてくれるなんて、なんて素晴らしい子なんだろう！

アンリはテオフィルがもみくちゃになるくらい、たくさん撫《な》でた。

「きゃはー！」

ふぉんふぉんと尻尾を振って、撫《な》でられるのを喜んでくれた。

ふと、グウェナエルがアンリの手元をじっと見つめていることに気がついた。まるで「自分も撫《な》でてほしいなあ」と思っているかのように。

まさか、そんなわけがない。彼はれっきとした大人なのだから。

「テオフィルさまのおかげで、前菜が一種類増えましたね。では、手早く昼食の準備を整えましょう」

エヴラールが合図すると、騎士団員たちは素早く敷物の上に折り畳み式のテーブルと椅子を広げ、真っ白なクロスを敷き、葡萄酒《ぶどうしゅ》のボトルと錫製《すずせい》の酒器を取り出し、皿やカトラリーを並べた。

あっという間に、豪華なパーティーの準備が整った。

「テオフィルさまには、ミルクを」

テオフィルのコップには、牛乳が注がれた。

全員が飲み物を手にしたのを見て、グウェナエルが杯を掲《かか》げる。

「乾杯《サンテ》！」

健康を祈る音頭とともに、昼食が始まった。

ハーブのサラダと、テオフィルが採ってきてくれた野イチゴを摘まみながら、葡萄酒《ぶどうしゅ》に舌鼓《したつづみ》を打つ。野イチゴの酸味が、葡萄酒《ぶどうしゅ》の味を引き立たせる。

「ううむ、美味《おい》しいベリーだ」

「えへへへ」

グウェナエルが、上機嫌《じょうきげん》で野イチゴに手をつけている。テオフィルも嬉しそうだ。

グウェナエルの手では加減が難しいのか、野イチゴを掴んだ瞬間にプチッと潰《つぶ》してしまったのは見逃していない。

それから、わざわざ火を起こして温め直したポタージュが饗《きょう》された。

甘みのあるかぼちゃのポタージュは、テオフィルの好物だ。つい口元についたポタージュを舌舐《したな》めずりしてしまって、てへりと笑うテオフィルの姿を目撃した。

料理人が作ってくれたメインディッシュは豪華で、白身魚のワイン蒸しだった。野外でこんな美《お》味《い》しい料理を食べられるなんて、とアンリは感激してしまった。

「それでね、グウェナエルはそのイノシシを倒してしまったんだよ」

「ええー、すごーい！」

ご馳走《ちそう》を味わいながら、狩りでの出来事をテオフィルに話す。グウェナエルの尻尾が揺れているので、彼にも聞こえているのだとよくわかった。

「今晩はそのイノシシをお料理して食べるんだって」

「やったー！　イノシシっておいしいの？」

「さあ？　美味《おい》しいかどうか、一緒にたしかめてみようか」

「うん！」

デザートにはチーズとパイを食べて、すっかり満腹になった。

「おいしかったあ」

テオフィルはポンポンになったお腹を抱えて、満足げに目を細めた。

「素人の手慰《てなぐさ》みではありますが、音楽はいかがですか」

いつの間にかリュートを抱えていたエヴラールが、軽く弦を爪弾《つまび》く。じゃらんと、耳に楽しい音が響いた。

「素人などと。エヴラール、君はリュートの名手だ。ぜひ頼む」

「喜んで」

エヴラールは細かく指を動かしはじめ、軽快な音楽が始まった。

「ほわあ」

テオフィルは耳をピクピクと動かして、演奏に聞き入っている。

「アンリ、踊ろう」

「え」

グウェナエルに手を引かれ、拒否する間もなくダンスに誘われた。

こんな軽快な音楽で踊った経験などない。

アンリの両手を握って向かい合ったグウェナエルは、音楽に合わせて地面を蹴《け》り、飛んだり跳ねたりしている。アンリは必死に見様見真似で、タップを踏んでみた。

「あははは ぁ！」

聞こえてきた笑い声は、テオフィルのものだ。

テオフィルもその場で、ぴょんぴょんと跳ねている。なんなら精霊がテオフィルに寄ってきて、一緒になって飛びまわっていた。

その様子を見て、もうやけくそだとアンリも音楽に合わせてがむしゃらに身体を動かしてみる。

「その調子だ！」

飛んで。

跳ねて。

音に合わせて動くのが、楽しい。

「ふ、ふふふ……！」

自然に、笑顔が零《こぼ》れ出した。

心から楽しいという気持ちで満たされるのはいつぶりだろう。もしかすると、初めてのことかもしれない。

「グウェナエル、楽しいな！」

「ああ！」

グウェナエルもまた、初めて見る満面の笑みを浮かべていた。顔をくしゃくしゃにして笑う彼は、可愛らしい。

アンリは汗だくになるまで、踊り狂った。

楽器の演奏が終わる頃にはテオフィルは体力を使い果たしたのか、眠たげに目を細めていた。

「テオフィル、ちょっとお昼寝しよっか」

「うにゅ……」

自分の膝《ひざ》を枕にしてテオフィルを横にさせると、あっという間に寝息が聞こえてきた。

「ふふ」

銀色の頭を、アンリはそっと撫《な》でた。ぽかぽかした少し高めの体温が伝わってくる。

アンリは、この上なく穏やかで幸せな心地に包まれていた。

テオフィルと出会ってから、初めての気持ちを教えてもらってばかりだ。こんなに幸せな気持ちを味わうことがあるなんて、思ってもみなかった。

全てテオフィルと、そしてグウェナエルのおかげだ。

人の役に立つ喜びを知った。大事な人のために、なにをしてあげられるだろうかと考える時間の、幸福なことを知った。頼られる嬉しさを知った。穏やかな時間を知った。

思い返すと、鼻の奥がつんと痛くなる。

こんなに幸せになる資格が、自分にあるのだろうか。

自分はただその場にいたからテオフィルを庇《かば》うことができて、それでたまたまグウェナエルの目に留まっただけだ。

それだけのことで、こうしてテオフィルを養育できる立場にいられるのは、望外の幸運だ。

「……ありがとう、テオフィル」

震えを帯《お》びた囁《ささや》きに、ピクピクとテオフィルの耳が揺れた。

夢の中のテオフィルに、届いたのかもしれない。

「よく寝ているな」

グウェナエルがそっと声をかけてきた。

「幸せそうだ」

幸せそうだというのは、テオフィルの寝顔の話だろう。でも、まるで心の中を読まれたように感じた。

「グウェナエルのおかげだよ」

見上げると、彼は目を丸くしていた。それからふりふりと尻尾を振って、アンリの隣に腰かける。

隣に腰かけた彼は、微笑みを浮かべていた。彼が嬉しそうな顔をしていると、不思議なことに自分もまた嬉しい気分になるのだった。たしかに今の自分は、幸せだ。

「ともに昼寝をしても?」

「ああ」

アンリは頷《うなず》くと、勇気を出して彼に体重を預けた。グウェナエルは、アンリを受け止めるように肩に腕を回した。

好意を向けられることも、どう応えたらいいかも慣れないけれど、きっと今の自分は間違ってはいない。こうして、本当の家族のようになっていくことができるだろうか。

暖かな木漏《こも》れ日が、三人の顔をまだら模様《もよう》に照らす。森の香りを鼻腔《びくう》いっぱいに吸っているうちに、瞼《まぶた》が重たくなっていく。

「ふふ。グウェナエル」

グウェナエルの頭に葉が乗っかっているのに気がついて、アンリは小さく笑いを零《こぼ》しながら手を伸ばした。

「むう」

葉を取るついでに、彼の頭に指先が触れる。黒い毛並みは思いのほか滑らかな感触で、気持ちがいい。アンリに触れられた彼もまた、心地よさそうに目を閉じたのだった。

その表情はなんだか、幸せそうに見えた。


晩餐《ばんさん》では見事なイノシシの丸焼きが出て、グウェナエルは葡萄酒《ぶどうしゅ》をバカスカ飲みながら、大喜びでイノシシ肉を食べた。

テオフィルも大喜びで、小さく切り分けられた肉を食べていた。

イノシシが丸ごと載る皿が存在しないからか、綺麗に切り分けられた状態で出された。だから食欲が減衰することもなく、アンリも美味《おい》しく肉を食べられた。ローストされたもも肉は、意外にも柔らかくて美味だった。

「イノシシっておいしかったねえ」

「そうだね」

なんて話しながらテオフィルを寝かしつけ、アンリは寝室に戻った。

「ううーむ……」

すると、寝台の上にお腹を出して寝転んでいる黒い犬がいた。グウェナエルだ。

「酔っ払っているのか」

くすりと微笑み、寝台の縁《ふち》に腰かけた。

いつものグウェナエルは気を遣って寝台の端で寝るのに、今日は寝台のど真ん中にどーんと寝転んでいる。相当葡萄酒《ぶどうしゅ》を飲んでいたから、仕方がない。

はてさて、どうしたものか。

もふもふの黒い塊《かたまり》は、満足げな表情で微睡《まどろ》んでいる。

見下ろしていたアンリは、ふと彼の頭に指先が触れた瞬間を思い出した。今と似たような、幸せそうな顔をしていた。

もしかして、頭を撫《な》でられるのが好きなんだろうか。

そんなわけはない。そんな風に思うのは、きっと自分が彼のことを撫《な》でたいと思っているからだ。

そう、この黒いもふもふを思いきり撫《な》でてみたいのだ。

グウェナエルの黒い毛は、テオフィルのよりも量がある。特に胸の辺りはもふもふで盛り上がっており、いかにも触り心地がよさそうだ。

——今なら、撫《な》でてもバレないだろう。

ごくりと唾《つば》を呑んだ。意を決して、彼の頭へ手を伸ばした。

もふり。

柔らかい感触に、手の平が触れた。

なんて気持ちいい感触だろう。テオフィルの毛よりも少し感触が硬いが、その分すべすべとしている。なんてすばらしい毛並みだろう。風呂上がりに、香油でも塗《ぬ》り込んでいるのだろうか。

頭を撫《な》でてやると、寝ているグウェナエルの表情がどんどんにっこりしていく。

アンリは調子に乗って、頭頂部を撫《な》でるだけでは飽き足らず、耳の後ろをカリカリと掻《か》いたり、ほっぺをむにむにと揉《も》み込んだりした。

するとグウェナエルは寝返りを打ち、こちらを向いた。

「アンリ……？」

ゆっくり瞼《まぶた》が開き、美しい金色の瞳が覗く。さすがに目が覚めてしまったようだ。

彼は口を開いた。

「もっと、撫《な》でてくれ……」

「え！」

彼はアンリの片手をそっと掴み、頬《ほお》に押しつけた。

――もっと撫《な》でてくれ？　まさか彼がそんな望みを抱いているだなんて。

撫《な》でてしまっていいのだろうか。戸惑《とまど》いながらも、請《こ》われた通りにほっぺたを撫《な》でる。

「んう……」

彼は気持ちよさそうに、手に頬《ほお》を擦りつけてきた。

「アンリ……好きだ……」

「え!?」

グウェナエルの言葉に驚き、思わず手を止めた。

「グウェナエル？」

「んー……」

身じろぎすると、彼は再び目を閉じてしまった。もしかして、寝ぼけていたのだろうか。

「好きって、撫《な》でられるのが、か……？」

もう寝ているとわかっていても、つい尋《たず》ねてしまった。

彼の反応はない。完全に寝入っている。

好きだなんて。

よしんば自分のことだとしても、人間としてということだろう。そうだ、そうに決まっている。自分とグウェナエルは仲良くやっているのだから。

アンリは心の中で自分に言い聞かせた。

それにしても、どこに寝ようか。

再び眠りの世界に誘われてしまった彼を見下ろし、アンリは悩んだ。

「もう今さらか」

長椅子に寝ようかとも少し考えたが、ふっと笑うと、寝台の中に潜り込んだ。

「少しどいてくれよ」

中央に寝ているグウェナエルをぐいぐい押してスペースを作り、隣に寝ることにした。もふもふの毛皮が、身体に触れる。思いっきり押したのに、目覚める気配はない。

窓辺からは、穏やかな月光が注いでいた。

「いい子いい子」

背中側から彼の耳の後ろをカリカリと掻《か》いてやりながら、アンリも目を閉じた。

毛皮の感触を味わっているうちに、アンリもまた眠りの世界に誘われた。


「おわっ」

翌朝は、グウェナエルの声で目が覚めた。

「ん……？　おはよう、グウェナエル……」

彼もまた起きたばかりのようで、寝台から上体を起こして、アンリを見下ろしていた。

「お、おはよう」

彼はなぜだかそわそわしている。

そういえば、昨夜のように身体をくっつけて眠ったのは初めてだったなと思い出した。

「グウェナエル、昨日言っていたこと覚えているか？」

彼が口にした「好きだ」の言葉の真意を知りたくて、聞いてみた。

「オレが言ったこと？　オレはなにを言ったのだ？」

彼はきょとんと首をかしげた。

あれはやはり、寝言だったのだろう。意味の伴わない言葉だったのだ。

「なんでもないよ。グウェナエルが面白い寝言を言っていただけさ」

「面白い寝言⁉　オレはなんと言っていたんだ⁉」

「ふふ、秘密だ」

慌てる彼が面白くって、くすくすと笑う。

こうして彼と一緒に寝起きすることにも、いつしか居心地の悪さを感じなくなっていた。

ずっとこんな日々が続けばいいのに。そんな風に、願っている自分がいた。

第四章　疑惑と嫉妬《しっと》

犬獣人の騎士アドルフと鼠《ねずみ》獣人の騎士マチューは、ともに城の見張りについていた。

見張りといっても、なにがあるというわけでもない。いつも通りの平穏な日常だ。

だから会話で暇《ひま》を潰《つぶ》すことになるのは、自然な成り行きだった。

「あんときゃ、びっくりしたもんだよなあ」

アドルフは、出し抜けに話し出した。

「『あんとき』って、どの時だよ」

「そりゃおめ、閣下が急に嫁御《よめご》と子供をこさえて帰ってきた時だべ」

農家の出身であるアドルフは、訛《なま》りの抜けない口調で言った。

「ああ、ありゃあびっくりしたな」

「閣下の実の子じゃなくて大丈夫かと思ったけんど、ありゃあええ子だなあ」

アドルフは銀色のふわふわの子を思い浮かべながら、しみじみと呟いた。

「人見知りをしていたのはほんの最初だけで、すぐに馴染《なじ》んでくれたよな」

マチューは同意して頷《うなず》いた。

脳裏に浮かぶのはテオフィルという名の跡継《あとつ》ぎの、元気いっぱいの笑顔だ。笑った顔の、なんと愛らしいこと！

長らく小さな子供という存在のいなかった城で、テオフィルは、誰からも可愛がられている。家《か》宰《さい》から厩番《うまやばん》まで、全員メロメロだ。

「誰とも仲良うしとる。あんな物怖《ものお》じしない子は、そうおらん。あの子が将来の領主さまかと思うと、今から頼もしいべ」

「この間の狩りの時、俺、テオフィルさまのお守りをしてただろ？『ないしょね』って言われて、一緒に野イチゴをつまみ食いしたんだぜ」

狩りの際のエピソードを披露《ひろう》し、マチューは自慢げに笑った。

「な！　おらだって、警護しとったらお菓子をわけてもらったことあんべ！」

二人はしばし、どちらがよりテオフィルに懐《なつ》かれているかを争い、舌戦を繰り広げた。

結果として言い争いは不毛であると悟り、テオフィルが最も懐《なつ》いているのは辺境伯閣下と継母《ままはは》のアンリだ、という結論で終戦した。

「それにしても、アンリさまは美人だよな」

言い争いに疲れたマチューは、無理やり話題を変えた。

「んだ。あんな肌の白い人は、初めて見ただ。金色の髪は日の光を受けると、キラキラ光って白金っぽく見えるし。水色の目ん玉なんて、ほら、なんか高級な宝石みたいで……とにかく、すんごい綺麗だぁ」

アドルフは自分の語彙《ごい》で、精いっぱいに辺境伯の伴侶《はんりょ》の美しさを表現した。脳裏には輝かしいばかりの美貌が浮かんでいるのに、陳腐《ちんぷ》な物言いしかできないのが、もどかしかった。

「綺麗なだけじゃなくて、優しい人でもあるぜ。見たか？　アンリさまが、テオフィルさまに向ける眼差しを」

アンリが継子《ままこ》を溺愛《できあい》しているのは、使用人全員に知れ渡っている。実に思慮深くいつも我が子のことを考え、できることは、なんでもしてやっているというのは、皆が知るところだ。

王族であるとか、精霊の呼び手であるといった点も驚くべきことではあるが、それよりも使用人たちの口の端に上るのは本人の資質や、その行動だ。

「ああ、ああ。優しいのは、テオフィルさまに対してだけじゃね。精霊さまとやらの力を使って、おらの怪我を治してくれたこともあるべ」

精霊にはどうやら、不思議な力があるらしい。

素晴らしいのは、アンリがその力を誰にでも分け隔《へだ》てなく行使することだ。

アドルフは訓練で負った擦り傷を、アンリに治してもらったことがあった。

「なんでも噂じゃ、テオフィルさまが実の両親に包丁持って追いかけられているとこを、命がけで助けたって話だべ。半死半生の怪我を負ったアンリさまを、精霊の神さまが出てきて治してくれたんだと」

テオフィルが生父母に虐待《ぎゃくたい》を受けていたという話と、それをアンリが助け出したという話は、使用人の間では有名だ。否、最近では使用人の間のみならず領民にまで伝わっているのだとか。

アドルフの話を聞いたマチューは「精霊の神が出てきたのは結婚式って話じゃなかったか？」と

思ったが、口は挟まなかった。

こうして話にどんどん尾鰭《おひれ》がついていっていることを、二人は知らない。

「実に勇敢な方だ。俺だったら、咄嗟《とっさ》に刃の前に身を投げ出して子供を守れるか、わからない」

「本物の愛、ってやつだべなあ」

身を挺《てい》して継子《ままこ》を守る様を想像したのか、アドルフは涙ぐんでいる。マチューもだんだんと泣けてきた。我らが辺境伯の選んだ伴侶《はんりょ》は、なんと素晴らしい人なのだろう！

「あの閣下が一目惚《ひとめぼ》れだなんて、最初は信じられんかったけんど、こんな素晴らしい人ならそりゃ惚《ほ》れるべ」

「閣下の溺愛《できあい》ぶりときたら！」

マチューは興奮のあまり、チューと鳴いた。

二人にとって、デルヴァンクール辺境伯は憧れの人物だ。常に冷静で落ち着き払っており、戦《いくさ》の際には無類の強さを発揮《はっき》する。あの怜悧《れいり》な横顔に、憧れない騎士がいるだろうか。

辺境伯には、長年浮いた話の一つもなかった。病死したフィアンセのことを引きずっているという噂だったが、二人はよく知らない。二人が騎士団員になった頃、すでにフィアンセは他界していた。

ともかく重要なのは、その辺境伯閣下が突然、王都で一目惚《ひとめぼ》れなぞして、伴侶《はんりょ》と継子《ままこ》を連れて帰ってきて、見たこともない溺愛《できあい》ぶりを発揮《はっき》しているということだ。

「狩りの時だって、べったりだったべ。ずっとそばにいて、他の男が寄りつかないようにしとってさ。なにより、寡黙《かもく》な閣下があんなにたくさん喋《しゃべ》るのは聞いたことがねえ」

アドルフは狩りの時を思い返して、驚くべき点を指折り数えた。

「閣下があんなに明るい人だったとは、俺は知らなかったよ」

マチューも、伴侶《はんりょ》と踊る辺境伯の姿を思い返し、頷《うなず》いた。

あんな笑顔を浮かべるのだなと、新鮮な驚きがあった。冷静沈着で怜悧《れいり》な印象は、いい意味でくつがえされた。

「あるいは、明るい人になったのかもしれんなあ。影響されて」

誰に影響を与えられたのかは、言うまでもない。

太陽よりも明るく元気な継子《ままこ》と、慈悲深《じひぶか》く勇敢な伴侶《はんりょ》にだ。

「理想的な家族だよ、本当に。辺境伯領はしばらく安泰《あんたい》だな」

辺境伯一家の素晴らしい未来を想像し、アドルフもマチューも微笑みを浮かべたのだった。


アンリは周囲を漂《ただよ》う精霊に手を伸ばし、声をかけた。

「お願いだ。力を貸してくれないか」

助けてくれ、と必死に念じる。

アンリは、使用人の寝室にいた。目の前には熱を出して寝台で寝込んでいるエマがいる。彼女の傍《かたわ》らで、祈るように跪《ひざまず》いていた。

「エマさんの熱を、下げてあげてくれないか」

助けて、助けて、助けて。

心の中で三回唱えると、一人の精霊が近寄ってきた。彼は――男の精霊である印象を受けた――力を貸してくれる気になったようだ。

精霊は、羽毛のようにゆっくりゆっくり降りてくると、エマの額《ひたい》にぴとりと触れた。

アンリの目には、エマの額《ひたい》が淡く光るのが見えた。

それから、精霊はふっと飛び去っていった。

「ああ……信じられない！」

高熱を出していたはずのエマは軽々と上体を起こし、不思議そうに自分の身体を見下ろした。

鼻をひくひく動かすのがリスらしくて可愛いらしかったが、口には出さない。

「急に身体が楽になりました。熱も少し下がったようです。本当にありがとうございます、アンリさま！」

エマはアンリに頭を下げ、感謝の気持ちを示した。

「私が熱など出して寝込んだばかりに、アンリさまのお手を煩《わずら》わせてしまって……」

「別に手間ではない。他にやることなど、なにもないのだから」

他にやることがないというのは、なにもエマに気を遣ったのではなく、事実だった。

テオフィルの教育が手を離れると、アンリがこの城館《ドンジョン》でやらなければならない仕事は、なにもなかった。そこで精霊に怪我を治してもらった時の出来事を思い出し、城館《ドンジョン》の人々の怪我を治してまわるようになったのだった。

自分の怪我ならいざ知らず、他人の怪我を精霊に治してもらえるのか、疑問だった。ところがやってみたら、できてしまったのだ。

思えば王城にいた頃は食べ物を持ってきてもらったりなんだりと精霊に助けてもらってばかりだったが、グウェナエルのもとに来てからはそれが突として止んだ。

助けてほしい、と感じることが少なくなったからだろう。

だから意識的に「助けてくれ」と念じてみた。

すると、数いる精霊たちの幾人かが、気まぐれに力を貸してくれるのだった。

「せっかくアンリさまのお力で治していただいたのですから、さっそく働きましょうっと」

寝台から起き上がろうとするエマを、慌てて押し留めた。

「いやいや。精霊の力を借りても、少し楽になるだけだ。体調が万全になるわけではない。もしそうなら、私は寝込んではいない」

アンリは優しく言い聞かせた。

アンリは、自身の変化を感じていた。テオフィルの世話をし、優しい声をかけることに慣れたおかげか、テオフィル以外の人にも柔らかい言葉をかけられるようになった気がする。

以前の自分は、鋼鉄のようだった。今では、柔軟さも手に入れたのだ。今の自分のほうが、より強くなったように感じる。

テオフィルのおかげだ。

「まあ、それもそうですわね。では、ゆっくりお休みさせていただきましょうかね」

エマはにこりと笑って、大人しく寝ているると約束してくれた。

エマの寝室を去り、アンリは自室に戻ろうと廊下を歩んだ。いや、今日は晴れているから、中庭に出るのもいいかもしれない。

季節は春から夏へ移りつつある。日の光を浴びるのは、きっと心地がよいだろう。

そう考えていると、曲がり角で危うく人にぶつかりかけた。

「これはアンリさま、申し訳ございません！」

エヴラールだった。彼の角は後ろ方向に伸びているので、たとえぶつかっても、刺さることはなかっただろう。

「大丈夫だ、気にすることはない」

エヴラールは手にいくつかの巻物を抱えていた。こうして書類を手にしていると、文官にしか見えない。でも、騎士団長なのだ。

「グウェナエルのところに？」

「ええ、閣下に何件か報告すべきことがあり、執務室を訪れていたところです。アンリさまは、なにをなさっていたのですか？」

エヴラールは柔らかい笑みを浮かべて、会話に応じてくれた。

「エマさんが熱を出したので、精霊の力を借りて治していたところだ。うまくいって、よかったよ」

「なんと、精霊の呼び手としての御力を行使していただいたのですか。アンリさまの優しさに、感服いたします……！」

「いやいや、そんなに大袈裟《おおげさ》なことではないんだ。ただ、頼めば力を貸してくれる精霊もいるというだけのことなんだ」

「ほう、精霊が力を……？　興味があります。詳しく聞かせてもらえませんか」

エヴラールが目を輝かせた。文官らしい見た目通り、学者肌の人間なのだろうか。

「ええと、精霊はたくさんいるのだけれど、ほら、ここにもいる」

アンリは近くを漂《ただよ》っていた精霊を、指し示す。

エヴラールは驚いて、精霊がいるのとは少しズレた辺りを見つめた。

「精霊たちに『助けて』と念じると、たくさんいる精霊たちの誰かが、たまに力を貸してくれることがあるんだ」

「助けて、と念じるのですか」

彼は興味津々《きょうみしんしん》で話に耳を傾《かたむ》けている。

「思えば、私が熱を出すと大勢の精霊が寄ってきたものだ。きっと心のどこかで助けを求めていたからなのだろう」

「なるほど。アンリさまが窮地《きゅうち》に陥《おちい》ると、精霊たちが救い出してくださるのですね」

エヴラールは大仰《おおぎょう》に言い換えた。

「そうだな、私は精霊たちに助けられてばかりだ。たまに、私が助けることもあるけれど」

「アンリさまが、精霊を？　それはどのように？」

彼は目を瞬いた。

「どうということはないんだ。精霊はなぜかイバラが弱点のようで、時折、イバラの茂みに引っかかってしまうんだ。それを自由にしてあげるだけのことさ」

怪我を治してくれたり、食べ物を持ってきてくれたりといった恩恵に比べれば、なんということはない些細《ささい》な手助けだ。

「ほう、イバラに！　興味深いですね」

エヴラールは本当に面白そうに笑ってくれた。

「おっと、つい話し込んでしまったな。まだまだ仕事があるだろうに、足止めしてすまない」

「いえいえ。実を言うと私、人間という種族に興味がありまして。人間の方とお話しするのを、なにより楽しみにしているのですよ」

社交辞令かもしれないが、彼は嬉しそうに笑う。社交的な人物なのだろう。人望もありそうだ。そういう点を評価されて、騎士団長になったのだろうか。

「異種族間交流に余念がないとは、素晴らしい」

アンリもまた、エヴラールに笑顔を返した。

その時、エヴラールはなにかに気づいたのか、くるりと後ろを振り返った。

「おや、辺境伯閣……下……」

彼の言葉は、途中で止まった。

どうしたのだろうと廊下の奥を見つめると、グウェナエルがこちらに近づいてくるところだった。

グウェナエルは両耳をペタリと伏せ、牙を剥《む》き出している。

——見たことがないくらい不機嫌《ふきげん》だ！

「失礼いたします」

エヴラールは風のような速さで、この場を後にした。逃げたな。

「……随分と親しげに話をしていたな」

目の前まで来たグウェナエルが、むすっと言った。

「ああ、そうだな。精霊のことについて聞かれて、答えていたんだ」

「オレに笑顔を見せてくれるようになるまで、随分かかったのに……」

彼の言葉に、目を瞬く。アンリのほうこそ、グウェナエルの笑顔を見たのは、つい最近だ。

「もしかして、嫉妬《しっと》しているのか？」

「な、オ、オレが嫉妬《しっと》だと!?」

彼は心底驚いたかのように目を丸くした。そうしていると顔の印象が幼くなって、愛らしい。

「オレが嫉妬《しっと》など抱くわけが……嫉妬《しっと》？　この感情は、嫉妬《しっと》なのか？」

彼は自分で自分の感情が、よくわかっていなかったようだ。

笑いたくなるのを我慢《がまん》した。アンリはグウェナエルを愛らしい一面がある男だと思っているが、
それを伝えたらきっと気分を害するだろう。

「す、すまない！」

「え？」

彼はなぜだか、凄《すさ》まじい勢いで頭を下げた。

「アンリはただ会話をしていただけなのに、オレは醜《みにく》い感情を抱き、あまつさえそれを口に出した！　オレはひどい男だ……！」

勝手に自己嫌悪に陥《おちい》り、しょぼくれてしまった。耳も尻尾もしゅーんと垂れている。

このままではいけないと、グウェナエルの手を引いて自室まで戻った。

自室の長椅子に向かい合って座り、使用人に持ってきてもらったお茶を飲みながら彼が落ち着くのを待った。

「オレとアンリは契約婚だから、オレが嫉妬心《しっとしん》を抱いていい理由はないのだ」

二人きりになると、グウェナエルはぽつりと零《こぼ》した。

「秘密裏に、他の相手を作ったとしても……オレは……構わない」

いつも無表情で耳と尻尾にしか感情の表れない彼が、顔を歪《ゆが》めて絞り出すように言った。心にあることと逆のことを口に出しているのは、明らかだ。

まったく、可愛いくらいわかりやすい男だ。アンリは苦笑した。

「嫉妬《しっと》くらい、してもいいのではないか？」

「へ？」

アンリの一言に、彼はぽかんとした顔になった。

やはり可愛い。気の抜けた顔になると、テオフィルと目鼻立ちが似ている。

「嫉妬《しっと》はそんなに醜《みにく》いものではない。私もよく覚えがある感情だ」

自然とそんな言葉が出ていた。

「君が誰かに嫉妬《しっと》をするのか？」

「ああ」

アンリはお茶を口にすると、彼に微笑みかけた。

「王城の中庭には、子供用のブランコがあってな。ブランコに乗って、父に背中を押してもらえるのは、いつも兄だけだった。父は兄だけを愛していた。父からもらえるものはなんでも持っている兄のことが、私はいつも妬《ねた》ましかった」

父に背中を押してもらう兄は笑っていて、自分はそれを遠くから眺《なが》めるだけ。あの光景は、いつでも瞼《まぶた》の裏に浮かべることができる。あの頃はいつも——胸のうちを引き裂かれるような苦しみを覚えていた。

いつしか、そんな醜《みにく》い嫉妬《しっと》なんて抱くだけ無駄だと悟り、胸のうちに湧いた感情を掻《か》き消すようになった。

「だから、人として当たり前の感情だ」

アンリは言った。

不思議だ。あんなに醜《みにく》いと感じていた嫉妬《しっと》という感情が、グウェナエルが抱くものになった途端、可愛く思えた。

そうか、嫉妬《しっと》は醜《みにく》い感情ではないのか。自分が口にした言葉によって、初めて知った。

「君と国王の関係性はあまりよくないのだろうと思っていたが、そこまで冷遇されていただなんて……！」

アンリの告白に、彼は衝撃を受けた様子だった。

「いや、別に……」

言葉は最後まで続かなかった。

立ち上がった彼が回り込んできて、アンリを強く抱きしめたからだ。

「オレはなにも知らなかった。許してくれ」

彼の抱擁《ほうよう》は温かく、心ごと抱きしめられているかのように感じた。

「別に、ここに来てからは関係ないし……」

今は幸せなのだから、平気だ。

そう思っていたはずなのに、ぼろぼろと涙が零《こぼ》れてきた。まるで彼の温かさで、氷が融《と》けたかのようだ。胸の奥深くに沈めていた黒い感情の塊《かたまり》が、溶かされて小さくなっていく。

彼はなにも言わず、アンリの頭に手を回し、手の平で包むように撫《な》でた。アンリは彼に体重を預け、抱擁《ほうよう》されたままでいた。

家族に愛されるとは、こういう感じなのだろうか。

ふと、そんなことを思った。

しばらくするとグウェナエルはハンカチーフを取り出し、アンリの涙を布地に吸い取らせた。

「目元が腫《は》れていても、君は美しいな」

彼が微笑んだ優しい表情に、胸が高鳴った。

「え？」

「あ、いや、なんでもない！　口が滑った！」

顔を見つめると、彼はわたわたと耳を反らす。

憎からず思われていると感じるのは、決して自惚《うぬぼ》れではないだろう。もしかしたら、自分の胸に灯る温かな気持ちは、彼が抱く想いと似たものかもしれない。

さらなる幸せを求めてもいいのだろうか。

そんな風に思えた日だった。


翌日、アンリは城の図書室にいた。

図書室には、デルヴァンクール家が代々蓄《たくわ》えてきた書物が収められている。アンリから見ても、なかなかの蔵書量だ。

「おやアンリさま、なにかお探しですかな」

同じく図書室に用があったのだろう兎《うさぎ》獣人の家宰《かさい》に声をかけられ、アンリは振り向いた。

「初代国王について、調べ直したくて」

「初代国王、でございますか？」

「わたしは自らが精霊の呼び手であるにもかかわらず、精霊の呼び手のことをなにも知らず、初代国王の話をただの伝説としか思っていなかった。もっと真面目に勉強していれば、なにか違ったのかもしれないと思ったのだ」

脳裏に浮かぶのは、初代国王の話は伝説ではなく実話だと言い切った学者大臣のことだ。歴史に興味を持っていれば、自分を支えてくれる光が精霊たちだと、もっと早くわかったかもしれないのに。

「なるほど、であれば関連しそうな書物を私が取ってまいります」

「すまない、ありがとう」

忙しい身だろうに、手間をかけてくれることに感謝した。

家宰《かさい》が持ってきてくれた書物を、図書室のテーブルで静かにめくっていく。

まず、アンリも習ったことのある初代国王建国の物語が記されている。

初代国王は、海の向こうの離島の王国で生まれた。彼は生まれつき精霊の姿が見え、精霊から力を借りることのできる人間であった。これを精霊の呼び手と呼ぶ。

離島の王国でも精霊が見える人間は普通ではなく、取替子《チェンジリング》だと疑われた。精霊の子と入れ替わったから、精霊が見えるのだと。

当時の女王に迫害された彼は、国を出て海を越えることにした。

そうして今の王都があるこの地に辿《たど》りつき、国を興《おこ》したのだ。

習ったことはあるはずだが、こうして読み返すまですっかり内容を忘れていた。

精霊のことも、精霊の呼び手のことも書かれているではないか。なのに、なにも覚えていなかった。きっと当時の自分は、伝説に等しい遠い過去のことが自分になんの関係があるのか、と右から左へ聞き流していたに違いない。

学者大臣がいなければ、自分が精霊の呼び手だと発覚することはなかった。アンリは心のうちで、改めて感謝を覚える。

「うん、どうしたんだい？」

ふと、精霊の一人が一冊の書物の上で跳ねた。まるで、この本を読め、と言っているようだ。

「わかったよ、貴婦人《レディ》」

くすりと笑いつつ、その書物を手に取って頁《ページ》をめくった。

どうやら、初代国王が精霊の力を借りて行った御業《みわざ》の数々が記されているようだ。記載されている文章を目で追う。

「転移魔法陣、精霊神の水鏡……」

転移魔法陣。王国各地に設置された施設にして、国宝。魔法陣から魔法陣へ転移することができる。驚くことに、精霊の呼び手でなくても使用できる。現在は王族のみに使用が許されている。

精霊神の水鏡。過去を映し出す鏡。過去に人が発した言葉や動きを、半透明の影の姿で再生する。ゆえに、精霊神の水鏡が映し出す影は真実を口にする……などと書かれている。

「お」

とある記述が目に入った途端、小さく声が出た。

これは自分にもできそうだ。うまくいけば、テオフィルとグウェナエルが喜んでくれるかもしれない。二人が喜ぶ光景を思い浮かべ、口角が上がった。

翌日、朝食の席でのこと。

頼んでいた服が仕上がったので、テオフィルは新しい服を着ていた。

テオフィルが自ら頼んだ、タンポポみたいな黄色の服だ。アンリもまた、襟《えり》に水色の差し色が入った服をまとっている。ちなみに、結婚指輪の完成までは、まだ時間がかかるそうだ。

「今日は、二人に見せたいものがあるんだ」

アンリはテオフィルとグウェナエルに宣言した。

こんなに得意げにするのは、自分にしては珍しいことだ。二人の明るさに影響されて、変わってきているのかもしれない。

「なあに？」

「楽しみだな」

銀色の尻尾と黒い尻尾が、そわそわと揺れている。尻尾の動きまでそっくりで、噴き出しそうになった。

「精霊たちよ、手助けしてくれ。二人に光の泡を降らせてくれないか」

精霊たちへの願いを口に出すと、辺りを漂《ただよ》っていた精霊たちがゆっくり近寄ってくる。それから煌《きら》めく光の粉を、三人の上に降らせはじめた。

光の粉は、ぷかりと膨《ふく》らんで七色に輝く泡へ変じた。あっという間に幻想的なシャボン玉がぷかぷかと漂《ただよ》いはじめる。

「わー、綺麗！」

「本当だな」

二人はキラキラと目を光り輝かせ、尻尾はわさわさと一緒に揺れていた。

「これが精霊の力なのか。美しい光景だ」

グウェナエルが感慨《かんがい》深げに呟く。

期待した通り喜んでもらえて、アンリもまた胸のうちが温かくなる。

美しいシャボン玉を浮かべるだけの、なんの役に立つわけでもないものだ。これならできると思ったのは、アンリが幼い頃に、まったく同じ光景を精霊が見せてくれたのを思い出したからだ。

自分は、初代国王と同じことができるのだ。彼のことをきちんと勉強していたなら、もっと早く、自分が精霊の呼び手だと確信できただろう。学問とは大事なのだなと心から思った日だった。

「それでね、それでね、テオね、クッキーをわけてあげたんだよ！」

シャボン玉を浮かべた幻想的な朝食を終えた後のこと。

今日は久しぶりの三人そろっての休日だ。

テオフィルは勉強する必要がなく、グウェナエルには執務の予定がない。三人は広い部屋でお茶をしながら、ゆっくり過ごしていた。

皆がそろっているとあって、テオフィルはアンリがいない間の出来事を元気よく報告してくれた。

「それからね、それからね！」

「ふふ、テオフィルは元気だな」

元気なテオフィルを、グウェナエルは目を細めて眺《なが》めている。

「うん、テオげんきだよ！」

グウェナエルの言葉に素早く反応して、テオフィルはそちらを向いた。

「だってね、おいしいもの、まいにちたべてるもん！」

テオフィルは、えっへんと胸を張った。

「そうかそうか、テオフィルは美味《おい》しいものを食べていると、元気でいられるんだなあ」

テオフィルの可愛さを微笑ましく思ったのか、グウェナエルはにこりと口角を上げた。

「失礼します」

ドアがノックされたかと思うと、エヴラールが入室してきた。

「実は、装飾品や美容のための品物を扱《あつか》う行商人が訪れておりまして。アンリさま、ご興味はありませんか？　私の知人なので、身元は保証いたします」

エヴラールは、アンリに尋《たず》ねた。

「なぜ私に聞くのだ？」

「閣下やテオフィルさまにご興味がないのは、明白ですから」

彼はきっぱり言った。それもそうだ。

「オレがテオフィルの面倒を見ておくから、行ってくるといい」

アンリも装飾品にそこまで興味はないのだが、こう言われてしまうと行かないわけにもいくまい。

「わかった、会ってみよう」

客室に移動し、そこに行商人を通すことになった。

「いやー、おおきに！　お会いしてもろて嬉しいですわ！」

現れた男には、強い異国訛《なま》りがあった。

行商人は獣人ではなく、人間の青年だった。後ろで一つにくくった黒い髪が短い尻尾のようで、髪質が硬いからか、その尾が元気よく跳ねている。目は糸のように細い。相貌から推測するに東方の人間だろうか。

東方人の年齢は見た目からわかりづらい。少年のようにも見えるが、高価な品を扱《あつか》っているようだから、それなりに年を食っているのではとも思う。

エヴラールは「人がいたら気が散るでしょう」と、早々に去っていった。

「辺境伯閣下の伴侶《はんりょ》はんは、お綺麗やって聞いとったんやけど、噂以上やわ！」

目の細い行商人は、歯を見せてにかっと笑った。笑うと前歯が一部欠けているのが目について、それが愛嬌《あいきょう》を感じさせた。

「そんなことはない」

アンリは堅い口調で返した。グウェナエルに美しいと言われた時は胸が高鳴ったものだが、誰に褒《ほ》められても嬉しいというわけではないようだ。

「あ、自己紹介が遅れてもうて、すみまへん。わいはギン言います。この国の言葉で『銀』って意味ですねん」

行商人はギンと名乗った。東方風の響きを聞いて、やはりな、と思う。

「銀を意味する名前か。それは、行商人としては非常に縁起《えんぎ》がいいのではないか？」

貨幣《かへい》は銀で作られるものだ。古代では金貨もあったが、少なくともこの王国で流通している貨幣《かへい》は、銀貨と銅貨のみだ。だから王国の言語で「銀」と言えば、貨幣《かへい》のことを指す。

「そうでっしゃろ！」

ギンは我が意を得たりとばかりに人懐《ひとなつ》っこい笑みを浮かべた。この愛嬌《あいきょう》でやってきたのだろう。

「まあ、今はまだ名前通り銀ががっぽがっぽとはいかへんのやけど。わいの名が体《たい》を表してくれるように、ちょーっとお買い物しはってくれたら、助かるんやけどなあ」

上目遣いに媚《こ》びた視線を向けられる。したたかな商人の雰囲気を感じた。

「それは品を見せてもらわないと、なんともな」

「それやったら、今すぐお見せします！」

ギンは荷物を解《ほど》き、取り扱《あつか》っている品を説明しながら並べていった。

「これは美白クリームです。アンリはんは美白なんて必要ないかもしれへんけど、これ塗《ぬ》らはると肌が乾くのも防げますねん。こっちは、肌が日に焼けるのを防ぐ化粧水ですわ。これから日差しが強くなる季節、日焼け止めは必須ちゃうやろか。それから、これは薔薇の香りの香油。肌につけてもよし、髪に塗《ぬ》ってもよしや」

美容のための品々の他に、ネックレスやブレスレットなどの装飾品もギンは並べた。

アンリは装飾品には興味を惹《ひ》かれなかったが、日焼け止めとやらは気になった。肌が弱いのか、日差しの強い季節には毎年肌が赤くなって困っていたのだ。

「この日焼け止めの化粧水というのは、どう使うんだ？」

「ああ、もうそりゃ簡単ですよ！　出かける前に顔に塗《ぬ》って、夜に水で洗って落とすだけですわ」

いかにも手軽そうだ。アンリは購買意欲をそそられた。

「試しに一瓶《ひとびん》だけ購入しよう。使い心地がよければ、また買う。金輪際《こんりんざい》ここに立ち寄らないということは、ないだろう？」

「もちろん、もちろん！　おおきに！」

ギンはご機嫌《きげん》になって、化粧水を包みはじめた。

「いやー、それにしてもアンリはんは勇気があらはりますなあ。あの辺境伯と結婚しはるやなんて。だってこう、怖い噂がありますやろ？」

木箱に品物を収めながら、彼はなにげない調子で言った。

「怖い噂？」

グウェナエルが残虐《ざんぎゃく》だのなんだの囁《ささや》かれていたのを、思い出す。すっかり忘れていたが、結局あの噂は、なんなのだろう。

アンリはにわかに気になった。

「あ、もしかしてご存知ない……？」

ギンは「しまった」という顔になった。

「噂とは、一体なんなのだ？」

アンリは、厳しく問い詰めた。

「いや、それはそのお、まさかアンリはんが知らないとは思わず……」

「どんな噂なのか、ぜひ聞かせてくれないか」

弱った顔のギンに催促《さいそく》すると、やがて彼は観念したようにこう言った。

「教えますさかい、わいが教えたって誰にも言わんて約束してくれます？」

「ああ、約束しよう」

これは興味本位ではない。仮初《かりそめ》でも伴侶《はんりょ》として、グウェナエルにまつわるどんな噂が広まっているのか、確認する必要があるのだ。アンリは自分に言い聞かせた。

「ほなら言いますけど」

ギンは声を潜めた。

「ほら、辺境伯にはフィアンセがおりましたやろ？　病死したっていう。それが亡くなる前の日まで、ぴんぴんしてたっていう話なんや」

不思議な話だと、アンリは感じた。

昨日まで元気に生きていた人間が、たった一日で急に命を失うものだろうか。もちろん、元気に見えても病が潜伏していることはあるだろう。急に発症することもあるのかもしれない。

とはいえ、どこか疑問を覚える。

「しかも、一度も墓参りに行っとらんとか」

「墓参りに……行っていない……？」

グウェナエルは、フィアンセのことを長年引きずるほど愛していたのではなかったのか。ならば、墓参りに行かないというのは、たしかにおかしい。

「変な話やろ？　せやから病死っていうのは、嘘なんちゃうかっていう噂になっとるんです」

「嘘？　だが、そうしたらフィアンセはどうなってしまったというのだ」

不自然な点があるからといって、病死が嘘だというのは突飛《とっぴ》な推測ではないだろうか。アンリは眉をひそめた。

「それが、狼のおーきな口でぱくりと食べてしまったんちゃうか、ちゅう話なんですわ」

「食べ、た……？」

あまりに悪趣味な話に、頭を殴られたような衝撃を覚えた。

人を食べた、だなんて。

「いや、しかし……わざわざフィアンセをその、害する必要はないはずだ。辺境伯なら、いくらでも秘密裏に……尋常ではない食材を手配する方法はあるだろう」

頭の回りが鈍《にぶ》くなっているのを感じながら、必死に反論した。

仮にグウェナエルが食事に関する異常な嗜好《しこう》を持っていたとして、辺境伯が直々《じきじき》に手を下すことがあるだろうか。他人にやらせて、城に運び込ませればいいのだ。普通の食材と同じように。

だからフィアンセを食べたなんて、ただの趣味の悪い噂だ。そう思おうとした。

「これはわいの妄想ですけど……愛する人を食べたいっちゅう嗜好《しこう》も、あるんとちゃいます？　最も信頼する人に裏切られた顔が最高のスパイス、みたいな。その瞬間のために愛され信頼される努力を楽しむんや、それこそ狩りみたいに」

愛する人を食べたいだなんて、そんなわけないだろう。

アンリはさらなる反論を考えようとした。

けれども、思考は逆方向へ動いてしまう。

――残虐《ざんぎゃく》だなんて噂されていたのは、なぜだ？　フィアンセを食べたからではないのか。

一度悪いほうに思考が回ると、次々とよくないことが浮かぶ。

イノシシの丸焼きを、ぺろりと平らげたグウェナエルを思い出す。彼なら、人間一人くらい食べてしまえるだろう。

――グウェナエルはとてもわかりやすい男だ。だが、それが演技だとしたら？

考えてみれば、あれほどわかりやすい人間がいるものだろうか。あんな可愛らしい大の男が存在するなど、自分に都合がよすぎるのではないか。

グウェナエルを信じなければならないのに、悪いほうに悪いほうに考えてしまう。

「噂が本当やったら、次に食べられてしまうのは、アンリはんやなあ」

ギンの言葉に、びくりと身体が震えた。

『ああ、そうそう。獣人は、人を食べてしまうことがあるんだってさ。せいぜい食われないといいな。はははは！』

いつかの兄の言葉が、脳内にこだまする。

恐怖を覚えた。

食べられることよりも、グウェナエルから感じた温かい想いの数々が、嘘かもしれない可能性に。

辺境伯領に来てから、あまりにも幸せすぎた。だからこんな落とし穴があるくらいでようやく釣り合いが取れるのだ、なんて後ろ向きな思考に搦《から》め捕られた。

自分なんかがこんなに簡単に幸せになれるはずがないと、心のどこかが叫んでいる。

「そ、そんな醜悪《しゅうあく》な噂など事実無根だ、グウェナエルが人を食べるはずがないだろう」

力強く否定すべきだったのに、声が震えた。

「ふーん？　まあ、わいもこんな噂は嘘っぱちやと思ってますわ！　気にせんのがええんとちゃいます？」

ギンは笑顔で木箱を差し出した。

「こちら、ご購入いただいた化粧水です。今後とも、ぜひご贔屓《ひいき》に！」

とてもではないが、贔屓《ひいき》にしたい気分にはなれないと思った。


グウェナエルの顔を見たら、愚かな疑いなどあっという間に吹き飛ぶだろう。

アンリは足早に、グウェナエルとテオフィルがくつろいでいた部屋へ戻った。

ところが、二人の姿はなかった。

「お二人は、中庭に移動されたようですよ」

使用人に教えてもらい、アンリもまた中庭へ向かった。

すぐに二人に会えなかったことを、やけに不安に感じた。

やんちゃなテオフィルを遊ばせるために、移動しただけだろうに。

「グウェナエル、テオフィル、どこだ！」

中庭についても彼らの姿が見えなくて、アンリは思わず叫んだ。

その時、奥の木立ががさっと音を立てた。木々が生《は》えている辺りに、誰かいるようだ。

「グウェナエル……？」

アンリはおそるおそる木立に近寄った。

ぴちゃ、ぴちゃと物音が聞こえた。なにかを食べるような音だ。

一歩、歩み寄ると、木立の奥にいた人物がこちらに気づいたのか、振り向いた。なにかを嚥下《えんげ》するように男の喉仏《のどぼとけ》が上下し、手元が見えた。

「ああ、アンリか」

黒い毛に覆《おお》われた手は、赤く濡《ぬ》れていた——

「ひッ！」

腰から力が抜け、アンリはその場にへたりこんだ。

その時、茂みがガサガサと音を立て、テオフィルが顔を出した。アンリの姿を認めると、テオフィルはぱっと笑顔になった。

「あ、アンリ！　あのね、グウェンといっしょに、のいちごたべてたんだよ！」

「の、野いちご……？」

「オレの手では潰《つぶ》さずに採るのが、難しいのだ……。アンリ、大丈夫か？」

グウェナエルはアンリに手を伸ばそうとし、野いちごの汁で手が真っ赤なのに気がついて、あたふたとハンカチーフで拭《ふ》き取り、それから改めて手を差し出してくれた。

こんな間抜けさが、演技なわけがない。

なのに自分はあんな噂を一瞬でも信じて、グウェナエルに怯《おび》えてしまった。

彼が人を食べるかもしれないと、一瞬でも考えてしまったのだ。

これでは、内心では獣人を差別していた父や差別心を隠そうともしなかった兄と同じだ。

「ああ、大丈夫だ」

アンリはグウェナエルの手を取らずに、自力で立ち上がった。

自分は彼の手を取る資格がない——彼のそばにいる資格がない人間だ。

第五章　精霊の呼び手と悪意

隣で人が身じろぎする気配で、意識が覚醒《かくせい》した。

「アンリ、おはよう」

グウェナエルが目を覚ましたのだろう。

だが、アンリは返事をしなかった。

「まだ寝ているのか」

アンリは狸寝入り《たぬきねい》りを決め込んだ。

自らの醜《みにく》い心を自覚してからというもの、アンリはグウェナエルとの会話を極力減らしていた。

ずっと彼のそばにいられればと思ったこともあったが、やはりいつかは離れねばならない。

自分は、グウェナエルのそばにいていい人間ではないのだ。

テオフィルのことがあるから、今すぐ離れるなんて無責任なことはできない。

だが、時が来れば……アンリは黙って、グウェナエルのもとを離れるつもりだ。

「ゆっくり寝てくれ」

彼の手が、優しくアンリの頭を撫《な》でた。

手つきの穏やかさに、泣きたい気分になった。こんなに優しくされる資格などないのに。

「いってくる」

やがて、グウェナエルの気配が消えた。

グウェナエルとは朝食の時間をずらし、なるべく顔を合わせないようにした。

彼を避けていることは、いずれ気取《けど》られるだろう。

いくらなんでも顔を合わせることまで避けるのは、やりすぎだったろうか。朝食のスープを飲みながら考える。

けれども「いつか離れなければ」と胸のうちに抱えながら、顔を合わせて笑い合うなんて器用なことは、アンリにはできなかった。

さて、今日も城館《ドンジョン》の人間を治してまわろうか。

最近ではアンリが精霊の力で人々を治癒《ちゆ》していることが城で有名になって、向こうから治してほしいとお願いに来るくらいだ。

「アンリさま、病気を治してほしいという者がおります」

さっそく、エマが報告に来た。

「わかった、行こう。どこの誰なのだ？」

「それが……」

アンリは依頼者の待つ応接室へ向かった。

そこには、長椅子にちょこんと腰かける小さな子供がいた。人間の男の子だ。

「あ！　おにいさんが、せいれいのよびてさま？」

男の子はアンリの姿を認めるなり、長椅子からぴょんと飛び降りた。この言葉遣いは、貴族ではない。平民の子だ。

「おねがい、ぼくのおかあさんのびょうきを、なおして！」

男の子は、必死な顔で懇願《こんがん》してきた。

そう、今回の依頼者は城館《ドンジョン》内の人間ではなく、領民なのだ。

「ええと……君のお母さまは、どういう病気なのかな？」

アンリは跪《ひざまず》いて視線の高さを合わせると、男の子に尋《たず》ねた。

まずは事情を聞かなければ、判断もできない。

「わ、わかんない。おかあさん、どんどんぐあいがわるくなってて……。せいれいのよびてさまなら、びょうきをなんでもなおせるってきいたから、おねがいにきたの」

病気をなんでも治せるとは、とんだ尾鰭《おひれ》がついている。

そもそも自分が精霊の呼び手だという情報が、領民にまで広がっているとは驚きだ。

「ぼくのおとうさん、しんじゃって。おかあさんまでしんじゃったら、ひとりになっちゃう」

男の子の目には、涙が浮かんでいた。

こんな小さな子が一人になってしまったら、どうやって生きていけるだろうか。なんとかしてやらなければとアンリが考えるのは当然だった。

「私が治す……と言いたいところだが、私が治したことがあるのは軽い怪我と、風邪くらいなものだ。残念ながら精霊の力は、どんな病気でも治せるほど万能ではない。風邪は熱をやや下げて、身体を楽にすることしかできないんだ」

アンリは真剣な顔つきで、男の子に説明する。ぬか喜びをさせてはならないから。

「私が行っても、病気は治せないかもしれない。それでも試してみたいというのであれば、君のお母さんのもとへ行こう」

「お待ちください、アンリさま。もしアンリさまが領民の願いに応じたことが広まれば、今後もこのような依頼が来るかもしれません」

エマが慌てて止めた。

「それなら、全ての依頼者のもとへ向かうだけだ」

やることがなくて城館《ドンジョン》の者を治してまわっているくらいだ。それが領民全体に変わるだけではないかと、アンリは答える。

「そういうわけには、参りません！　多くの病人を診《み》ることで、アンリさまに病気が移ってしまうかもしれません。それにアンリさまを害そうとする者が、嘘の依頼でおびき出そうとしたら、いかがなさるおつもりですか」

厳しく叱るエマの顔には、心配の色が浮かんでいた。

エマの指摘《してき》は、考えもしないものだった。

「まさか。領主の伴侶《はんりょ》を害する者など、いるはずが……」

「いいえ！」

エマは大きく首を横に振った。

「アンリさまは純粋すぎます。悪いことを思いつく者など、いくらでもいるものですよ」

エマに言われ、いつの間にか会ったこともない人間のことまで信用している自分に気がついた。

王城にいた頃は、誰も信じられなかったのに。

辺境伯領に来てからはあまりにも幸せで、辺境伯領の人間は誰もが善良であるとまで思いはじめていた。

そんなわけはない。悪い人間だっているだろう。エマが心配するのももっともだ。

「しかし……」

男の子が、助けを求めるような視線でじっと見つめてくる。

自分の安全のために彼を見捨てるなんて、できるわけがない。

「……では。今回だけとお約束してください。以降は他の領民からアンリさまへの嘆願《たんがん》が来ても、我々使用人がお断りいたします」

見かねたのか、エマは嘆息《たんそく》しながらそう言ってくれた。

「ありがとう！」

「閣下には、行かれる前にご報告いたしますからね」

平民の家を訪れて、男の子の母親を治療したいとグウェナエルに報告したところ、騎士の護衛がつくことになった。犬獣人の騎士アドルフと、鼠《ねずみ》獣人の騎士マチューだ。

騎士二人を連れ、男の子に案内されて彼の家へ向かった。

男の子の家は、平民用の集合住宅《アパルトマン》の一室だった。

「おかあさん、ねてていったのに！」

家に入るなり、男の子は声を上げた。見ると、寝台の上で女性が上体を起こして編み物をしている。彼女が男の子の母親だろう。

母親の顔は青白く、健康体でないのは一目でわかった。腕もか細く、今にも折れそうだ。

「わたしがしてあげられることといえば、もうこれくらいしかないから……」

咳《せ》き込みながらの母親の言葉に、アンリは胸を打たれた。

母親は死期を悟り、少しでも息子に遺せるものを、作ろうとしていたのだ。

これが母親の愛というものか。母を知らずに育ったアンリは、母親の愛というものを生まれて初めて実感したような心地だった。

「おかあさんは、なおるの！　そんなことといわないで！」

男の子は、涙を流しながら怒った。

母親はそんな男の子の頭を、黙って撫《な》でていた。

「失礼する。私はその子に依頼されて、ここに参った。名をアンリという」

アンリはそっと前に進み出て、挨拶《あいさつ》をした。

母親はやっとアンリと護衛たちの存在に気がついたようで、はっと目を見開く。

「まあ、お医者さま……？」

「そのようなものと思ってもらって、構わない」

辺境伯の伴侶《はんりょ》だとか、精霊の呼び手だとか説明されても困るだろう。細かいことは口にしない。

「でも、うちにはお金がなくて……」

「お代はいらない。力になれるとは、限らないから」

「はあ……？」

不思議そうな顔をしていた母親は、背中をくの字に折って激しく咳《せ》き込みだした。

「無理をせず、横になっていてください」

寝台に横になるよう勧める。大人しく寝た彼女の傍《かたわ》らに、アンリは跪《ひざまず》いた。

顔を上げて見つめるのは、もちろん辺りを漂《ただよ》っている精霊たちだ。街中だから、精霊の数は多くない。

——お願いだ。助けてくれ。

アンリは強く願った。

もし彼女が亡くなったら、遺された子はどうなるのだろう。息子を一人置いていくとなったら、母親はどんなに心残りだろう。

この二人を、そんな目に遭わせたくない。

強く願うあまり、眦《まなじり》から涙が伝った。

涙の雫《しずく》がぽとりと床に落ちると同時に、あちらこちらからたくさんの精霊が集まってきた。その精霊たち全員が、「助けてあげる」と言っているように、アンリには感じられた。

精霊たちは母親の上をくるくると飛びながら、光る粉を降らせた。すると、母親の身体が輝き出す。

「おかあさんが、ひかってる！」

どうやら、男の子の目にも見えているようだ。

この間イバラで傷ついた手を治してもらった時とは、比べ物にならない量の粉が降り注がれる。

やがて精霊たちは仕事を終えたように、方々へ飛び去っていった。

「一体、なにが……」

母親はゆっくり身体を起こす。

さっきまで青白かった頬《ほお》に、赤みが差していた。

「おかあさん、びょうきなおった⁉」

「なんだか、呼吸が楽になったわ」

母親は驚いた顔で、胸を上下させて呼吸をしている。

「治って、よかった」

この親子が死によって引き裂かれることがなくて、本当によかった。

アンリは涙ぐみながら、笑みを浮かべたのだった。


季節はもうすっかり夏になっていた。

半袖《はんそで》のテオフィルは強い日差しをものともせず、中庭を駆けまわっていた。精霊たちを追いかけ、捕まえようとしている。

テオフィルが、周囲の目を気にすることなく精霊たちと遊ぶことができている。アンリはその事実に改めて、グウェナエルのもとに来てよかったと実感した。

「アンリ、アンリー！　みてみてー！」

テオフィルに呼ばれて、長椅子で休んでいたアンリは立ち上がって近づいていく。

「うわっ！」

見ると、テオフィルの頭の周りに精霊が集まって、獅子《しし》のたてがみのようになっていた。

「えへへへー。アンリをびっくりさせようとおもって、せいれいさんにおねがいしたんだよ」

「ええ、そんなことができるの⁉」

見事アンリを驚かせることに成功したテオフィルは、嬉しそうに尻尾を振っていた。

精霊に位置まで指示できるなんて、知らなかった。

精霊のことを隠す必要がなく、たくさん遊んでいるテオフィルは、自分よりよほど精霊に詳しくなっていくのだろう。

「テオフィル、喉渇《のどかわ》いてない？　お茶飲む？」

獣人は人間のように全身から汗は流さないようだが、それならなおさら暑さに弱いのではないだろうか。暑いのに中庭で駆けまわるテオフィルを心配して、声をかけた。

「そいえば、のどかわいたかも」

「よし、お茶にしよう」

部屋に移動して、使用人にお茶とお菓子を用意してもらうことにした。

「んふふ、おいしいね」

お茶を飲んでお菓子を食べて、テオフィルはご機嫌《きげん》だ。

「そうだね、美味《おい》しいね」

テオフィルが楽しそうで、アンリも嬉しかった。

実を言うとテオフィルのほうから「今日はアンリと遊びたい」とおねだりされたのだ。期待に応えてハッピーな一日をプレゼントできたようで、ほっとした。

「あのねあのね、テオね、アンリとおはなししたかったんだ」

なんと、アンリが「遊びたい」と言ってきたのは、話があるからだったようだ。

「なあに？」

「うん、あのね……もしかしてアンリ、グウェンとけんかしちゃった？」

「え」

テオフィルの問いに、アンリはギクリとした。

「グウェンがね、なやんでたよ。アンリにさけられてるかもって」

いい加減、グウェナエルにも気取《けど》られたらしい。それにしても、二人が不仲なことを感じ取って事情を聞き出すということを、テオフィルがするとは思わなかった。

やんちゃで元気いっぱいな側面ばかり目立つが、内面はすごく大人になっているのだ。本当に、この子は素晴らしい子だ。自分は親として力不足なのではないか、と不安すら覚える。

「避けているなんて、そんなことはないよ。ただ、その。グウェナエルの領主としての仕事を、邪魔してはいけないと思って」

この子に比べて自分と来たら、本音を隠すだけだ。

けれどもテオフィルには、契約婚のことを明かしていない。だから、事情を話すわけにはいかない。

「私は、グウェナエルにはふさわしくない人間だから」

ぽろりと本音が零《こぼ》れた。

「ふさわしくない……？」

テオフィルはきょとんとしてしまった。言葉の意味が、難しかっただろうか。

「ええとその、私はグウェナエルほど立派な人間じゃないってことだよ」

テオフィルが理解できるように、言い換えた。

「なんで！　アンリは、えらいよ！　せいれいさんにたのんで、いろんなひとをなおしてるってきいたよ！」

すると、テオフィルは半ば憤慨《ふんがい》するように反論してきた。

「アンリはえらいえらいだよ！」

テオフィルは席から立ち上がるとアンリの横まで来て、手を伸ばしながらぴょんぴょん跳んだ。どうやら、頭を撫《な》でたいようだ。

「あはは……」

思わず破顔したアンリは席から立つと、跪《ひざまず》いてテオフィルに頭を差し出した。テオフィルのふわふわな手が、ぽふぽふとアンリの頭を撫《な》でた。

「そーだ、アンリはなにがほしい？」

「へ？」

突然問われ、目を丸くした。

「えらいえらいだと、ごほーびがもらえるんでしょ？　アンリにも、ごほーびがひつようだよ」

以前、テオフィルに勉強をがんばったご褒美《ほうび》を提案したことを思い出す。そのことを覚えていてくれたのだ。

それにしても、まさか自分にご褒美《ほうび》だなんて。

「ほら、ほしいものいって！　ごお、よん、さん！」

「今⁉」

テオフィルのカウントダウンに、慌てる。

「にい、いち！」

「えっ、と……ブランコ！」

咄嗟《とっさ》に頭に浮かんだものを答えた。

王城の中庭の遊具は全て兄のために設置されたもので、アンリは触ることすら許されなかった。家族で楽しくブランコに揺られる時間が、どれほど欲しかったことか。

「ブランコ？」

テオフィルのきょとんとした顔を目にして、大人になってからそんなものを欲してどうするのかと、自分に呆れた。

「ええと、中庭にブランコがあったら、楽しいんじゃないかなって」

「んふふ、アンリもあそびたいんだね。じゃあグウェンにたのんで、ブランコみっつ、つくってってもらおうよ！　そしたら、かぞくみんなでのれるよ！」

「家族、みんな……」

テオフィルの言葉に、息を呑むほど驚いた。

テオフィルは、自分やグウェナエルのことを、家族だと思っているのだ。こんな自分のことを、家族だと。

「じゃあ、テオのぶんのごほーびもブランコにするね！　だからなかにわに、ブランコつくってもらお！」

テオフィルは保留にしていたご褒美《ほうび》を、ブランコにするようだ。自分がテオフィルの分のご褒美《ほうび》まで決めてしまったようで、申し訳ない気持ちになる。

「私と同じご褒美《ほうび》でいいのかい？」

「うん！　たのしみ！」

テオフィルは、ぶんぶんと尻尾を振った。

ご機嫌《きげん》な尻尾の動きが、グウェナエルそっくりだった。

「これが、精霊の力……！　ありがとうございます！」

アンリはいつものように、城館《ドンジョン》の人々を治してまわっていた。

怪我を治すと、狐《きつね》獣人の騎士は大きな声でお礼を言ってくれた。騎士は訓練があるので、怪我を負いやすいようだ。

「これくらいなんでもない。怪我しないように、気をつけてくれ」

「はい！」

騎士は元気に去っていった。

元気になった人の姿を見ると気分がよくなる。

「あらあらアンリさま、また人を治してまわっていたのですか？」

ちょうど通りがかったエマに、声をかけられた。

「アンリさまったら、放っておいたらいつまでも働いているのですから。少し休憩をなさいませんか？　お茶をお淹《い》れしますよ」

エマはくすりと笑った。

お茶を提案されると、急に喉《のど》の渇《かわ》きを意識する。

「別に、いつまでも働いているということはないが。そう言われると断るわけにはいかないな。ぜひお願いしよう」

アンリもまた、にっこりと笑みを返した。

「かしこまりました」

一人で飲むので、自室で充分だ。アンリは部屋に戻り、一息つくことに決めた。

「美味《おい》しい。エマが淹《い》れてくれるお茶は、いつも素晴らしいな」

「おほほ、お世辞《せじ》を言っても茶菓子しか出ませんよ。それでは、ごゆっくりおくつろぎください」

茶菓子の載った皿を置くと、エマはにこにこと部屋を後にした。

焼き菓子を齧《かじ》ると、優しい甘さが口に広がった。身体から余計な力が抜けていく。

精霊の力を借りて城館《ドンジョン》の人を治しているだけなので、なにも疲れることはない。けれども、こうして休憩すると心が安らいだ。

「ん……？」

ふと、ティーテーブルの下になにかが落ちているのに気がついた。紙片のようだ。

アンリは紙切れを拾い上げた。

『お前の息子は預かった。今すぐありったけの宝石を持って、城の裏手に来い。誰かに言ったら、息子を殺す』

文面を読み、声もなく青褪《あおざ》めた。

——なんだこれ。息子って、テオフィルのことか？

ガタリと立ち上がった瞬間、カップが揺れて紅茶が零《こぼ》れた。だが、些細《ささい》なことを気にしている場合ではない。

「テオフィル！」

アンリは部屋を飛び出した。

まず、隣のテオフィルの部屋の扉を乱暴に開けた。

いない。

弾けるように床を蹴《け》り、今度は中庭へ向かった。

中庭にも、テオフィルはいなかった。

「アンリさま、いかがされました？」

使用人の一人が、異変を感じたのか声をかけてきた。

テオフィルの居場所を知らないかと聞こうとしたところで、思い出す。「誰かに言ったら、息子を殺す」という文面を。

他人には聞けない。

「いや……なんでもないんだ」

アンリは首を横に振った。使用人は訝《いぶか》しみながらも、仕事に戻った。

テオフィルの姿は、どこにもなかった。本当に連れ去られてしまったのだろうか。

「このままじゃ、テオフィルが……」

殺されてしまう。

その可能性は、考えるだけで痛切に胸を突き刺した。テオフィルがいなくなった世界など、生きている意味がない。

自分がずっとテオフィルのそばにいたら、防げたのだろうか。城館《ドンジョン》の人々を治してまわるなんて暇潰《ひまつぶ》しをしていないで、ずっとテオフィルを守っていれば……

後悔している暇はない。どうすればいいか、考えなければ。

アンリはふるふると首を振った。

脅迫状《きょうはくじょう》には、「今すぐありったけの宝石を持って、城の裏手に来い」と書いてあった。今すぐとは、いつだろう。もしあの手紙がずっと前から置かれていたのなら、誘拐犯たちはやきもきしているのではないか。待ちくたびれた誘拐犯たちによって、テオフィルはもう……

自分の想像に、アンリは悲鳴を上げそうになった。

――今すぐ城の裏手に行かなければ。けれど、宝石は盗めない。

アンリは躊躇《ちゅうちょ》した。この城にあるものは、一つとしてアンリのものではない。自分が宝石を持ち出せば、それはグウェナエルのものを盗んだことになる。

いっそのこと、グウェナエルに助けを求めようか。誰にも言うなと脅《おど》されているが、グウェナエルの強さがあれば、誘拐犯の手からテオフィルを助け出せるかもしれない。

「……」

ちらりとグウェナエルのことを考え、自分の考えを却下する。

こんな自分が彼に助けを求める資格など、ないのだ。

「仕方がない……」

なにも持たずに、城の裏手へ行こう。どうにかして自分だけでテオフィルを助け出すのだ。

アンリは、走った。

城館《ドンジョン》を出て、裏門へ向かう。

自分が出入りする際は、正門しか使わない。裏門は業者や使用人用だ。アンリが裏門から出ていこうとすると、見張りの騎士たちは怪訝《けげん》そうな顔をしたものの、止めはしなかった。

正門からは街の方向へ大きな道が伸びているが、裏門の外に見えるのは森ばかりだ。裏門から出て道なりに少し進んでみたが、人通りもなく、どこへ行けばいいのかわからなくなってしまった。

城の裏手に出て、それからどうすればよいというのか。

迷っていると、道端の茂みからがさりと物音がして、小石がころころと転がってきた。誰かが小石を蹴《け》ったのだろう。誰が……

「テオフィル！」

アンリは、茂みの中に突っ込んだ。

それと同時に、腕が伸びてくる——

「ぐッ！」

伸びてきた手に口を塞《ふさ》がれ、アンリの意識は暗転した……


「ぐ……ッ！」

意識を失ってから、どれくらいの時間が経っただろうか。

口の中に液体を流し込まれ、アンリは目を覚ました。

「ゲホッ、ガハッ！」

身体は反射的に液体を吐き出そうとしたが、いくらか飲み込んでしまった。

それと同時に、アンリは気がついた。自分の身体が縛《しば》られていることに。

後ろ手に縛《しば》られ、両足も足首で固く縛《しば》られている。

――一体、なにが起こっているんだ？

アンリは、周囲を見まわす。

どこか、森の中のようだ。精霊たちが、漂《ただよ》っているのが見える。

そして……

「くくく、飲んだな」

アンリを取り囲む、複数の男がいた。

「だ、誰だ!?」

男たちの格好は有《あ》り体《てい》に言って、汚らしかった。

この間救った親子は貧しい様子だったが、小綺麗にしていた。

目の前の男たちはただ貧しいだけでなく……ガラが悪い。アンリが初めて目にする類《たぐい》の人種だった。

こいつらが誘拐犯なのか。

「テオフィルはどこだ!?」

アンリは叫んだ。

「テオフィルだあ？　どこの誰だ？」

「あれっすよ、領主の息子」

「ああ、そんな嘘で釣り出したんだっけなあ！」

男たちは、ガハハと大笑いした。

「う、嘘……？」

「息子を攫《さら》ったなんて、嘘嘘！　その嘘にまんまと騙《だま》された間抜けが、お前さんってわけ！」

リーダー格の男が、アンリを嘲笑《あざわら》った。

騙《だま》された。

つまり、テオフィルは誘拐されていないということだ。こんな状況なのに、アンリはほっと胸を撫《な》で下ろした。

「それよか、そろそろクスリが効いてきたんじゃねえか？」

「クスリだと……？」

言われてみれば、いやに身体が熱い。風邪の熱とは違う。全身が熱いのだ。

「媚薬だよ、媚薬」

男はアンリの太腿《ふともも》を、脚衣《ブリーチズ》の上から撫《な》で上げた。

「ひっ！」

ぞわりと背筋を走る悪寒と……快感。

性感を高めるクスリを、盛られてしまったのだ。こんな男相手に。アンリは屈辱《くつじょく》を覚えた。

「しっかり効いているじゃねえか。じゃあ、愉《たの》しませてもらうとするか」

この男たちは、自分に狼藉《ろうぜき》を働くためだけに、嘘の脅迫状《きょうはくじょう》まで出したというのか。

『アンリさまは純粋すぎます。悪いことを思いつく者など、いくらでもいるものですよ』

エマの言葉を思い出す。

たしかに、この世には自分の想像もつかない愚かな者がいるようだ。

ガラの悪い男たちは、ナイフを取り出した。その刃をアンリの胸元へ向ける。

まさか、殺す気なのか。

身を硬くした瞬間、刃はアンリの衣服を切り裂いた。白い素肌が露《あら》わになる。

「けははっ！　このお綺麗な顔と身体で、何人の男を誑《たぶら》かしてきたんだか」

男たちはいやらしく笑いながら、アンリの肌に手を滑らせた。

クスリによって高められた体にぞわぞわとした感覚が走り、アンリは歯噛みした。

下卑《げび》た笑い声に、いわれのない噂を立てられていた王城でのことを思い出す。幼い頃は不気味がられていただけだったのに、アンリが年頃になると、魔女だの淫乱《いんらん》だのと噂されるようになった。

自分を見た目だけで判断する人間たちが、気持ち悪い。

――誰か、助けてくれ。

アンリは必死に念じた。

その思いに釣られたのか、精霊たちが周囲に集まってくる。彼らの助けを借りれば、この窮地《きゅうち》を脱せるだろうか。

「お愉《たの》しみの前に、さっさと捕まえとこうぜ。そろそろ集まってきてんだろ」

「お、そういやそうだな」

粗野《そや》な男たちは笑い合ったかと思うと、なにかを取り出した。

それはイバラを編んで作られた網《あみ》だった。男たちは網《あみ》を広げ、やたらめったらに振りまわす。集まってきた精霊たちが、イバラの網《あみ》に捕らえられていく。精霊はイバラを通り抜けることができないのだ。

「本当に捕まえられてんのか？」

「こんだけ振りまわせば大丈夫だって」

男たちは適当に網《あみ》を振りまわしているだけだが、捕らえられた精霊が何人もいる。

「精霊がいれば、病気をなんでも治せるんだってな。これで俺たちは大金持ちだ」

男たちの真の狙いは、精霊を捕らえることだったのだと悟った。

精霊を集めるために、精霊の呼び手である自分を捕らえ、わざと窮地《きゅうち》に陥《おちい》らせたのだ。

——だめだ、来ちゃいけない！　逃げてくれ！

声には出さず、懸命に精霊たちに訴《うった》えかけた。願いが通じたのか、精霊たちは一斉に散っていく。

これで、精霊たちに助けてもらうことはできなくなった。

「へへへ……」

事が終わるまで、黙って耐えるしかないのか。

耐え忍んだところで、生きて帰してもらえる保証はない。

一体、どうすれば。——こんな時、グウェナエルがいてくれれば。

思わず浮んだのは、グウェナエルの顔だった。

こんなことなら、最初から彼を頼っていればよかったのだ。資格だなんだと考えずに、自分の心に素直でいれば……

「グウェナエル、助けて……」

ぽつりと、本心が零《こぼ》れた。

「――――アンリ、そこにいるのかッ！」

男たちの野卑《やひ》な笑いを斬り裂くように、その声が耳に飛び込んできた。

幻聴ではないかと、己を疑った。

それは、心から切望した声だったから。

「グウェナエル……！」

グウェナエルが、剣を構えてそこにいた。

信じられない気持ちと安堵《あんど》で、アンリの眦《まなじり》から涙が伝い落ちた。

「クソッ、邪魔は入らねえって話じゃなかったのか！　どうやってここに！」

「オレの鼻は、何里先にいたってアンリの匂いを嗅《か》ぎ分けてみせる」

彼は、男たちに切っ先を向けた。

「今すぐその汚い手を放せ」

金色の目が、鋭《するど》く細められる。

冷徹に感じることもあったその視線が、彼の強さが、今はこの上なく頼もしい。

「畜生ッ！」

男たちは捨て台詞を吐くと、一斉に逃げ出した。

「賊《ぞく》が逃げたぞ、追え！」

「はっ！」

グウェナエルは一人でアンリを追ってきたのではなく、後ろに騎士たちを引き連れていたらしい。騎士たちが追いついて、逃げた男たちを追っていった。

「アンリ、無事か！」

グウェナエルが、駆け寄ってくる。

「これは、服が！　傷つけられたのか！」

ビリビリに斬り裂かれた服を見て、彼は尻尾を大きく逆立たせた。

傷の有無を確認するためか、彼のもふもふの手が素肌に触れる。

「ん……っ！」

クスリで感度を高められた身体が、思わず反応してしまった。

野蛮《やばん》な男たちの手の感触とはまったく違う甘く心地のいい感覚が、瞬時に脳髄《のうずい》を駆け巡る。一撫《ひとな》でされただけで、下肢が兆《きざ》してしまった。

「怪我はどこだ!?」

喘《あえ》いだのを痛みによる呻《うめ》き声だと勘違いしたらしく、彼はますます慌てる。

「ちが……っ、やつらに、変なクスリを、盛られて……っ」

「な!?」

淫《みだ》らにされた姿を見られたくない。幻滅されたくない。アンリは歯噛みした。

否が応でもあらぬ噂を立てられた時のことを思い出す。

外見だけで淫乱《いんらん》だと噂されるなら、こんな風になったところを見られたら、無理やりの行為にでも興奮するふしだらな人間と思われるのではないだろうか。

だが。

彼は素早くコートを脱ぎ、アンリの身体にかけた。

そしてアンリを、横抱きに抱え上げる。

「早く城に帰るぞ」

彼はなにも言わなかった。言わないでいてくれた。

思えば、テオフィルを守ったからという理由で契約婚の相手に選んでくれた彼こそ、初めて自分の中身を見てくれた人なのではないだろうか。

——ああ、好きだ。

心の底から、自分の気持ちを実感した。

自分は、グウェナエルに恋している。


「アンリ、大丈夫か!?」

グウェナエルは疾風《しっぷう》のような速さで城に戻ると、寝台にアンリの身体を横たえた。

賊《ぞく》に盛られたクスリはまだ抜けることなく、身体を悩ましい熱で侵《おか》す。グウェナエルに問われたアンリは、首を横に振った。

「わかった、今すぐに医者を呼ぶ！」

踵《きびす》を返そうとした彼の腕を、アンリは咄嗟《とっさ》に掴んだ。

「だ、だめだ！　グウェナエル以外に、こんな姿見られたくない……！」

たとえ医者相手でも、こんな風になった姿を見られたら、どう思われることか。想像するだけで恐ろしい。信じられるのは、グウェナエルだけだ。

「わ、わかった。他に身体の不調はないか？」

ふるふると首を横に振った。

安堵《あんど》した様子のグウェナエルは、一旦部屋の外に出た。使用人に、着替えなどの用意を頼んでいるようだ。

その短い間にも、頭の中が茹《ゆ》だっていく。

欲を発散したい。そのことしか考えられない。

「報告を受けた。賊《ぞく》は騎士たちが捕らえたそうだ」

戻ってきたグウェナエルの言葉が、耳を通り抜けていく。

細かいことが考えられない。身体を慰《なぐさ》めること以外は、どうでもいい。無意識に寝台の上で足を立て、両脚を擦り合わせる。

「ん、ぅ……」

「賊《ぞく》が持っていたイバラの網《あみ》も破壊した……アンリ、どうした？」

アンリの息が荒いことに気がついたのか、グウェナエルが枕元に駆け寄ってくる。

「もっ……我慢、でき、ない……っ」

そろそろと、手が下肢に伸びてしまう。

グウェナエルの前だというのに。

正気に戻ったら死にたくなるほどの自己嫌悪に苛《さいな》まれる。わかっているはずなのに、己のそこに触れたくてたまらない。

たとえグウェナエルの前でなかったとしても、クスリを盛られた結果自慰《じい》に耽《ふけ》るなど、後で死にたくなるだろう。もともと淡泊で、自慰《じい》などあまりしたことがない。それが賊《ぞく》のクスリで、その行為に浸《ひた》るなんて……男たちの汚らわしい手の感触が、一生離れなくなりそうだ。

そう思いながらも、身体の疼《うず》きが止まらない。

いけないとわかっているのに、性感を得ることしか考えられないなんて。男たちに嘲《あざけ》られたように、自分は淫《みだ》らな人間なのかもしれない。

指先が、己の中心に触れそうになった瞬間。

「アンリ」

グウェナエルに腕を掴まれた。

「グウェ……？」

潤《うる》んだ瞳で彼を見上げる。三日月の双眼が、真剣な眼差しを向けていた。

「君がそれをする必要はない」

寝台が揺れる。彼が寝台に上がってきたのだ。

グウェナエルが自分の上に覆《おお》いかぶさり、見下ろしている。

「ここから先は、すべてオレが無理やりすることだ。アンリに責任はない」

「え……」

自分の手の代わりに、彼の手が下肢に伸びてくる。

黒い毛で覆《おお》われた手が脚衣《ブリーチズ》の中に潜り込み……アンリの大事な場所に触れた。

「あっ、あぁッ！」

待ち望んでいた刺激に、甘い声が漏《も》れる。

彼の手は、優しくアンリの性器を撫《な》ではじめた。自分の手でしてしまったら、「汚れた」と感じるであろうアンリの気持ちを察して、彼はこうして慰《なぐさ》めてくれるのだ。その優しさに、涙が滲《にじ》んだ。

「あっ、ン……っ！　グウェ、ぁ」

彼を好きだという気持ちが止まらない。無限に湧《わ》いてくるかのようだ。

彼の手の中で自身が膨《ふく》らみ、硬さを増した。嫌悪感はない。むしろ優しい手つきに、幸福感すら覚えた。

性的な愛撫《あいぶ》を施されることが、こんなに幸せな気持ちで満たされる行為だなんて、知らなかった。

扱《しご》きやすくするためか、彼は脚衣《ブリーチズ》ごと下着をずり下ろして脱がせた。扇情的《せんじょうてき》な白い下肢と、頭を擡《もた》げている中心が露《あら》わになる。

露出《ろしゅつ》した茎を、彼の大きな手が握り込んだ。

「あっ、あぁッ、あっ、グウェン……っ！」

思わず、彼の愛称が口から零《こぼ》れた。

先走りの蜜が垂《た》れて汚いであろう茎を、彼は慈《いつく》しむように撫《な》でる。温かな親指の腹が先端をくにくにと可愛がると、あっという間に高められてしまう。全身を、甘くて幸せな感覚が支配していく。

「グウェン、もうっ、でちゃう……っ！」

もう、達する寸前にまで追い詰められていた。彼の手を汚してはいけないと、射精感を訴《うった》える。

「わかった」

ところが彼は手を離さないどころか、先端を圧《お》すように刺激しはじめた。達したいと懇願《こんがん》したように聞こえたのだろうか。

「あああ……っ！」

耐えられるはずもなく、彼の手の中に精を放ってしまった。

「……アンリ。可愛いな」

達したアンリを見つめ、彼は呟いた。

涙を流しながら気をやる自分を見ても、彼は汚いとは言わなかった。

救われた気分だった。

「はあ、はあ……」

胸を上下させながら、荒く息をする。

彼の手に慰《なぐさ》めてもらって、絶頂した。気持ちよくて幸せな瞬間だった。

なのに、足りない。

達したばかりの自身が、もう芯《しん》を持ちはじめている。なにより、身体の奥底で燻《くすぶ》る熱が全然収まっていない。

もっと、身体の奥を。直接。じゃないと足りない。

奥に、直《じか》に触れてほしい。

「グウェン……して」

両脚を広げると、その奥の入り口を、指先で撫《な》でて誘った。そこがヒクヒク収縮しているのが、指先で感じ取れた。

男同士での行為に、どこを使うのかくらい知っている。グウェナエルとの行為であれば、どれほど幸福な気持ちになるか想像もつく。否、想像できないほどの幸せに包まれるに違いない。クスリのせいか、それとも自分の望みのせいか。身体の一番奥に触れてもらわねば、満たされることはないだろう。

期待と渇望《かつぼう》を込め、彼を見つめた。

「それ、は……すまない。ためだ」

だから、彼の返事がすぐには理解できなかった。

「あまりオレを誘惑しないでくれ」

彼の表情は、苦渋《くじゅう》で歪《ゆが》んでいた。

こんなに苦渋《くじゅう》に満ちた顔は、「他に相手を作ってもいい」と零《こぼ》したあの時以来だろう。

拒絶されたのだ。

やはり昔のフィアンセに操《みさお》を立てているのか。それとも彼に好かれていると感じたのは、ただの自惚《うぬぼ》れだったのか。身体を慰《なぐさ》めてくれたのも、優しさゆえだったのだ。そうだ、彼が優しいことなんて、とっくの前から知っていたではないか。

「すまない」

彼は再びアンリの茎を握った。

手淫《しゅいん》が始まる。

「やっ、あぁ、あ……っ！」

哀れみからの愛撫《あいぶ》なんて、いらない。

そう思うのに、愛しい彼に触れられ、敏感に反応してしまう。

気絶するように眠りに就《つ》くまで、愛撫《あいぶ》は続いた……


テオフィルの居場所は、あの後すぐにわかった。

なんとエヴラールと一緒に、街へ出かけていただけだったのだ。二人が帰ってくると城館《ドンジョン》が騒然としていたので、大層びっくりしたのだとか。

テオフィルが誘拐されたのではなくて、アンリは心底安堵《あんど》した。

「アンリさま、申し訳ございません……！　私めがテオフィルさまと外出する旨の報告を怠《おこた》ったばかりに、アンリさまが大変な目に！　償《つぐな》っても償《つぐな》いきれません！」

翌朝、首を括《くく》りそうな勢いで謝罪してきたエヴラールに、アンリはたじたじになった。

「グウェナエルのおかげで、なにもなかったのだから、そこまで気に病むことはないとも」

「いいえ！　自分で自分が許せません！」

エヴラールを宥《なだ》めるのに、非常に苦労した。最終的にグウェナエルによって、部屋から追い出された。

「アンリ、身体は大丈夫か？」

エヴラールを追い出したグウェナエルは振り返って、こちらを案じてくれた。

「あ、ああ」

彼の顔が、まっすぐに見られない。

どうしても意識してしまうのだ。昨日、彼に触れてもらったことと……拒絶されたこと。

そもそも自分はグウェナエルが人を食ったという噂を聞かされ、一瞬でも信じてしまった人間だ。

それなのに彼に受け入れてもらえると期待するなど、虫がよすぎる。昨日はクスリで頭が茹《ゆ》だっていたのだ。あれは、当然の拒絶だった。アンリはそう自分に言い聞かせた。

「なら朝食に行こう」

彼が片腕を差し出す。いつものエスコートだ。

「う、うん」

アンリは彼の腕に手を添えた。

途端に、昨日の感触が蘇《よみがえ》る。どうか彼が自分の顔色に気がつきませんようにと祈りながら、うつむいた。

「アンリ、おはよお〜〜！」

食堂に赴《おもむ》くと、テオフィルが大きな声で挨拶《あいさつ》してくれた。

「テオフィル、おはよう」

テオフィルの顔を見ると、一気に気分が晴れていく。またこの子の顔を見ることができて、本当によかった。

「あのねあのね、きのうはエヴラールとたっくさんのものをみたんだよ！」

テオフィルは、出かけている間に体験したことを元気よく教えてくれた。

昨日起きたことを、テオフィルには話していない。「自分が街に行ったせいで、アンリが誘拐されてしまった」なんて、思わせたくないからだ。

街でどんな楽しいことをしたのか、エヴラールがどんなに優しかったか、ハキハキと語るテオフィルの話に耳を傾《かたむ》ける。

「そういえば、この間の行商人がまた来ているらしい。あの、美容品だかを取り扱《あつか》っているという」

グウェナエルの言葉を聞いて、朝食を取る手が止まった。

ギンだ。人食いの噂を語った、あの。

「また会いたいのなら、そのように手配する」

会いたいわけがないだろう。そう答えようとして、考え直した。

まだ、あの行商人にはっきり言い返していない。「グウェナエルがそんなことするわけがない」と。

一度言い返してやらなければ、気が済まない。そんな思いがふつふつと湧いてきた。

商品を買いたいわけではないが、会うだけ会ってやろう。

「ぎょしょにん？」

二人の会話を聞いていたテオフィルが、首をかしげた。

「旅をしながら、物を売り買いする人のことだよ。今日来た行商人は、外国の人なんだよ」

「がいこくのひと！　あいたい！」

「え……」

テオフィルはすっかり興味を持ってしまったらしく、目をキラキラさせている。

「テオもあっちゃだめ？」

可愛らしく首をかしげるが、連れていくわけにはいかない。血腥《ちなまぐさ》い噂をテオフィルに聞かせるなんて、絶対にできない。

「ええと……化粧品の話をするから、テオフィルにはつまらないと思うよ。匂いもキツイかも」

「そっかあ」

残念そうながらも、テオフィルは納得してくれた。

テオフィルを説得できて安堵《あんど》しながら、ギンと会うことに決めたのだった。

「いやー、また会《お》うてもらえるなんて、光栄ですわ」

現れたギンは、前回と同じく糸のように目を細めた笑みを浮かべながら、にかっと抜けのある前歯を見せた。

「日焼け止めの化粧水は、使《つこ》うてもらえました？　使い心地どうでした？」

彼は人懐《ひとなつ》っこく聞いてきた。

「ああ……おかげでこの夏は、まだ肌が赤くなることがない」

「そりゃよかったです！」

彼がにこにこしているので、この間のことを切り出すのに気後れする。

だが言ってやらねば、わざわざ会った意味がない。

深呼吸をすると、アンリはキトンブルーの瞳でギンを睨《にら》みつけた。

「この間、教えてもらった話なんだが」

「はあ、なんですやろ？」

切り出されても、彼は平然と笑ったままでいる。

「噂だ。その真偽について個人的に考えてみたのだが、事実無根であると結論づけることにした」

アンリの言葉を聞いて、彼はただ軽く眉を上げた。

続きを言ってみろ、ということだろう。

「グウェナエルは……私の夫は、ただの間抜けだよ。いや、ただのじゃなくて大間抜けだ。気が利かなくて不器用で間が悪くて無表情で、そのくせ耳と尻尾で感情が丸見えで、真摯《しんし》で誠実で、肝心なところでは人の心を無視しないで、気遣ってくれるような男だ！」

アンリは一息にまくし立てた。

「そんな男が、悪事に向いているわけがないだろう！」

自分がこんなに熱くなるなんて、我ながら意外だった。

いつも目立たないように、貴族らしく冷静に振る舞おうと努めていた。鋼《はがね》のように、硬く冷たく。

だが、もうそんなことはどうでもいい。

「……だから事実無根の噂を流布《るふ》するのは、今後一切やめてもらいたい」

ずっと言いたかったことを、叩きつけてやった。

最初から、こう返すべきだったのだ。一瞬でも惑《まど》ってしまった自分は、弱かった。

「……そう。残念やな」

ギンは表情一つ変えずに零《こぼ》した。

「残念？」

「残念というのは、正確やなかったな。正確には、『羨《うらや》ましい』ですわ」

「羨《うらや》ましいとは、一体……」

アンリの言葉は、最後まで続かなかった。

「ばばーん！」

派手な音を立てて扉が開いたかと思うと、テオフィルが勢いよく室内に入ってきたのだ。

「えへへ、きちゃった」

部屋に入ってきたテオフィルは、無邪気な笑みを浮かべた。

「テオフィル！　まさか、話を聞いていたのか⁉」

アンリは青褪《あおざ》める。

「う？『うやまらしい』ってきこえたよ！」

羨《うらや》ましい、と言おうとしたのだろうが、盛大に間違えている。どうやらテオフィルに聞こえていたのは、直前の会話だけのようだ。

ほっと胸を撫《な》で下ろしたのもつかの間、テオフィルはチョロチョロとギンに近づいていった。

「テオのなまえは、テオフィルだよ！　はじめまして！　あなたのおなまえ、おしえてほしいな！」

初対面の人間にも物怖《ものお》じせず、きちんと挨拶《あいさつ》ができるのは美点だと思う。けれども、知らない行商人にも無防備に近づくなんて。

ギンはテオフィルを見下ろすと――

「ふ……ふふっ、なんや、えらい可愛《かい》らしい子やなぁ」

くすりと破顔した。

笑顔なのは変わらないのに、くしゃりと目尻に刻まれた皺《しわ》に、彼の生の感情を見た気がした。まるで仮面が割れて、素の表情が現れたようだった。

「わいはギン言います、よろしゅう」

「よろしゅーってがいこくのあいさつ？　よろしゅー！」

テオフィルはにこにこしながら、ギンの言葉を繰り返した。

「ねえねえギン、『うらやらしい』ってなにが『うらやらしい』なの？」

相変わらず「羨《うらや》ましい」が言えていない。

「せやなあ、テオフィルくんにやったら、おしえたってもええかな」

「おしえて、おしえて！」

テオフィルは、ぽんと長椅子に飛び乗ると、ギンの隣に座ってしまった。見ているアンリはハラハラするばかりだ。

「あんな。わい、生まれた時から家族がおらんねん。この国の、ここからずっと遠くの街の片隅で、気がついたら一人で生きとった。みなしごっちゅうやつや。捨てられたんか知らんけど、親はどこの誰かもわからん。まあこういう顔しとるさかい、東方のモンちゅうのはたしかなんやろうけど」

隣のテオフィルに向け、ギンは静かに話し出した。

テオフィルはまっすぐな眼差しを向け、じっと聞いている。

「子供が親も財産もなしに、ひとりきりで生きていくっちゅうのは、大変なこっちゃ。生きていくためには、いろんなことをしたもんや。悪いこともな」

こんな静かにしているテオフィルは、初めて見た。

アンリも思わず、固唾《かたず》を呑んで見守る。

「そないな生き方やったから、大人になってからも、それ以外の生き方を知らんねん。抜け出しとうても抜け出せんのや。人を裏切ることしかできん。そんなんやから、友達もおらん。ずっと一人や。せやから信じられる人とか、家族とか。そういうんがいるテオフィルくんたちが、羨《うらや》ましいんや」

「ずっと、ひとり……」

ギンの話がテオフィルの胸にどう響いたのか、ぽつりと呟いた。

アンリには、テオフィルがなにを考えているのか、わかる気がした。今は信頼できる家族がいるからといって、孤独を知らないわけじゃない。

テオフィルは少しの間うつむき、それからぱっと顔を上げた。

その顔には、花が咲いたような笑みが浮かんでいた。

「じゃあ、テオがギンのはじめてのおともだちになってあげる！」

「え……？」

ギンは糸のような目をわずかに開いた。

彼がその名の通り銀色の瞳をしていることを、初めて知った。

「あ、ギンのめのいろ、テオとおなじだ！　おそろいだね！」

テオフィルは満面の笑みで、尻尾を大きく振っている。ぶんぶんぶんぶんと、音が聞こえてくる。

「ふふふ、友達、友達かあ。『友達とおそろい』なんて、初めてやわ」

テオフィルの銀青色の瞳に、ギンのはにかんだ笑顔が映っていた。

「ところで、つかぬことを尋《たず》ねるが……この国の出身なら、その異国訛《なま》りは？」

二人の仲を邪魔してはいけないのではないかという気はしたが、どうしても気になって尋《たず》ねた。

特徴的な言葉遣いは、異国の訛《なま》りではないのか。

「あ、これ？　インチキ訛《なま》りですわ！　愛嬌《あいきょう》ありますやろ？」

ギンは、ばちこんとウィンクをする。

思わず気が抜けた。

「普通に喋《しゃべ》ろうと思えば喋《しゃべ》れるんやけど、この訛《なま》りはもうわいの一部になってもうて、今さら普通に喋《しゃべ》るんは恥ずかしいわ」

「テオは、ギンのしゃべりかた『かーいらしい』だとおもうよ！」

テオフィルはついさっき聞いたばかりの、彼の言葉を真似した。

「ほんまぁ？　テオフィルくんにそう言ってもらえるんやったら、嬉しいわ」

信用ならない相手のはずなのに、仲良くしている様を見ていると、テオフィルに「関わるな」と言う気には、どうしてもなれなかった。

ギンが帰る時間になると、テオフィルは手を大きく振りながら見送った。

「ギンは、つぎいつくるのかな」

なんて楽しみにしていたのだった。

＊＊＊

夜半。エヴラールが執務室に入ると、辺境伯グウェナエルは書類仕事をしているところだった。

「失礼。お耳に入れたいことがございます」

前に進み出ると、グウェナエルは顔を上げた。

狼獣人らしい端正な顔立ち。領主にふさわしいカリスマ。それを裏打ちする武勇。

どれをとっても仕《つか》えるに値する人物であると、エヴラールは感じている。

唯一の弱点は、一向に後継者作りを考えないところだと使用人たちは言う。

それもつい最近、伴侶《はんりょ》と継子《ままこ》を得て心配はなくなった。グウェナエルは、幸せそうに日々を過ごしている。

しかし今晩は、そんな彼に少々辛い報告をすることになる。

エヴラールは覚悟を決め、口を開いた。

「アンリさまのことでございます」

「アンリの？」

彼の両眉が上がる。

「どうやらアンリさまが、どこかからあの噂を聞いたようなのです」

「あの、噂……」

「閣下が人肉を食したという話でございます」

エヴラールははっきり言った。グウェナエルのまとう空気が、ピリッと張り詰めた。

「あの噂を耳になさったからには、アンリさまが閣下に恐れを抱くことがあっても不思議ではありません。もしかすると……以前のフィアンセの方と同じように処置すべきかもしれませんね」

残酷なことかもしれないが、自分はグウェナエルの右腕として、彼の秘密を知る者として、言わなければならない。

「同じように、だと……⁉」

彼はガタリと席から立ち上がった。

「閣下。アンリさまとは、契約婚なのですよね」

城の人間の中で、エヴラールだけは契約婚のことを聞かされている。自分こそが、グウェナエルが最も信頼を置く右腕だからだ。

「契約を終えた後、どのようにお別れになるつもりだったのです？」

もともと処置を行う予定だったではないか、と言外に匂わせながら問う。

「そ、それは……アンリはここでの暮らしにとても馴染《なじ》んでいる。テオフィルとも仲が良く、その……オレのことを悪くないように想っているようだから、もしかしたら、本当の家族になってくれるのではないかと……」

いつものグウェナエルらしくない、しどろもどろの返答だ。

伴侶《はんりょ》と継子《まま こ》ができたことによって、彼は不可逆の変化を遂《と》げてしまった。

内心では、エヴラールもこの変化を好ましく思っていた。アンリという契約婚の相手も、嫌いではない。

しかし、それでも。否、だからこそ言わねばならない。

「閣下、それは演技です。仲の良い夫夫《ふう ふ》を演じるよう、閣下がご命令になったのでしょう」

「それは、そうなのだが……」

「たとえアンリさまが本当に親しみを感じていたとしても、噂を知った今、それも消えたことでしょう」

容赦《ようしゃ》なく言い放つと、グウェナエルは意気消沈した様子でうつむいた。

「アンリさまへの処置の件、ご考慮いただければと存じます」

グウェナエルは苦しみを堪《こら》えるかのように、顔を歪《ゆが》めている。

「それでは」

慇懃《いんぎん》に礼をして、エヴラールは執務室を去ったのだった。

＊＊＊

「アンリ、今日は一緒にお茶をしないか」

夏の日差しが暑いある日、アンリはグウェナエルに誘われた。

低い囁《ささや》き声に、アンリは思わず胸が高鳴った。

「わかった、そうしよう」

アンリは笑顔で答えた。はにかんだ顔には、わずかに赤みが差していたかもしれない。

使用人たちが、素早く茶会の準備を整えてくれた。グウェナエルとアンリは向かい合って座る。

カップを口に運び、傾《かたむ》けた。

今日もグウェナエル自慢の使用人が淹《い》れたお茶は素晴らしい。グウェナエルもまた、穏やかな表情で紅茶を味わっている。この平和な時間がいつまでも続けばいいのに、とつい願ってしまう。

ふと、彼がこちらをまっすぐ見ているのに気がついた。

金の瞳に見つめられると……どうしても、寝台の上で覆《おお》いかぶさられた時のことを思い出してしまう。顔が赤くなっていませんように、とアンリは祈った。

「今日は渡したいものがあるんだ」

「渡したいもの？」

なるほど、それで茶会に誘ってくれたのかと察した。だが、渡したいものとは一体なんだろう。

「これだ」

グウェナエルは彼の手の平にすっぽり収まる大きさの小箱を取り出すと、こちらに正面を向けて開いた。

「指輪……」

小箱の中に収められていたのは、中央に大きな宝石の嵌《は》まった指輪だった。

「結婚指輪だ。やっと完成した」

「結婚、指輪」

受け取れない。

咄嗟《とっさ》に浮かんだ答えは、それだった。

自分は、彼を信じきれなかった人間だ。彼に、真の意味で伴侶《はんりょ》として求められているわけでもない。伴侶《はんりょ》の証を、身につけられるわけがない。

「だ、だめだ。私はつけられない」

思わず、そう口に出していた。

心のうちが言葉として出てしまい、青褪《あおざ》める。

「その、そのような高価なもの、私には分不相応だ。身につける資格がない」

アンリは、慌てて支離滅裂《しりめつれつ》な言い訳を口にした。言い訳になっていない。グウェナエルの耳と尻尾が、しゅんと垂《た》れてしまった。

「アンリは……ここを離れたいのか？」

ほら、誤解させてしまった。

いや、誤解ではないのかもしれない。自分は、いつかここを離れなければならない存在だ。アンリは不意に強く自覚した。

契約を交わした時と、なにも変わっていない。

自分はテオフィルを保護するための、仮初《かりそめ》の伴侶《はんりょ》だ。グウェナエルとテオフィルのためには、いつかここを離れなければならない。

離れたいとは思わない。

自分はここで、幸せとはなにかを知った。ずっとここにいて、幸せなままでいたい。

テオフィルと、グウェナエルと、一緒にいたい。

離れたくはない。けれども、離れなければならないのだ。

目の奥がつんと痛みを訴《うった》えた。

「……体調が優れないから、部屋に戻らせてもらう」

どうしても、「離れたい」とは口に出せなかった。

代わりに指輪を受け取らないことで、意思表示とすることにした。

アンリは席を立つ。

「あ、ああ。わかった」

ティーテーブルの上には、結婚指輪の小箱が取り残された。

鋭《するど》い胸の痛みを感じながら、アンリは部屋を後にした。


「あ、アンリ！」

自室の前で、偶然テオフィルに出くわした。

「あのねあのね、いま、やすみじかんでね」

アンリの姿を見つけるなり、テオフィルはハキハキと話し出した。

テオフィルは自分を慕《した》ってくれている。テオフィルの溌剌《はつらつ》とした笑顔を見ると、言い知れない罪悪感を覚えた。

自分はテオフィルの気持ちにふさわしい人間だろうか。

以前、病気を治した母親のことを思い出す。

死の淵《ふち》に瀕《ひん》してなお、少しでも子に遺せるものをと、編み物をしていた。

自分にそんな献身ができるだろうか。

むしろ逆だ。

テオフィルに幸せにしてもらってばかりで、なにもしてあげられていない。

テオフィルに出会うまでは子供と触れ合った経験がなく、親に愛されることがどういうことか知らない。

そんな人間が、まともに子供を愛せるだろうか。

自分は、テオフィルの親にはなれない。その考えは、呪いのようにアンリの中に根づいた。そんな人間が母親面をしてテオフィルのそばにいることに、罪悪感を覚えた。なんとかして、この罪を贖《あがな》わなければならないとすら思うほどに。

自分は偽物だ。偽物の家族だ。まともな人間のふりをしているだけの、まがいものだ。

だからテオフィルにまともな母親を用意してやるためにも、いつかは自分はここを去らなければならない。子供をあやす方法を知っていて、子守歌を歌ってあげられて、テオフィルを愛してあげられる本物の母親がいなければ。

自分が愛されることを、欲してはいけない。

「ねえ、テオフィル。新しいお母さまが来ると言ったら、どう思う？」

アンリは贖罪《しょくざい》の気持ちから口を開いた。

「ふぇ？」

アンリが尋《たず》ねるとテオフィルは話をやめ、あんぐりと口を開けた。

「私がこの城を離れたら、新しいお母さまができる。毎晩眠るまで一緒にいて、子守唄を歌ってくれるよ。私が知らないような遊びをたくさん知っていて、テオフィルを楽しませてくれる。嬉しいだろう？」

アンリは微笑んだ。

けれど。

口をあんぐり開いたまま固まっていたテオフィルは、じわじわと表情を変える。

「なんで、そんなこというの！」

大粒の涙をぽろぽろと零《こぼ》しながら、テオフィルは小さな手でアンリの足を叩いた。

「テオフィル……？」

泣き出す理由がわからず、アンリはおろおろするばかりだ。こんな風に大泣きするテオフィルは見たことがない。

「アンリなんて、きらい！」

「あっ」

テオフィルは大泣きしたまま、どこかへ走り去ってしまった。

一人にしてはいけないが、自分が追いかけたら逃げてしまうだろう。アンリは近くにいた使用人を呼び止めて事情を説明し、保護してもらった。

日が暮れてもテオフィルは腹の虫が収まらないらしく、夕食の席にでも、ぷいとそっぽを向いたまま、口を利いてくれなかった。

初めて、テオフィルと喧嘩《けんか》をしてしまった。

第六章　ずっと家族

「では、いってくる」

「いってらっしゃい、グウェナエル。テオフィル」

「ふーんだ」

次の休日、グウェナエルとテオフィルだけでピクニックに赴《おもむ》くことになった。

テオフィルが、アンリとは一緒に行きたくないと言ったからだ。

テオフィルは、まだアンリを許してくれていない。

きっと時間が経てば忘れてくれるだろう。アンリという人間に怒っていたことも……慕《した》っていたことも、いずれは、どうでもよくなってくれるはずだ。

馬に乗って出かけた二人を見送ると、アンリはいつも通りの日常を過ごした。心のうちにどこか虚《むな》しさを抱えながら、城館《ドンジョン》の人々の怪我や病を治してまわった。

夕方ぐらいになると、不意に城館《ドンジョン》内が騒がしくなった。

そういえばグウェナエルとテオフィルたちが、まだ帰ってきていない。

一体、どうしたというのだろう。

「なにがあったんだ？」

人の多い広間に向かうと、使用人たちは一様に青い顔で、不安そうに囁《ささや》き合っていた。

「これは、アンリさま。落ち着いて聞いていただきたいのですが……」

使用人たちの中にいたエマが振り返ると、口を開く。

「森で、獣に食われた死体が見つかって……その死体が閣下の私物を握っていたので、閣下が疑われているのです。閣下が、殺して食したのではないかと」

目の前が、真っ暗になった。

「……グウェナエルはそんなことしない」

頭が働いていないのを感じながらも、頭の中に浮かんだことを口にした。

グウェナエルは人を食べなどしない。今なら一瞬の迷いもなく、信じられる。

「私どもも、それはわかっております。けれども、どうしようもなくて……。テオフィルさまも、共犯を疑われて捕らえられてしまいました」

「テオフィルが⁉　一体、どこに！」

あっという間に怒りが噴出した。

思わずエマに掴みかかるところだった。彼女は悪くないのに。

テオフィルが共犯だなんて、もっとありえない。あんなに小さい子なのに！

「アンリさま、どうか落ち着いてくださいませ！」

どこからともなくエヴラールが現れ、我を忘れかけたアンリの肩を掴んだ。

「一度お茶を飲んで、落ち着きましょう」

「そんなことをしている場合ではない、グウェナエルが、テオフィルが……！」

「今の取り乱したアンリさまに、詳細をお話しすることはできません」

黒曜石のような瞳が、アンリをまっすぐに見据えている。

そうだ、グウェナエルとテオフィルのために、まずは落ち着かなければ。

「すまない……お茶を用意してくれ」

「はい！」

エマが大きな声で返事をし、急遽《きゅうきょ》お茶の準備がなされた。

茶会用の部屋に移動し、エマの淹《い》れてくれた茶を、アンリは口に含んだ。味は感じられなかった。

こうしていると、グウェナエルとテオフィルに起こったことは夢だったのではと思えてくる。

思考はまったく働かないが、表向きは落ち着いたように見えたようだ。

向かいの席に座っているエヴラールが、事情を説明しはじめた。

「デルヴァンクール辺境伯閣下は、国に目をつけられていたのです」

「国に？　目を？」

どういう意味か理解できず、彼の言葉をオウム返しした。

「どんな噂が流れていたのか、前々から閣下は人肉食を嗜好《しこう》していると疑われておりました」

エヴラールの言葉を聞いて、大臣の何人かがグウェナエルを「残虐《ざんぎゃく》」と言っていたことを思い出す。

ただの行商人にすぎないギンが知っていたくらいだ。噂は思いの外、広まっているのだろう。

「ですから、国の手の者が閣下を見張っていたのです。そして森で死体が発見されるなり、テオフィルさまを捕らえました」

「それで、テオフィルが……。あれ、グウェナエルは？」

エヴラールの言い方では、まるでテオフィルだけ捕まったようではないか。てっきり、グウェナエルも一緒に捕らえられたのかと思っていた。

「閣下は……姿を消されました」

「姿を消した？」

「ええ。捕らえられることなく、どこかへ逃げ去り……そのまま行方《ゆくえ》はわからずじまい。閣下が今どこでなにをしているのか、不明なままなのです」

「グウェナエルが……」

それではまるで、グウェナエルがテオフィルを置いて逃げたようではないか。

――グウェナエルは、そんなことはしない。

「なにがあったのかはわかりません。しかし、やましいことがあるから逃げたのだと、閣下はますます疑われることでしょう。潔白を証明するのは、難しいかと……」

エヴラールは深刻な口調で言った。

それから彼は苦しげに眉間に皺《しわ》を寄せ、こう切り出した。

「これを言うのは、大変心苦しいのですが……私からアンリさまへご提案があります」

「提案？」

「このままでは、殺人犯の伴侶《はんりょ》ということでアンリさまも連座して処刑されます。閣下と離婚なさいませんか？」

アンリは瞬きをした。エヴラールがなにを言っているか、理解できなかったからだ。

理屈はわかる。

王国法では、殺人を犯した者は家族もろとも処刑される。だからグウェナエルが殺人者となったら、アンリも処刑されるのだ。

だからといって、離婚だなんて。

「実を言うと、私だけは閣下から事情をうかがっていたのです。契約婚なのでしょう？　ならば、契約を切るだけのこと」

「契約を切る、だけ……？」

エヴラールが事情を知っていたことは驚きだが、それ以上に提案の内容に衝撃を受けた。

「アンリさまのためを思って、ご提案しているのです」

「それは、理解できるが……」

グウェナエルとテオフィルを、見捨てろということではないか。

エヴラールは自分のためを思って言ってくれている——本当だろうか？

不意に、疑念が湧《わ》いた。

ほとんど直感だった。この男の言う通りにしたら、大事なものを永遠に失ってしまう。そんな予感がした。

「……考える時間をもらっても、構わないか」

アンリは注意深くエヴラールを観察する。

「もちろん。ただし、残された時間は少ないでしょう。遅くとも明日には、決心していただかなければ」

エヴラールは「貴方の苦しみは理解しています」と言わんばかりに、苦しげに眉間に皺《しわ》を寄せた。

いかにもアンリの境遇に同情しているように見える。

不審なところは、少しもない。なのに、違和感を覚えるのはなぜだろう。

——ああ、そうか。

観察していて、気がついた。

精霊だ。精霊たちが不思議なほど寄りつかない。そこらを漂《ただよ》っている精霊たちが、エヴラールの周囲だけは避けているようなのだ。

精霊が人を避けるなんて、見たことがない。

一体どうしたらこうなるのだろうか。……精霊を傷つけたとか？

アンリは、エヴラールへの疑惑を深めた。

——この男を見張ってみよう。

アンリは心のうちで、決心した。

夜になると、エヴラールは城館《ドンジョン》の外へ出ていった。

一体どこへ行くというのか。

エヴラールの動向を見張っていたアンリは、後をつけた。エヴラールは裏門から、森の方向へ歩いていく。

「皆、私に力を貸してくれるか」

辺りを漂《ただよ》う精霊に、小声で声をかけた。

精霊たちがアンリの周りを回りはじめる。ついてきてくれるようだ。

精霊たちに勇気づけられて、裏門を出た。

アンリが後をつけていることは、まるで勘づかれなかった。精霊たちのおかげだ。

たとえばアンリの足が小枝などを踏んでしまった時、精霊の一人がすっとアンリの足先に触れる。

すると不思議なことに、小枝の折れる音がしないのだ。

いつか王城で耳を塞《ふさ》いでくれたこともあった。精霊の中には音を操《あやつ》る力を持つ者がいるようだ。

精霊たちの助けを得て、暗闇の中でよく目立つエヴラールの白い後ろ姿を追いかけた。

やがてエヴラールは森の中を進んでいった。

森の奥には、隠れ潜むようにぽつんと建つ小屋があった。彼はその中へ入っていく。

この小屋は、一体なんだ。

アンリは小屋に近づくと、ドアの前でそっと耳をそばだてた。

なにも聞こえない。

小屋はしっかりした作りだ。耳を当てたくらいでは、だめか。諦めた瞬間、精霊がふわりとアンリの耳に触れた。

途端に小屋の中の音が耳に入ってきた。

「閣下、夕食をお持ちしました」

「うぅ……」

驚いたことに、聞こえたのはグウェナエルの呻《うめ》き声だった。

そうか、エヴラールはグウェナエルを匿《かくま》ってくれていたのか。

グウェナエルがすぐそこにいることを知り、アンリが喜んだのもつかの間、エヴラールの次の一言を聞いて凍りつく。

「それで閣下、自白をしていただく決心はつきましたか？」

「犯してもいない罪を告白をする気など、さらさらない」

——自白？　一体、どういうことだ？

「そうですか。残念です、それではテオフィルさまとアンリさまの身の安全は保証できませんね」

「なんだと!?」

「実を言うと、私は王太子殿下に伝手《つて》があるのです。閣下に自白の旨を一筆書いていただければ、テオフィルさまとアンリさまの連座を回避していただけるよう、お願いできるのです。ですが自罪を認めていただけないなら、お二人の命は……」

会話を聞いているうちに、じわじわと理解したくない現実が理解できてきた。

エヴラールはグウェナエルを脅《おど》している。理由はわからないが、彼はグウェナエルに罪を着せようとしているのだ。

「ま……待った。テオフィルとアンリだけは……」

「ならば、一筆お願いいたします」

だめだ。自白なんて、させてはいけない。グウェナエルが本当に罪人になってしまう。

アンリは立ち上がり、小屋の扉を勢いよく開け放った。

「な……!?」

中にいたエヴラールが、素早くこちらを振り返る。

小屋の中には牢《ろう》があり、グウェナエルはその中に捕らえられていた。手足に枷《かせ》を嵌《は》められている。

彼とも目が合う。

「アンリ!?」

「グウェナエル、今助ける」

「だめだ、無茶をするな!」

グウェナエルは唯一自由になる口で、牢《ろう》の鉄格子に噛みついた。いかに彼が剛力といえど、牙で鉄が曲がるはずがない。

「くくっ、『助ける』ですか。私も舐《な》められたものですね」

エヴラールは好青年の仮面を捨て、歪《ゆが》んだ笑みを見せた。口端を吊り上げた、「嘲笑《ちょうしょう》」の表情。

これが彼の本性なのだ。

「私はこれでも騎士団の団長を務めているのですがね。貴方のように嫋《たお》やかな方が丸腰で、剣を持った私に勝てるつもりですか？」

エヴラールは、傍《かたわ》らに立てかけられた剣を取り、抜き放った。

あれは、グウェナエルの剣ではないか。アンリは歯噛みした。

「残念です、貴方に刃を向けることになってしまって。どうして、私の後をついてきたりしたのです？　なにも知らなければ、無事でいられたのに」

エヴラールは鋭《するど》い切っ先をアンリに向けた。せめて気圧《けお》されまいと、切っ先を睨《にら》む。

「貴様こそ、どうしてこのような真似を？　グウェナエルの右腕だったのではないのか？」

「閣下を失脚させれば私を次のデルヴァンクール辺境伯に推挙《すいきょ》すると、王太子殿下が約束してくださったのですよ」

王太子、と聞いて息を呑む。まさか兄が関わっているなんて。

「それだけのために？」

「それだけ？　出世を望むのは、騎士として当然のことでしょう」

彼のあっけらかんとした答えに、アンリは唖然とした。次に、怒りが湧《わ》く。

「そんなことのために、グウェナエルを陥《おとしい》れたというのか……！」

「後継者がいないままなら、こんなことをする必要はなかったのに。突然伴侶《はんりょ》と養子なんて連れてきた閣下がいけないのです」

「この……！」

歯を噛み締める強さのあまり、奥歯が砕けるのではないかと思った。

グウェナエルは鉄格子を噛み切るのを諦めたのか、今度は牢《ろう》の扉に体当たりを試みている。

「後学のためにうかがいたいのですが、アンリさまはいつから私を疑っていたのですか?」

「つい、さっきだ。精霊たちが皆、貴様を避けて通るから、おかしいと思ったのだ」

「精霊……それは盲点でした。賊《ぞく》に精霊を捕らえさせようとしたのが、いけませんでしたかね」

エヴラールがさらりと口にした言葉に、アンリは衝撃を受けた。

「あの賊《ぞく》どもを裏で操《あやつ》っていたのも、貴様か!」

そういえば、エヴラールに精霊について聞かれたことがあった。

あの時から、裏切りを画策していたというのか。

「閣下とアンリさまとの絆《きずな》に亀裂《きれつ》を入れられたらいいと思っていたのですがね。私が辺境伯になった暁《あかつき》には、貴方を私の伴侶《はんりょ》にしてあげてもいいと思っていたのですよ」

あまりの怖気《おぞけ》に鳥肌が立った。

なぜそんなに悪びれることなく、自らの悪行を口にできるのか。そんなに前からグウェナエルを裏切っていたのか。

目の前でせせら笑う男の心が、なに一つ理解できない。

「貴方のように美しい人間を始末しなければならないなど、残念でなりません……ね!」

前触れなく、エヴラールは剣を振り下ろした。

「アンリ!」

グウェナエルの悲痛な叫び声が響く。

アンリは間一髪のところで、後ろに跳んで避けた。

一瞬前まで顔があった空間を刃が切り裂く。前髪が何本か切断され、宙を舞った。

「だいじょ……」

大丈夫だ、とグウェナエルに答えようとした。

それができなかったのは、エヴラールが剣を振り上げたからだ。

「ぐ……ッ！」

「アンリー！」

顔を守ろうと咄嗟《とっさ》に前に出した腕が、斬り裂かれた。鮮血が散った。

切られた腕を庇《かば》い、アンリは壁際に追い詰められる。

腕が熱い。大量の血が流れている。こんな大怪我を負うのは初めてだ。

「お願いだ、アンリに手を出さないでくれ！　自白でもなんでもする！」

グウェナエルの声が、やけに遠く聞こえた。

エヴラールは振り返りすらせず、まっすぐにこちらに刃を向けている。

本気で殺す気なんだ。だからあんなにペラペラ喋《しゃべ》っていたんだ。

「アンリを殺したら、お前を八つ裂きにする！」

グウェナエルの唸《うな》るような声とともに、一際大きな音が牢《ろう》の扉を揺らした。それでも錠はびくともしない。

もう、だめなのか。

だとしても、最期まで諦めたくない。

そう思い、エヴラールを睨《にら》みつけた瞬間のことだった。

「なんや、お客さんがいてはるやないですか」

聞き覚えのある異国訛《なま》りが、後ろから響いた。

「おや、ちょうどいいところに来ましたね」

エヴラールがアンリの背後へ、親しげに声をかけた。アンリの横を通り過ぎ、その男は悠然と小屋の中に入ってくる。

糸のように目を細めた男、ギンだ。

「どういうことだ……？」

なぜギンがこんなところに現れるのか。

小屋の中の異常な様を目にしても、平然としているのはなぜなのか。

アンリは混乱した。

「アンリさまは戸惑《とまど》っておられるようですよ。ギン、説明しておやりなさい」

エヴラールは先ほどのように、嘲笑《ちょうしょう》を浮かべている。

ギンが現れたことにより、すぐさま殺すよりも優越《ゆうえつ》に浸《ひた》りたくなったのだろう。嘲笑《ちょうしょう》は、兄がよく浮かべていた表情だ。心の動きはよくわかる。

「アンリはん、すんまへん。わい、最初っからエヴラールさまの手先やったんや。辺境伯閣下のよくない噂を教えたんも、エヴラールさまのご指示やってん。アンリはんと閣下の仲を引き裂くためや」

「そんな……」

ギンが最初から裏切り者だったなんて。

「それではギン、アンリさまの死体の始末をお願いいたします」

敵が二人に増えては、もうどうしようもない。

もはや睨《にら》む意志すら保てず、アンリはうつむいた。

「それより、閣下に自白文は書いてもらはったんですか？　わいが牢《ろう》の中に入ります。エヴラールさまはアンリはんを人質にしとってください」

「ああ、忘れていました。二人いるというのは、便利ですね」

エヴラールは向かい合ったまま、剣の切っ先をアンリの喉元《のどもと》に突きつけた。触れていないのに、鋼《はがね》の冷たさが伝わってくるようだ。この冷たさの正体は、殺気なのだろう。

ギンはエヴラールから鍵を受け取ると、牢《ろう》の錠に差し込んだ。

「わいを攻撃したら、アンリはん死んでまうで。せやから大人しゅうしとってくださいね」

グウェナエルは牙を剥《む》き出しているが、牢《ろう》が開いても動かない。動けないのだ。自分のせいで。

「文章を書いてもらはるさかい、腕の枷《かせ》を外しますからね。ほら、ここに羊皮紙とペンとインク瓶《びん》を置きますよ」

「ぐぐ……ぐ……」

床に置かれた羊皮紙を前にして、グウェナエルは唸《うな》るばかりで動かない。

そのままなにも書かないでくれ。私を見捨ててくれ、と叫びたかった。だが喉元《のどもと》につきつけられた刃を前にすると、言葉が出ない。そんな自分が情けなかった。

「あんなあ、閣下……」

動かないグウェナエルを見かねたのか、ギンは屈み込むと彼の耳元に何事か囁《ささや》きかけた。

「ぐ……」

一体、なにを喋《しゃべ》ったのだろう。

グウェナエルはぴたりと唸《うな》るのを止めると、ペンを手に取ってインクに浸《ひた》した。そして、のろのろとした手つきで、羊皮紙の上にペンを走らせた。

ああ、グウェナエルが嘘の自白をさせられてしまう。

いっそ自ら刃で喉《のど》を突いて自害すれば、止められるだろうか。

「エヴラールさま、うまくいきましたで」

牢《ろう》の中のグウェナエルを置いて、ギンがこちらに近づいてきた。

「ご苦労。しかし、閣下から離れるのは慢心ですよ。自白文、もとい遺書を書き終わるまでしっかり見張っていなさい」

「まあまあ、そんなつれんこと言わんとってください」

ギンは馴れ馴れしくエヴラールに密着して、肩に手を置いた。

なんだ、彼らはそういう関係なのか？　訝《いぶか》しんだ瞬間、気がついた。

ギンの手が、震えている。

「今や！」

叫んだ瞬間、ギンはエヴラールを後ろから羽交《はが》い締めにした。

体格の小さな人間が、獣人の膂力《りょりょく》に敵《かな》うはずがない。細身に見えてもエヴラールはれっきとした獣人なのだ。

あっという間に振り払われ、ギンは床に倒れ込んだ。

「ぐぅッ！」

だが、充分だった。牢《ろう》から疾風《しっぷう》の速さで飛び出してきたグウェナエルがエヴラールに突進する。

角が突き刺さるのも構わず、渾身《こんしん》の体当たりを食らわせた。

エヴラールは吹き飛ばされ、壁にぶつかる。頭の角がバキバキと折れた。衝撃のすさまじさが窺《うかが》える。

「よくもオレのアンリを傷つけたな！」

グウェナエルは、倒れ込んだエヴラールの腹を蹴《け》り上げた。怒りのままに、何発も蹴《け》りと拳を叩き込む。

「グウェナエル、殺しちゃだめだ！」

アンリは縋《すが》りついて訴《うった》えた。

「だが、こいつは……」

「グウェナエルの無罪を証明しなくてはいけない。生かしておかないといけないだろう」

「……そうだな」

グウェナエルは手を止めて、しぶしぶ下がった。

エヴラールの顔は、毛皮の上からでもわかるほど腫《は》れ上がっていた。立派だった角も折れ、無様な有り様だ。

「せや、殺さなくても縛《しば》っとけばええんやで」

ギンはグウェナエルの手足を戒《いまし》めていた枷《かせ》を持ってきて、エヴラールの手足に嵌《は》めた。

「それにしても、一体なにが起きたんだ？　グウェナエル、足の枷《かせ》はどうしたんだ」

ギンが外したのは手の枷《かせ》だけで、足にはまだ枷《かせ》が嵌《は》まっていたはずだ。それが今は手足とも自由になっている。

「この者が、協力するから大人しく文を書くふりをしてくれ、と囁《ささや》いてきたのだ」

「エヴラールはアンリはんから目を離さず剣を突きつけとったさかい、こっそり足の枷《かせ》も外すんは簡単やったわ」

ギンは得意げに笑った。愛嬌《あいきょう》のある欠けた前歯が光る。

「ギンはどうして協力を？　この男に雇われていたんじゃなかったのか？」

ギンは以前、騙《だま》し合いの螺旋《らせん》から抜け出したくても抜け出せない、といったことを語っていた。

それは、エヴラールのような男に雇われて裏の仕事をすることを指していたのだろう。

「それはぁ……まあ、その。あの子の悲しむ顔を見たくなかったんや」

得意げな笑みは、あっという間に恥ずかしげな、バツの悪そうな顔になった。

あの子。テオフィルのことだ。

「あの子は、わいの初めての友達……らしいからな」

アンリの胸が震えた。テオフィルの純真さがギンの心を動かし、窮地《きゅうち》を救ってくれたのだ。

「そうだ、テオフィルを助けないと！」

テオフィルは国の手の者に捕らえられ、どこかへ連れ去られたという。こうしている場合ではない。

「アンリ、どこへ行くつもりだ。まず傷を治療しなければ」

グウェナエルがアンリの肩を掴む。そういえば、腕を切られたのだった。まだ、だくだくと赤い血が流れている。

「大丈夫だ、すぐに治る。精霊たちよ、この傷を癒《いや》してくれ」

口に出して頼むと、すぐに一人の精霊がふっと傷口に触れた。途端に傷口が光り輝いて塞《ふさ》がっていく。

「なんと、精霊はこんなこともできるのか……！」

グウェナエルの前で、精霊に怪我を治してもらうのは初めてだ。彼は目を丸くして驚いた。

「グウェナエルの怪我も治さないとな」

体当たりした際に角で傷ついたのだろう、グウェナエルのこめかみなど数か所から血が出ている。

アンリはグウェナエルの顔に手を伸ばすと、もふもふした頬《ほお》を両手で包み込んだ。

「精霊よ、この人を癒《いや》してくれ」

すぐに精霊が集まってきて、三角形の耳や毛をもふもふしてから去っていった。精霊も、もふもふしたかったのだろうか。

精霊が見えないグウェナエルからすると、いきなり傷口が光り出血が止まった、という状況だ。さぞかし不思議に感じただろう。

「感謝する」

グウェナエルは礼の言葉を口にしたかと思うと、物言いたげにアンリをじっと見つめてくる。どうしたのだろうと思った瞬間、ぎゅっと抱きしめられた。

「生きていてよかった……！　君のいない世界など、オレにはもう考えられない」

「え、ええ⁉」

いきなり抱擁《ほうよう》されて、顔が熱くなった。突然なにを言い出すのだ。

「あのぉー、テオフィルくんがどこに連れ去られたか、わい知っとるんやけど、いまそれ口に出してもええ空気やろか？」

横合いからのおずおずとした声に、アンリはハッとしてグウェナエルを押しのけた。

「本当か⁉　どこなんだ！」

「王都や。あの子は今、王太子コンスタンの手の中や」

「コンスタン……」

兄のせせら笑う顔が、目の前に浮かぶ。せっかく王都から遠く離れたこの地で幸せを知ったのに、なにもかも奪う気なのか。

アンリは爪が手の平に食い込むほど、強く拳を握った。

「一生のお願いや。あの子を助け出したってください。どうか、この通りや……！」

ギンは深く頭を下げた。声が震えている。

これほどまでにテオフィルのことを思ってくれているなんて、知らなかった。

「請《こ》われるまでもなく、無論そのつもりだ。テオフィルはオレの家族なのだから。今すぐ、王都へ向けて馬を駆る」

グウェナエルは迷いなく言い切った。

「私も行く。私も……テオフィルの家族だ！」

テオフィルには、もっとふさわしい母親がいると思っていたはずなのに。

退かなければならないと考えていたはずなのに。

もう迷いはなかった。家族だと、口にすることに。

思えば、アンリはずっと、家族が欲しかったのだ。中庭のブランコで遊ぶ父と兄を見ているだけだった時から、ずっと。

いつの間にか手に入れていたそれを、自ら手放そうとしていた。

離れたくない、離したくない。今はこんなに望んでいるのに。

――なんて愚かな、自分。

「……わかった。二人で行こう、テオフィルを迎えに」

グウェナエルは、アンリの手を握って頷《うなず》いた。

「エヴラールは、被害者を殺して死体を森の獣に食わせたのだろう」

グウェナエルとアンリは、並んで馬を走らせている。

王都までの途上、グウェナエルがこれまでのことを説明してくれた。

「それからオレから盗んだ私物を死体に握らせ、まるでオレに襲《おそ》われた被害者が抵抗の末にもぎ取ったかのように偽装したのだ」

グウェナエルを陥《おとしい》れるために、エヴラールは罪のない者を手にかけたに違いない。アンリは顔も知らぬ被害者を思い、胸を痛める。

「テオフィルと二人で出かけた後、一体なにが起きたんだ？」

アンリは尋《たず》ねた。

「オレとテオフィルは、森へピクニックに出かけた。すると後から『料理人が作ったデザートを忘れましたよ』とエヴラールが追ってきた。デザートを忘れた覚えなどなかったが、テオフィルが喜んだし、話の流れでエヴラールも一緒についてくることになった。森に着いて昼食を取り、最後にエヴラールの持ってきたデザートを食した。すると、急速に眠気に襲われた。おそらく薬を盛られたのだろう」

グウェナエルはエヴラールを信頼していた。だが、エヴラールはそれを裏切ったのだ。彼の裏切りに、改めて怒りが湧《わ》いてくる。

「次に目を覚ました時、オレは牢《ろう》に捕らえられていて、テオフィルの姿はどこにもなかった」

「テオフィル……」

テオフィルも眠らされたのだろうか。

目が覚めたらグウェナエルがそばにいなくて、どれほど寂しかっただろう。今、どんなに心細く恐ろしい思いをしているだろう。

テオフィルのことを考えると胸がぎゅっと締めつけられ、いてもたってもいられなくなる。王都まで飛んでいければよいのに。

「……アンリとの間になにかあったようだから、ピクニックでテオフィルと話をするつもりだったのだ」

グウェナエルは零《こぼ》した。

「テオフィルは言っていた。アンリはいつも優しく抱きしめてくれて、一緒に遊んでくれて、勉強が楽しいものだと教えてくれたと。お城は毎日楽しいことがいっぱいで、いろんな人と仲良くなれた。アンリのおかげだと。アンリと一緒にいるだけで幸せな気持ちになって、ずっと一緒にいたいと。アンリも同じ気持ちでいてくれていると思っていたと……言っていた」

グウェナエルの言葉が、胸に重く響く。

思い出すのは、テオフィルの泣き顔だ。

新しい母親ができたら嬉しいかと聞いて、テオフィルを泣かせてしまった。

当たり前だ。

テオフィルは、アンリのことを大事に思ってくれていた。だから、アンリもまたテオフィルを大事に思っている、と信じていたのだ。

アンリはその信頼を裏切った。だから、テオフィルは傷ついたのだ。

自分は、とっくの昔にテオフィルのことを愛していた。

愛してあげられないなんて、大間違いだった。

「テオフィルに……謝らなければならないな……」

鼻をすすりながら、グウェナエルに答えた。

同時に、恐ろしい可能性が脳裏をよぎる。

もしかしたら、もう伝えられないかもしれない。助けが間に合わなければ、テオフィルはアンリに愛されていないと思い込んだまま、一人で……

その可能性は考えるだけで恐ろしくて、口に出せなかった。

「大丈夫だ、必ず伝えられる」

アンリの心を読んだかのように、グウェナエルは力強く言った。

「テオフィルは、オレたちが絶対に助ける」

グウェナエルは強い。身体的な能力だけではなく、心が強い人だ。テオフィルのそばにいたいのと同じくらい、彼ともずっと一緒にいたい。

望んでもよいのだろうか、この先を。

本当の家族になることを、望んでもよいのだろうか。

前を見つめ、二人はひたすら王都へ馬を走らせた。

二人は王都から辺境伯領まで来た時の、倍以上の速さで王都に辿《たど》りついた。

あの時と違って重い馬車を曳《ひ》いているわけではないし、体力の少ないテオフィルを気遣ってゆっくりした旅程にする必要がない。極めつけはテオフィルを救いたいという二人の想いが、驚異的な速さで二人を王都まで運んだ。

「しかし、テオフィルはどこにいるのだ？　王城に乗り込んで、王太子に直接聞くか？」

街中では馬を走らせることができない。じれったい思いを抱えながら、常歩《なみあし》で進む。

「いや、もっといい方法がある」

アンリは、周囲に目を凝《こ》らした。

こうした人ごみの中でも、まったく精霊がいないわけではない。注意を払っていると、ふわふわと漂《ただよ》う精霊を見つけた。

馬の上から手を伸ばし、その精霊に語りかけた。

「私と同じく、君たちのことが見える子のことを知らないか。とても小さい、もふもふした子だ。お願いだ、助けてくれ」

何度か語りかけると、周囲の精霊が集まってきた。

数人の精霊たちはなにかを相談するかのように、互いに目配せしたり、こちらに視線を向けたりしている。どこに目がついているのかもわからないが、そのように感じた。

やがて精霊たちは、同じ方向へ向かって一斉に飛び出した。

「こちらだ」

アンリは、馬の首をそちらに向ける。

「わかった」

後からグウェナエルがついてくる。

二人は、精霊の後を追った。

「これは……」

精霊が導いた先にそびえ立つ建物を目にして、二人は馬の歩みを止めた。

「司法宮ではないか……！」

グウェナエルが吠えた。

目の前にそびえ立つ建造物は、王都司法宮。通称「正義の宮殿」と呼ばれている。

古代の英雄を模《も》した彫刻を頭上に戴《いただ》いた石造りの宮殿が、厳《いか》めしく二人を睥睨《へいげい》していた。

「王会が行われる場じゃないか。このようなところに、テオフィルが……？」

背筋がぞっとした。テオフィルの身に大変なことが起こっているのは明白だ。

「一刻も早く、テオフィルを助け出さねば！」

グウェナエルは、ひらりと馬から降りた。

司法宮に突撃しかねない勢いに、アンリも慌てて馬から降りる。

「待った。精霊の力を借りよう」

グウェナエルの肩に手を置いて止めると、ここまで連れてきてくれた精霊たちに語りかけた。

「私たちはテオフィルを助けたい。この中に入っても、誰にも見咎《みとが》められないようにしてくれないか」

呼びかけると、精霊たちは二人の周囲に集まった。円を描いて踊りながら、グウェナエルとアンリに輝く粉を振りかける。

身体全体を、薄い膜《まく》が覆《おお》っているように感じる。今なら建物の中に忍び込めるだろう。

「アンリは本当に素晴らしいな」

グウェナエルが小声で褒《ほ》める。

「精霊の力を貸してもらっているだけだ。行こう」

二人は堂々と正面の入り口から入ったが、見咎《みとが》める者は誰もいなかった。

司法宮の中に入ってからも、精霊に先導してもらって、テオフィルがいる場所へ向かう。

やがて精霊は、二人を巨大な木製の扉の前へ導いた。

「どう考えても……この先は法廷だな」

グウェナエルの言葉に、アンリは唾《つば》を呑みながら頷《うなず》いた。

法廷の中に、テオフィルがいる。

中で尋常ではないことが起こっている。今すぐ、助け出さなければならない。

「中にはたくさんの人間がいると思う。精霊の御力も、この先は効力を発揮《はっき》できないだろう」

精霊たちにかけてもらった粉があっても、注目されてしまうだろう。ここから先は、隠れることができない。

「グウェナエルは、まだ無実が証明できていないだろう。中に入れば、捕らえられるかもしれない。

グウェナエルだけ、ここで引き返してもいい」

グウェナエルを失いたくない気持ちから、アンリは提案した。

「ここで引き返すくらいなら、最初から馬を走らせてはいない。アンリこそ、ここまで精霊の力で導いてくれたのだから、この先は大丈夫だ」

無論、彼が首を縦に振るわけはなかった。それどころか、アンリこそ引き返すよう提案してきた。

「再三言わせるな。テオフィルは私の家族だ。家族を救いに行かない者が、どこにいる」

キトンブルーの瞳で、彼を睨《にら》んだ。

お互い、テオフィルを想う気持ちは同じなのだ。

テオフィルを助け出せるなら、それこそ命と引き換えにしても惜しくない。

「そうだったな。では、突入しよう」

グウェナエルは両手で木の扉に手をかけて、思いきり力を込めた。

派手な音を立てて扉が開く。

法廷中の視線が、二人に突き刺さった。

二人の正面、法廷の一番奥の壁に巨大な国王の肖像画が飾られている。肖像画の真下の席に鎮座《ちんざ》しているのは、国王本人……決別したアンリの父だ。

父の隣には、コンスタン王太子が座っている。

テオフィルを誘拐した張本人は、二人の登場に目を剥《む》いていた。

だが、父や兄などどうでもいい。他の貴族たちの姿は視界に入りすらしない。

アンリは一番求めていた者の姿を、法廷の中央に見つけた。

被告席に、テオフィルが座らされていた。テオフィルはグウェナエルとアンリを振り返り、目を潤《うる》ませていた。

見つけた。まだ生きている。

ここから助け出さなければ。

今すぐ駆け寄りたかったが、テオフィルの両隣には兵士が控えている。アンリはぐっと気持ちを堪《こら》えた。

「これは一体、どういうことだ?」

静まり返った法廷の中で、父がゆっくり口を開いた。周囲を見まわし、王の威厳《いげん》を保ちながら、事情がわかる者が口を開くのを待っている。

「父上、ここは僕にお任せください」

コンスタンが、颯爽《さっそう》と席から立ち上がった。

コンスタンとアンリの視線が、絡み合う。アンリは怒りを込めて、コンスタンを睨《にら》んだ。睨《にら》み返してくる兄の榛色《はしばみいろ》の瞳には、憎悪と焦燥《しょうそう》が見え隠れしていた。

「デルヴァンクール辺境伯は、人を殺して食らうというなんとも悍《おぞ》ましい事件を起こした。これは国王御自らが裁かねばならない、重大事件だ。しかし辺境伯は失踪し、出頭しない」

コンスタンは、法廷に朗々と声を響き渡らせる。堂々とした笑みを浮かべているが、兄の胸中がアンリには手に取るようにわかった。エヴラールにグウェナエルを捕らえさせ、自白させる手はずだったのに、そのグウェナエル本人が現れたのだ。この距離からでは見て取れないが、額《ひたい》には動揺《どうよう》のあまり冷や汗が浮かんでいることだろう。

もしかしたら今にも自分がエヴラールにさせたことが暴露《ばくろ》されるかもしれない、そんな緊張の中、必死に場を掌握《しょうあく》しようとしているのだ。

「そこで我々は、まずは共犯の疑いがある彼の子息テオフィル・ドゥ・デルヴァンクールを先に裁いているところだった。ご本人の華麗な登場から察するに、幼い息子を矢面に立たせて雲隠れしているのは、さすがに気が咎《とが》めたと見える。辺境伯の勇敢さを称《たた》えようではないか」

コンスタンの言葉を聞いて、周囲の貴族は薄ら笑いを浮かべた。

このまま兄の口車に乗せられてはならないと、アンリが動こうとした時。

「オレは、自首しに来たわけではない」

グウェナエルは前に進み出て、堂々と言い放った。

「我が身の潔白を示し、息子を助け出すために来たのだ」

「グウェン……！」

テオフィルが、声を零《こぼ》した。声が震えていた。

可哀想に、今までどれほど恐ろしかったことだろう。知らない大人に囲まれ、父親が殺人犯だと言われ、共犯を疑われ、よくわからない難しい言葉でまくし立てられて。

——今、助けてあげるからな。

「はっははは！　よりにもよって無罪を主張するというのか！　まったくもって見苦しい！」

コンスタンが、哄笑《こうしょう》した。

「それは時間の無駄というものだ。どうだ、今すぐ罪を自白すれば、この子供の共犯の嫌疑《けんぎ》や連座処分は免除してやってもいい。こちらとしても、小さな子供を裁くのは心苦しいからねぇ」

兄は嘲笑《ちょうしょう》を顔に張りつかせている。けれども、本当はグウェナエルの一挙手一投足に恐怖しているのだ。アンリにはそれが感じ取れた。

「オレは濡《ぬ》れ衣を着せられただけだ。デルヴァンクール辺境伯の騎士団長、エヴラールが私利私欲に走り、犯行に及んだ。被害者を殺害したのは、エヴラールだ」

「はっ、濡《ぬ》れ衣などと……」

「エヴラールは、オレを陥《おとし》れれば次の辺境伯の地位を約束すると、王太子に言われたと証言した」

グウェナエルはコンスタンに口を挟ませず、法廷に爆弾を投下した。

コンスタンの顔が、凍りつく。

法廷が、あっという間に騒《ざわ》めきで満ちた。どういうことだと、父も含めて誰もが動揺《どうよう》している。

「でッ、でたらめだ。苦し紛れの出まかせだ！　王太子である僕を、貶《おとし》めようというんだぞ。誰か、そいつを捕らえろ！」

脂汗を流しながら上擦った声で叫ぶコンスタンの姿は、むしろグウェナエルの言葉に信憑性《しんぴょうせい》を与えた。訝《いぶか》しげな視線がいくつか、コンスタンに向けられる。

「だ、第一、証拠は!?　証拠はあるのか!?」

コンスタンの焦りようは、もはや自らの罪を認めているようなものだった。よし、これでテオフィルを救える。アンリは勝利を確信した。

「静まれ」

不意に響いた声に、法廷がしんと静まり返る。

発言したのは、父。国王だ。

「エヴラールとやらの陰謀の件、それにコンスタンが関わっているという件。たしかに放っておけない情報である。しかし今この法廷で審議しているのは、テオフィル・ドゥ・デルヴァンクールの罪の有無。それにはエヴラールとやらのことも、コンスタンのことも関係はない」

——関係ないわけがないだろう！

許されるのなら、口汚く罵《ののし》ってやりたいほどだった。

だが父がもっともらしく話すだけで、周囲の貴族たちは頷《うなず》いている。

これが父の王としての手管《てくだ》だ。どんなにおかしいことでも、堂々と発言することで場をごまかしてしまう。

だめだ。このままでは、兄は口八丁手八丁で罪を免《まぬが》れ、テオフィルが罪人にされてしまう。テオフィルだけでなく、グウェナエルもだ。

「誰か。誰でもいい。助けてくれ。テオフィルの、グウェナエルの無罪を証明しないと、二人とも殺されてしまうんだ……！」

アンリは祈った。これまでで一番必死で、真摯《しんし》な祈りだった。

精霊たちが集まってくる。

だが、数が少ない。精霊は自然の多いところにいるものだ。王都のど真ん中の司法宮まで来てくれる精霊など、ほとんどいない。

無理なのか。肝心な時に、自分は無力だ。

打ちひしがれ、その場にくずおれそうになった瞬間。

「みんな、おねがい！　アンリをてつだってあげて！」

小さな声が、耳に届いた。

見ると、テオフィルが目を閉じて祈っていた。精霊たちが集まるのを見て、アンリがなにかしようとしていることに気づいてくれたのだ。

零《こぼ》れそうになる涙を堪《こら》え、アンリは精霊たちに訴《うった》えかけた。

「お願いだ、力を貸してくれ！」

あらゆる方角から、精霊たちが飛んでくる。

精霊たちは父の前にどんどん集まり、大きな光となった。

「なんだ、この光は⁉」

法廷中の人間が驚きの声を上げる。彼らにも、この精霊たちが見えているのだ。

やがて光は、人の形をなした。

半透明の、霧のように曖昧《あいまい》な姿ではあるが、それは白い雄鹿の獣人エヴラールだった。

エヴラールの影が、アンリを襲《おそ》ったあの時のように剣を構えている。

そして口を開いた。

『残念です、貴方に刃を向けることになってしまって。どうして、私の後をついてきたりしたのです？　なにも知らなければ、無事でいられたのに』

『閣下を失脚させれば私を次のデルヴァンクール辺境伯に推挙《すいきょ》すると、王太子殿下が約束してくださったのですよ』

あの時エヴラールが口にした言葉が、そっくりそのまま法廷に響いた。

「これは、一体……？」

戸惑《とまど》う貴族たちをよそに、精霊が形作ったエヴラールは、罪を告白し続ける。

原理はわからないが、精霊には音を操《あやつ》る力を持つ者がいる。彼らが、力を貸してくれているのだろう。

「おお、これはまさに精霊神の水鏡！」

不意に傍聴席から声が上がった。

見ると、声を上げたのはあの変わり者の学者大臣だった。結婚式の際に、精霊の呼び手は実在すると主張していたあの大臣だ。

精霊神の水鏡――そういえば、デルヴァンクール家の図書室の書物でもその言葉を見かけた気がする。このエヴラールを模《も》した半透明の影が、それだというのか。

「これは精霊神の持つ水鏡に映し出された影。これは過去の出来事をそのまま再現するものなのです。すなわち、我々が目にしたもの、耳にした言葉は紛れもなく、精霊神が見届けた真実！」

「なんと……！」

「ということは、本当に……」

疑惑の視線が、次々にコンスタンに突き刺さった。もはや兄のことを信じる者は、誰もいない。

「な、な、な……なんでだよ！」

わなわなと震え出した兄は、叫んだ。

「なんで、なんで、なんでそうなるんだよ！　なんでアンリ、お前は……いつもなにもかもを持っているんだよ！」

兄の視線は、はっきりアンリを貫《つらぬ》いていた。

聞き間違いかと思った。

アンリにとって、兄こそが「なにもかもを持っている者」だったからだ。親からの愛情を一身に受け、自分だけのブランコを持っていて、ブランコに乗れば背を押してくれる人がいて……他になにがいるだろう？

「人から注目されるのは、いつもお前だ！　生まれた瞬間から人間離れした美貌を持っていて、ぼうっとあらぬところを見つめているだけで、周囲の目を集める！　お前を不気味がっても、美しさを認めないやつはいなかった！　僕なんて、ただのおまけだった！　どうしてだよ！　僕は正妃の子で、王太子だぞ！　僕が、僕こそが注目されるべきなのに……僕はずっと、お前が妬《ねた》ましかったんだ！」

コンスタンの絶叫が、アンリに叩きつけられた。

兄が自分を妬《ねた》ましく思っていたなんて、知らなかった。

兄もずっと、空虚《くうきょ》を抱えていたのだろうか。幼い日の自分には、兄こそが父の愛情を独占しているように見えた。だが精霊の呼び手とわかった途端にあっさりアンリを王太子に据えようとした父のことだ。兄にだって、本物の愛情を向けていたわけではなかったのかもしれない。

アンリは深呼吸すると、兄の榛色の瞳をまっすぐに見返した。

「それで？　そんな理由で人を殺させ、グウェナエルに濡《ぬ》れ衣を着せ、テオフィルを誘拐したというのか？」

どんな理由があろうと、家族を傷つけたことは到底許せない。罪を償《つぐな》わせなければ気が収まらない。家族を想う気持ちに比べれば、兄の主張など子供の我儘《わがまま》としか感じられなかった。

「コンスタン、もうよい」

父がすっと手を上げた。

「ちッ、父上！　父上は僕を、助けてくださいますよね！　見捨てたり、なさらないですよね……!?」

コンスタンは、文字通り父に縋《すが》りつこうとした。

兄のその手を、父は振り払った。

「見苦しいと言っておるのだ。素直に罪を認め、償《つぐな》え」

父と兄の様子を冷たく見つめながら、アンリは共感できずにいた。

この場合の「償《つぐな》う」とは「死ぬ」という意味だ。自分だったら、家族にそんな言葉はかけられない。やはり父は、兄を家族として大切にしてはいなかったのだ。

アンリにとっても、こんな人々は最初から自分の家族ではない。

「う……うわあああああーっ！」

コンスタンは叫び声を上げると、遮二無二《しゃにむに》走り出した。だが、控えていた騎士にすぐさま捕らえられ、引っ立てられていった。

「これで王太子の座が空席になってしまった」

兄を見送りすらせず、父はアンリに向き直った。

「アンリよ、お前には第二王子として、国王の地位を継《つ》ぐ責務が……」

その言葉は、最後まで続かなかった。

グウェナエルが、父の前に立ちはだかったからだ。

「アンリは、オレの伴侶《はんりょ》だ」

グウェナエルの眼光の鋭《するど》さに、父は二の句を継《つ》げずに震えている。

「アンリは、永遠にオレの伴侶《はんりょ》だ。二度と同じ話をするな」

父はぶるぶると顎《あご》を震わせ、何度も頷《うなず》いた。

永遠に、伴侶《はんりょ》。

自分がずっと彼の伴侶《はんりょ》でいて、いいのだろうか。

胸のうちに、とてつもない嬉しさが湧《わ》いてくる。

「さあ、テオフィル。アンリ。家に帰ろう」

グウェナエルは振り返ると、にこりと微笑んだ。

「アンリ、グウェン……！」

もう帰れるのだとわかると、テオフィルはアンリに飛びついてきた。

胸の中に飛び込んできたテオフィルを、アンリは力強く抱きしめる。

大事な大事な、世界で一番の宝物。

もう絶対に離したりしない。

「助けに来るのが遅くなって、ごめんな。怖かっただろう……！」

「こわかったけど、でもへいきだったよ。ぜったいぜったい、アンリとグウェンがたすけにきてくれるって、しんじてたから。かぞくだから！」

「テオフィル……！」

大粒の涙がぽろぽろと零《こぼ》れ落ちた。

最後に話をした時、アンリは新しい母親の話を持ち出して泣かせてしまったのに、テオフィルはアンリを家族だと思い続け、信じてくれたのだ。

途方もなく恐ろしい思いをしただろうに、心の支えにしてくれていた。

「テオフィル、愛してる……！　愛している！　絶対に、どこにも行ったりしない！　私が、テオフィルの家族だ！」

思いの丈《たけ》を、声の限りに叫んだ。

テオフィルもぎゅっと、アンリにしがみつく。

愛している。

自分は間違いなくテオフィルを愛している。家族だと、胸を張って言える。再びこの大事な宝物を抱きしめることができて、本当によかった。

失わずに済んで、よかった。

とめどなく涙が溢れ、止まりそうにない。

「テオフィル、迎えに来たぞ」

後ろから、グウェナエルがアンリごとテオフィルをふわりと抱きしめた。涙を流しているのだろう。彼の声も震えていた。

「うん、おうち、はやくかえりたい」

「そうだね。帰ろう」

もうすっかり辺境伯領のあの城こそが、テオフィルにとっての、そしてアンリにとっての家になっていた。

「む、ぐぐ、ぐぐぐぐ……獣人のくせに、獣人のくせにわしを虚仮《こけ》にしおって！」

父が不吉な唸《うな》り声を上げはじめた。

グウェナエルに間近で凄《すご》まれて懲《こ》りたかと思ったが、そうではなかったようだ。もはや獣人への差別意識を隠す様子もない。

「あの無礼な獣人を捕らえろ！　罪など適当にでっちあげろ！　アンリを王太子にせねばならん！」

父はグウェナエルを指さした。

ついに実力行使に出るのか、と身構えた。グウェナエルも、抱擁《ほうよう》の腕をぱっと解《ほど》いて構える。

だが、誰も動こうとはしなかった。周囲にいる兵士も、司法宮にいる係官も、大臣も、傍聴人も、誰一人としてグウェナエルを捕らえようとはしなかった。

「な!?　なぜ動かぬ！　王の命だぞ！」

父は顎《あご》の肉を震わせ、慌てて周囲を見まわしている。

そこで、咳払《せきばら》いが響いた。

「国王陛下。公判の内容とは関係がありませんが、せっかくですのでこの場で申し上げたいことがございます」

咳払《せきばら》いをして話し出したのは、ブルレック大臣だった。今まで父と兄しか目に入っていなかったが、裁判官の席には彼の姿もあったのだ。

ブルレックは頬《ほお》のこけた陰気な顔を、父に向けた。

「昨今の陛下の横暴は、あまりに目に余る……というのが、我々の総意でございます」

ブルレックは驚きの一言を放った。

ブルレックは反国王派の人間だが、こうも堂々と非難の言葉を唱えるとは。

「なんだと？『我々』だと？　一体、誰がそんなことを口にしているというのだ！　不敬であるぞ！」

「大臣と、元老院議員。その全員です」

「げ、元老院……!?」

父の顔が青褪《あおざ》めた。

元老院とは、百人の元老院議員からなる組織だ。唯一、国王に退位を勧告することができる組織でもある。

「我々は陛下に、王の位を退いていただきたいと考えております」

ブルレックは決然と国王を睨《にら》みつけた。

ブルレックが反国王派の勢力を伸ばしていることは知っていたが、まさかここまで事態が進んでいただなんて。父の横暴に耐えかねていたのは、自分だけではなかったのだ。つい数カ月前まで自分だって王城にいたのに、なにも知らなかった。

「そ、そんな、本気だというのか……!?　本気でわしに退けと!?」

父の震える声に、ブルレックは鋭《するど》い視線を返すことで答えとした。

父は、今度はアンリに訴《うった》えてきた。

「アンリ、お前は我が息子だろう!?　こやつらの横暴をなんとかしてくれ！　このままでは、王位を追われてしまう！」

父は縋《すが》るように、手を伸ばしてきた。

アンリは深呼吸すると、強い目つきで父を見据えた。

「先ほど、兄になんと言葉をかけましたか？」

父は身体を強張らせ、動きを止めた。

「見苦しい、と言ってさしあげましょう。父上、貴方はこれまで一度も私を愛することがなく、粗《そ》雑《ざつ》に扱《あつか》ってきた。私に愛を教えてくれたのは血の繋がった貴方ではなく、テオフィルとグウェナエルです。にもかかわらず、今まで見向きもしなかった息子に助けてくれと縋《すが》りつくなんて、見苦しいと言わざるを得ません」

これまで愛をくれなかったのに、愛が返ってくると思うな。子を愛するのが親の務めではないのか、と。今までの恨《うら》みを視線にこめた。

父はようやく、今の状況が因果応報であることに気がついたらしい。

「あ、ああ、ああ……！」

「ああ……」

父は観念したように、あるいは全ての気力が萎《な》えてしまったかのように、その場に崩れ落ちたのだった。

ブルレックは父が諦めたのを見届けると、アンリのほうにつかつかと歩いてきた。アンリは思わず身構える。

ブルレックは陰気な顔で前髪を撫《な》でつけると、意外にも穏やかな声で話しかけてきた。

「……我々だけでは、国王を退位させても、コンスタン王太子の王位継承は防げませんでした。それでは似たような治世が続くだけです。アンリ殿下がコンスタンを失脚させてくださったおかげで、踏みきることができました」

どうやら、アンリに感謝を伝えているようだ。アンリは目を丸くして、ぱちぱちと瞬いた。

「私に、王位を継《つ》げと言いに来たのではないのか？」

父と兄が失脚したなら、次にお鉢《はち》が回ってくるのは自分なのではと考えていた。

王になってしまったら、辺境伯であるグウェナエルと一緒にはいられない。

「まさか。貴方にな王族らしさがないと申したでしょう。……重苦しい王城などより、よほどふさわしい場所がある」

視線を逸らして呟いたブルレックの表情を見て、アンリは口をあんぐりと開けた。陰気な顔つきのこの大臣は、素直な言葉を口にするのが苦手なようだ。今までの言葉が嫌味ではなかっただなんて、思いもしなかった。

ブルレックは大きく咳払《せきばら》いをした。よほど恥ずかしかったらしい。陰気な顔つきが、どこか恥ずかしげに見える。

「ご心配なさらずとも、将来の名君の資質を示されているお方がいらっしゃいます。貴方の異母弟であられる、ジェローム殿下です」

ジェロームは、コンスタンと母を同じくする弟だ。

「ジェローム殿下はまだ四歳では……？」

四歳で名君の資質もなにもない気がするが……

さてはさしものブルレックも、幼児には甘いのだろうと思うことにした。アンリの頭の中に、ジェロームを猫可愛がりするブルレックの姿が浮かんだ。

「……なにか？」

頭の中を見抜いたかのように、ブルレックがじろりと睨《にら》みつけてきた。

「いや、なんでもないとも！　別にジェローム殿下が王位を継《つ》ぐことに異論があるわけではない！」

慌てて首を横に振った。

「そのこ、テオのひとつしたなの？　テオ、あってみたいな」

テオフィルがおずおずと口を挟んだ。テオフィルは控えめに尻尾を振っている。

「ジェローム殿下とテオフィル殿の会談ですか。なるほど、それは可愛……ごほん、有意義なものになりそうですね。必ずや実現させましょう」

ブルレックは咳払《せきばら》いしたが、口元が綻《ほころ》ぶのを隠しきれていない。

「おじさん、いいひとだね」

テオフィルはこっそり呟く。アンリもまた、その言葉に同意せざるを得なかった。

視界の端で、一気に数十年分も年を取ったように憔悴《しょうすい》した父が、兵士に付き添われて出ていった。

グウェナエルの無罪を証明した。テオフィルを助け出した。

全て、解決したのだ。


それからアンリは王都に数日滞在し、ジェロームとも顔を合わせた。名君の資質があるというブルレックの言葉がよく理解できる、素晴らしい邂逅《かいこう》だった。

旅支度をしっかり調《ととの》えると、一家は辺境伯領までの道のりを馬で戻った。

帰りはテオフィルがいるから、ゆっくりとだ。

「アンリ。城に帰ったら、話したいことがある。オレの、過去のことを全て。君には話しておかなければならないと思っている」

宿に泊まり、テオフィルが熟睡した後のこと。

三人は寝台の中で、テオフィルを挟んで川の字になって寝ていた。そんな中、グウェナエルが小声で話しかけてきたのだ。

過去のこととは、なんだろう。

想像はつかないが、不安はなかった。どのような内容であろうと、今なら受け止められると思ったから。

窓辺から、穏やかな月光が降り注いでいた。

「……わかった。私もグウェナエルに伝えたい想いがある。帰ったら、聞いてほしい」

「そう。そうか」

グウェナエルは自分の返事を、どう感じたのだろう。

ただ、静かな声だけが返ってきた。


「アドルフとマチューが、てをふってるよ！　あ、エマもいる！」

長い旅路の末、一家は辺境伯領へ帰ってきた。

季節は、もう晩夏になっていた。

使用人や騎士たちに出迎えられながら城に帰りついたテオフィルは、アンリとグウェナエルと一緒に、温かいお湯でたっぷり満たされた風呂に入り、夕食で大好きなハンバーグを口いっぱいに頰《ほお》張《ば》り、二人に見守られて寝室の寝台で眠りに就《つ》いた。

「ふふ」

夢の中でもハンバーグを食べているのか、ちゃむちゃむと口を動かすテオフィルの寝顔を見て、アンリは微笑んだ。

「幸せそうに寝ているな」

グウェナエルもまた、柔らかい表情で微笑んでいる。テオフィルが可愛くてたまらないとばかりに、愛おしげに目を細めている。

「私たちも、寝室に戻ろう」

「ああ」

テオフィルを起こさないようにそっとドアを開け閉めして、隣の寝室へ移った。

「さて……就寝の前に。オレの話を、聞いてくれるか」

寝室に移ると、グウェナエルは話を切り出した。

「もちろん、そのつもりだ。聞こう」

アンリは彼の視線を受け止め、頷《うなず》いた。

「オレが話したいのは……かつてのフィアンセのことだ」

病死したというグウェナエルのフィアンセ。かすかな嫉妬《しっと》が、ちりりと胸を焦《こ》がした。

しかしグウェナエルはきっと、アンリに誠実でいるために、この話をしようとしているのだ。

アンリはただ頷《うなず》いて、続きを促《うなが》した。

「十代の頃、フィアンセが決まった。相手は会ったこともない令嬢だ。初めて顔を合わせたのはそれから数年後、結婚式の数日前だった。遠く離れた地から馬車に揺られて、彼女は従者と二人きりで、この地へやってきた」

馬車から降りたフィアンセとグウェナエルが顔を合わせた時の光景が、目の前に見えたような気がした。

「従者は若い青年で、令嬢は彼と幼馴染《おさななじみ》なのだと語った。彼女と従者は仲が良さそうで、オレも快《こころよ》く二人を迎え入れた」

グウェナエルはそこで一旦、言葉を切った。彼はどこか遠くを見るように、視線をどこかへ向けている。

「結婚式までの数日間、実に穏やかな日々が流れていた。ところが、結婚式の前日……部屋に彼女の姿はなく、手紙だけが残されていた。従者を愛していること、どうしてもオレとは結婚できないこと、だから駆け落ちすることが書かれていた。フィアンセは、従者とともに出奔《しゅっぽん》したのだ」

アンリは息を呑んだ。

「フィアンセの実家に連絡し、捜索隊を派遣することもできた。しかし二人を捕らえれば、従者は誘拐犯として処刑されるだろう。そして愛する人を失ったフィアンセは、オレと無理やり結婚させられる。どう考えても、幸福な結婚生活は想像できなかった。だから彼らが駆け落ちしたことを隠して、フィアンセは病死したことにした」

裏切られたグウェナエルの心の傷は、いかほどだっただろう。想像して、胸が痛んだ。

彼のフィアンセは、最初から駆け落ちをするつもりで辺境伯領へ来たのではないだろうか。自らを知る者のいない、実家から離れた地で出奔《しゅっぽん》すれば、見つかる恐れも少ないと考えて。

グウェナエルは利用されたのだ。

そのせいで、グウェナエルは「フィアンセを食べた」などと噂を立てられる羽目になった。

アンリは身勝手なフィアンセの振る舞いに、怒りを覚えた。

同時に、フィアンセが駆け落ちをせずにグウェナエルと結婚していたら、と考える。

そうしたら、グウェナエルと自分が結婚することはなかった。

複雑な気分になる。

「裏切りを受けて最も傷ついたのは、駆け落ちを告げる手紙を読んでも、なんの怒りも嫉妬心《しっとしん》も湧《わ》かなかったことだ。オレはただ淡々と、二人を庇《かば》うことを決めた。フィアンセに裏切られてもなにも感じないなんて……オレは、自分は誰のことも愛せない冷たい人間なのだと思った」

「そんな……」

そんなことはないと咄嗟《とっさ》に否定しようとしたアンリの手を、グウェナエルの大きな手が握った。

「そうではないと気づけたのは、アンリのおかげだ」

気がつけば彼の金の双眼に、自分の姿が映り込んでいた。

心臓が、大きく飛び跳ねる。

三日月は満月となっていた。

「以前『恋愛関係を望んでいるわけではない』と口にしたが、あれは真っ赤な嘘だった。本当は、君の存在を知ったあの日から惹《ひ》かれていた」

「え……」

「君と出会って、愛するという感情も、嫉妬《しっと》も知った」

顔が熱くなってくる。本当だろうか。幻聴ではないだろうか。彼が……愛してくれているなんて。

「君が結婚指輪を受け取ってくれなかった時、オレは『この地を離れたいのか』と疑ってしまった。しかしアンリとテオフィルのやり取りを見て、オレは思ったのだ。君の気持ちをあれこれ想像する前に、オレは自分の気持ちを堂々と口にするべきではないかと」

アンリの手を握る彼の手の平に、ぎゅっと力がこもった。

「だからこうして自分の過去と気持ちを、全て告白した。そして君の気持ちも、しっかり聞きたいと思っている。よければ、聞かせてくれないか」

グウェナエルのまっすぐな言葉が、眩《まぶ》しい。そして、たまらなく嬉しい。

アンリは震えた。

これは現実だろうか。返事を口にした途端、夢から覚めてしまわないだろうか。

アンリは深く息を吸い、呼吸を落ち着かせた。

「私の気持ちを告げる前に……一つ、懺悔《ざんげ》しなければならないことがある」

これを言っておかなければ、彼の真摯《しんし》さに向き合ったことにならない。瞬きをして、彼を見つめ返した。

「懺悔《ざんげ》？」

「『グウェナエルが人を食べた』という噂を聞いた時、わずかだが、私は信じてしまった。あってはならないことだ。だから、君は……今の愛の言葉を撤回しても構わない」

アンリは自らの過ちを告白した。

幻滅されるかもしれない。けれども、胸に秘めたまま彼と向き合うことはできなかった。

「そうか……。だが、今は無実だと信じてくれているのだろう？」

アンリの告白を聞いても、彼は手を離さなかった。

「ああ、グウェナエルがそんなことをするはずがない。一瞬でも信じてしまった自分を、心から恥じている」

「ならば、オレにとってそれほど心強いことはない。かつてどうだったかよりも、今どうであるかのほうが、オレにとっては重要だ。君に助け出された時、法廷で君が隣にいてくれた時、どれほど救いになったことか。言葉では表せない」

グウェナエルはアンリの告白を受け止め、金の瞳で見つめ返してきた。

自分が彼の支えになっていたなんて、知らなかった。自分が彼の助けになれるなら、それほど嬉しいことはない。

「だから……オレのことを今どう思っているか、教えてもらいたい」

グウェナエルは、改めて尋《たず》ねた。

心臓がとくとくと鳴っている。

アンリは自分の手を握る彼の手の上に、さらに自分の手を重ねた。

「……私は、グウェナエルが好きだ」

正直な気持ちを口にした。

「私はきっと、家族が欲しかったのだ。契約婚の提案を受けたのも、それが理由の一つだったかもしれない。でも今は、契約上の関係ではなく、グウェナエルと本当の家族になりたい」

契約婚を決めたのはきっと、テオフィルを救いたいからという理由だけではなかったのだ。最初から、自分が求めていた。この男を。この男こそが自分の逆さ月だと、本当はわかっていた。

「私は、グウェナエルにふさわしくない人間なのではないかと思っていた。どうしても、自分が許せなかったのだ。だから結婚指輪を差し出された時、拒絶してしまった。本当は、どれほど指を通したかったことか……！」

指輪を拒絶してしまった際の胸の痛みを思い出し、唇を噛む。

「ならば、アンリ。今からでも指輪を受け取ってくれないか」

「えっ」

グウェナエルは寝台から立ち上がり、机に向かった。そして引き出しから小箱を取り出して、引き返してくる。手にしているのは、結婚指輪の入った小箱だ。彼はずっと保管していたのだ。

彼はアンリの足元に跪《ひざまず》くと、こちらに向けて小箱の蓋《ふた》をぱかりと開けた。以前目にしたものと同じ、大きな宝石の嵌《は》まった結婚指輪だ。

以前は落ち着いて眺《なが》める心の余裕がなかったが、改めて見ると、美しい指輪だった。金剛石《こんごうせき》だろうか。大きな宝石をあしらいながら、すっきりと洗練された印象だ。アンリの指に嵌《は》まった時、最も美しくなるように計算されて作られた意匠《いしょう》だと感じた。

「この指輪を、どうか受け取ってくれないか。オレと本当の家族になろう」

視界が滲《にじ》んでいく。

「ぜひ、たのむ」

涙で震えた声とともに、左手を差し出した。

グウェナエルはアンリの薬指に、恭《うやうや》しく指輪を嵌《は》めた。

アンリは瞬きをして視界から涙を追い出すと、何度も角度を変えて、左手の薬指に嵌《は》められた指輪を眺《なが》める。角度を変えるたび、指輪は光を反射して七色に煌《きら》めいた。

これが、グウェナエルと家族になった証なのだ。

熱いものが胸のうちから湧《わ》き出して、それが涙となって幾度も零《こぼ》れ落ちた。

グウェナエルが隣に腰かけて、そっとアンリの肩を抱き寄せる。密着していると、衣服越しにグウェナエルの体温が伝わってきた。

安心できる温もりと匂い、呼吸の揺れに、アンリは幸福感を覚えた。

見上げると、黄金月の瞳と目が合う。

もふもふの指がアンリの顎《あご》を捉え、くいと上げた。彼の長く凛々《りり》しい鼻先が、そっと寄せられる。

ああ――口づけをするのだ。

理解した瞬間、あることが脳裏をよぎった。

賊《ぞく》に薬を盛られた際、グウェナエルに行為を断られたことだ。

フィアンセのことを引きずっているわけでは、なかった。

グウェナエルは自分のことを好きだと、はっきり言ってくれた。

となると、断られた理由はもう、彼が性行為を好まないから、くらいしか思いつかない。

彼が今口づけしようとしているのは、自分がねだっているように見えたからだろうか。

アンリは慌ててグウェナエルの胸を押し返した。

「アンリ？　すまない、急すぎたか」

「そうではない。グウェナエルが、無理をしているのではないかと思って」

グウェナエルは目をぱちくりさせた。

「無理を？　まさか！　なぜそのように思うのだ？」

「だ、だって……」

アンリは口ごもった。正直に口にするのは、恥ずかしい内容だからだ。

「一度、私の誘いを断っただろう」

耳まで真っ赤になっているに違いない。それくらい、顔が熱かった。

「誘いを断ったというのは、その……薬の効果で、君が、その……」

「その時のことだ」

恥ずかしかったが、はっきり頷《うなず》いた。

「あれは……君のためだ」

「私の？」

「……かなり赤裸々《せきらら》な内容になるが、本当の家族になるなら、いずれ話さねばならないことだ。いい機会だから、いま伝えようと思う」

彼の三角形の耳が、せわしなく後ろを向いたり伏せられたりしている。それほど気まずい内容なのだと察した。

「種族の特徴として、オレの陰茎にはこぶがある。一度挿入すると二、三度射精するまで抜けなくなるのだ。だから、相手の同意がなければ絶対に行為をしてはならないと、厳しく躾《しつ》けられてきた。君に誘われた時……薬に侵《おか》された君とするのは、卑劣《ひれつ》に思えた。正気に戻れば、君が傷つくと思ったのだ。だが、オレに意気地《いくじ》がなかっただけとも言える。すまない」

耳をぺしょりと伏せて、彼はうなだれた。

アンリはくすりと笑みを漏《も》らすと、垂れた耳に手を伸ばし、指先で撫《な》でた。

「謝ることはない。グウェナエルが私を思って行動してくれたこと、とても嬉しいよ。耐えるのは辛かっただろうに、ありがとう」

拒絶されたから求められていないと思い込むなんて、愚かなことだった。とても彼らしい理由ではないか。むしろ愛おしいという気持ちが増すばかりだ。

アンリは両手を伸ばして、彼の耳のつけ根と顎《あご》の裏をわしゃわしゃと撫《な》でた。グウェナエルは気持ちよさそうに目を細める。尻尾がぶんぶん揺れる音が聞こえはじめた。

「むう、アンリの手は心地いいな」

「やはり、撫《な》でられるのは好きなのか」

「うむう……素直に認めるのは恥ずかしいが、君の手に撫《な》でられるのは心地いい」

表情がとろんと溶けて、すっかりだらけた飼い犬のようだ。

なんて可愛らしいのだろう。アンリは夢中で撫《な》で続けた。

グウェナエルの毛はすべすべして指通りがいい。いつまででも撫《な》で続けられそうだ。

風呂から上がった際、毛にたっぷり香油を塗《ぬ》り込んでいたから、撫《な》でれば撫《な》でるほど良い香りが漂《ただよ》う。

「撫《な》でられたければ、いつでも言ってくれていいんだぞ」

「ふ、二人きりの時なら……」

人前で撫《な》でられるのは、沽券《こけん》に関わるようだ。二人きりでない時は、うっかり手を伸ばさぬよう気をつけなければ。

「だから私も、グウェンにしてもらいたいことをねだってもいいだろうか？」

「もちろん、遠慮《えんりょ》なく言ってくれ」

「なら。キス、してほしい」

「うむ。……うむ⁉」

甘えた声を出すと、ぼわわとグウェナエルの尻尾が膨《ふく》らんだ。そんなに驚くようなことだろうか。

「だめか？」

上目遣いに尋《たず》ねた。

「無論、いいに決まっているとも」

彼の指が、すいっとアンリの顎《あご》を持ち上げた。

目を閉じると、唇に柔らかい感触があった。自分のものとは違う唇の感触が、楽しい。

グウェナエルの唇がアンリの唇を愛《め》でるように食《は》む。そのたびに彼の口が軽く開き、熱い吐息が当たる。

もっと深く、触れ合いたい。

軽く舌を出すと、彼の唇に触れた。それを合図にしたように、グウェナエルは長い舌をアンリの唇の間に差し込んだ。

「ん……っ」

吐息を漏《も》らし、アンリは自らの舌を絡ませた。

柔らかい舌が、アンリの舌や口蓋《こうがい》を優しく愛撫《あいぶ》する。甘い感覚が脳の裏側までじんわり浸透していく。アンリはうっとりと目を細め、舌の絡み合いに耽溺《たんでき》した。

身体の奥に、熱が灯っていく。今度は薬のせいではない。心から彼を欲しているのだ。

深い口づけを続けていると、後頭部を支えられながら、そっと寝台の上に押し倒された。

彼の首に手を回して絡みつくと、密着した身体に硬いものが触れた。彼も欲してくれているのだ。

意識すると、きゅんと下腹の辺りが熱くなった。

「んっ、グウェン……っ」

舌が引き抜かれて唇を解放されると、アンリは呼吸で胸を上下させながら、潤《うる》んだ瞳で彼を見つめた。

アンリの下肢も兆《きざ》している。見られるのは恥ずかしいが、それ以上に触れられたかった。

「脱がせても？」

「ああ」

グウェナエルの手がリネンの寝間着に手をかけて、そっとめくった。

寝間着を脱がされ、下着を下ろされ、素肌が露《あら》わになる。

アンリの裸体を目にした彼は、ほう、と溜息《ためいき》を吐いた。

「美しい身体だ……。実を言うと、浴場では君の裸を意識しないようにするのに、苦労した」

彼の視線が、肌の上を舐《な》める。

三人で風呂に入っていた時は気にならなかったのに、美しいなんて囁《ささや》かれると、急に彼の視線が刺激物であるかのように感じた。見つめられるだけで、触れられたかのような快感が走る。

「白い。抜けるように白いな」

グウェナエルは、アンリの上に屈んだ。

は、は、と熱い息が首筋に当たる。官能的な震えが、ぞくぞくと背筋を駆け抜けた。

「――味わってくれ」

アンリは蕩《とろ》けた顔で、吐息だけで囁《ささや》く。

グウェナエルの瞳孔が広がったかと思うと、長い舌が勢いよくアンリの首筋を舐《な》め上げた。

「あ……っ」

熱い舌が肌を這《は》う感触に、思わず声が漏《も》れる。

彼はそれこそ味わうように、何度も首筋に舌を這《は》わせた。舌はだんだん下りていき、鎖骨、胸と辿《たど》って、胸の尖《とが》りに触れた。

「あぁ……っ！」

痺《しび》れるような快感に、もっと甘い声が出てしまった。

「ここがいいのか」

彼は低い声で呟くと、再び胸の尖《とが》りに舌を這《は》わせた。そこを舌先で繰り返し愛撫《あいぶ》する。

「あっ、あぁっ、ん……っ！」

どうしても甘い声が漏《も》れてしまう。

性器以外でこんなに快感を拾えるなんて、知らなかった。

そのうち彼は舌先だけでなく、指でも胸の尖《とが》りに触れた。指先で擦られ、身体が高められていく。

自身からは、先走りが蜜のようにとろとろと垂《た》れていた。

「ふぅ、ん……っ、あっ！　あぁっ！」

口から漏《も》れる声は、もう喘《あえ》ぎ声と呼んで差し支えないほど淫靡《いんび》な響きの混じるものに変じていた。

「君はこんなに愛らしい声を出すのだな。もっと聞かせてくれ」

この淫靡《いんび》な声が、愛らしいだなんて。

胸のうちに幸せな気持ちが溢れ、声を上げることにためらいがなくなりそうだ。

彼はすっかりアンリの胸を攻めることに夢中になようで、尖《とが》りをこねくりまわす指の動きが速くなる。

「あっ、あぁっ、ンぁ……っ！　あっ、あぁっ！」

彼の望み通り、喘《あえ》ぎ声が迸《ほとばし》る。彼に愛《め》でられると、こんな場所でさえ気持ちいいなんて。

「あぁぁ……ッ！」

彼が舌先と唇を使って器用に胸の尖《とが》りを挟み、吸った瞬間。快感が全身を駆け抜けて、身体が海《え》老《び》反《ぞ》りになる。

「い、いま……なに……？」

荒く息をしながら、首を起こして自分の身体を見下ろす。陰茎から、どろりと垂《た》れた精液が腹を汚していた。

「胸だけで達してしまうなんて、愛らしい」

グウェナエルは呟くと、腹を汚す精液をべろりと舐《な》め取ってしまった。

「な、なにを……！」

「伴侶《はんりょ》の汚れを舐《な》め取ってやるのは、獣人にとって当たり前のことだ」

彼は当たり前の顔をして、微笑んだ。

「そうなのか……？」

言いくるめられているような気もするが、種族固有の文化だと言われたら、それ以上は言えない。アンリは大人しく、汗も含めた体液が舐《な》め取られるのを見つめた。

彼は綺麗にしてくれているだけなのに、何度も素肌に舌を這《は》わせられると、舐《な》められた場所がじんじん疼《うず》き出す。特に性器に直接舌を這《は》わせられると、再び喘《あえ》いでしまいそうになった。

いつまで舐《な》めているのだろう。そう思っていると、彼の舌がどんどん下へ移動していく。下肢の中心からその先、後ろの穴へ。

「ひゃっ！」

入り口を舐《な》められた瞬間、悲鳴を上げてしまった。

このまま解されるのだと察した瞬間、下腹の奥が痺《しび》れるように疼《うず》いた。

「あぁっ！」

舌先が入り口を突いて、内側に侵入した。

まさか舌で解されるとは思ってもみなかった。これも獣人にとっては、普通のことなのだろうか。

「んぅ、ぁ……っ」

舌先がナカで蠢《うごめ》く感触に、アンリは艶《なま》めかしく吐息を漏《も》らした。

「はぁ、んっ、ぁ、グウェ……んっ」

舌の熱さを感じる。内側が拡げられる感覚は、最初は奇妙なだけだったのに、だんだん快感を拾えるようになってくる。

「あっ、あぁっ、ンっ、グウェっ、ぁ……！」

達したばかりなのに、もう下肢が芯《しん》を持ちはじめている。

それでも彼に触れられていると思うと、羞恥《しゅうち》よりも蕩《とろ》けるような幸福感が勝った。

「んっ、んッ、あ……」

ずるりとナカから舌を引き抜かれて、急に寂しさを覚えた。先ほどまで舌を咥《くわ》え込んでいた入り口は、はくはくと口を開け閉めしている。

「挿入してしまったら、一切止まってやることはできない」

グウェナエルは、自らの寝間着と下着を脱ぎ捨てた。

彼自身がそそり立っているのが、よく見えた。自分のモノとはまったく形の違うそれに、目が釘づけになる。

「だから改めて問おう。オレと最後までする覚悟はあるか？」

アンリは唾《つば》を呑んだ。

アンリは、はにかみながら頷《うなず》いた。

「私の意思を確認するのに、時間を取ってくれてありがとう。私はグウェナエルに触れられると、とても幸福な気持ちになれる。だから私は、私の一番深いところまで触れられたい。……だから、最後までしたい」

毛皮の奥で、彼の喉仏《のどぼとけ》が上下するのが見えた。彼も望んでくれているのだ。

「わかった。君がオレを求めてくれて、とても嬉しい」

彼は両手でアンリの膝裏《ひざうら》を持ち、脚を開いた。

露出《ろしゅつ》したそこに、彼自身が充《あ》てがわれる。熱と脈動が伝わり、下腹の奥がじんと疼《うず》いた。

ずっとずっと、この瞬間を求めていた。

「挿入《い》れるぞ」

低い声で囁《ささや》かれて耳がぞくりとした瞬間、身体を貫《つらぬ》かれた。

「あぁ……ッ！」

肉の牙が内側に食い込み、押し割るように進んでいく。圧倒的な体積をねじこまれ、生理的な涙が眦《まなじり》から流れ落ちた。

「ぐ……ッ。全て、挿入《はい》ったぞ」

圧迫感に耐えていると、彼が囁《ささや》いた。アンリを気遣ってか、一旦動きが止まる。

この身体の中に彼が全て収まっているなんて、まだ信じられない。

特に圧迫感の強い部分がある。これがこぶなのだろうか。彼が中に出すまで、入り口に蓋《ふた》をしているのだ。彼の雄と欲望を意識すると、内側がきゅうと収縮した。

「ゆっくり、息をして……力を抜いてくれ」

「あ、ああ」

身体から力を抜こうと呼吸を繰り返す。

うまくできているだろうかと不安になった瞬間、大きな長い舌が首筋を舐《な》め上げた。

「あ……っ」

苦しさを快感が上回り、甘い声が出た。同時に、余計な力が抜けた気がした。

快感を呼び起こすかのように、舌が何度も肌の上を這《は》う。

上唇と舌先で素肌を吸われる感触がたまらず、茎から先走りの蜜がとろりと垂《た》れた。

「あっ、ぁ、あぁっ、ん、ぁ……っ」

控えめな喘《あえ》ぎ声に呼応するように、彼の腰がゆっくり動きはじめた。肉壁を擦るように、彼自身前後する。

「あぁっ、んっ、あっ、あ……っ！」

グウェナエルの腰つきが大胆になるに従って、アンリの喉《のど》から迸《ほとばし》る嬌声《きょうせい》も大きくなっていく。

「グウェン、あっ、グウェン……っ！」

甘い声で彼の名前を呼ぶ。すると、律動がますます激しくなっていく。

「アンリ、好きだ、好きだ……ッ！」

肉の牙が、奥深くまで幾度も貫《つらぬ》く。

そのたびに激しい快楽と、幸福感で満たされた。

気持ちいい。幸せ。もう、グウェンのことしか考えられない。

アンリは指輪を嵌《は》めたままの手を彼の背中に回し、夢中で抱きついた。

「グウェン、グウェン……っ！」

「アンリ、アンリ、アンリ……ッ！」

こんなに幸福な気持ちになれるだなんて、知らなかった。

激しい律動の末、肉の牙が最奥を穿《うが》った。

「あぁ――っ！」

快楽の雷が、身体を打ち抜いた。

あまりの快楽に耐えられず、彼の背中に爪を立ててしまった。背中が勝手に、ぐっと丸まる。

「ぐ……うッ！」

一番奥に、熱い液体がなみなみと注がれる。

彼が欲を放っているのだ。たとえようもないほどの幸福感が、身体を満たしていく。

「は、ぁ……あっ？」

呼吸を整えようとしたら、彼が動きを止めていないことに気がついた。熱く滾《たぎ》ったままの剛直を引き、またも最奥に打ちつけようとしている。

「すまん、止まれんのだ……ッ！」

「あぁ……ッ！」

達したばかりの敏感な身体を、再び肉の牙が貫《つらぬ》いた。

すぐに律動が再開する。複数回射精しなければ、抜けないのだった。

グウェナエルは、アンリの身体を貪《むさぼ》り続ける。

こんなに激しい交わりになるだなんて。

「あぁッ、あッ、あぁっ、あ……ッ！」

もう彼の名を口にする余裕すらない。

嬌声《きょうせい》を上げ続けながら、快楽の波に呑まれたのだった——


少しの間、眠っていたようだ。

目を覚ますと交わりから解放され、身体をすっかり綺麗にされた後だった。
二、三回射精するまで抜けないと聞いたが、実際にはその倍くらい続いていた気がする。
「す、すまない。最初なのに、無理をさせてしまったな」

そばには、きゅーんと耳を伏せたグウェナエルがいて、アンリを気遣わしげな視線で見下ろしていた。

「そうだな……」

声を出すと、掠《かす》れていた。相当激しい交わりだったから、無理もない。

「でも、種族の特徴なのだろう？」

「うむ、それはそうなのだが……」

「している間、ずっと幸せな気持ちだった。だから……また、したいな」

にこりと微笑むと、グウェナエルは口をあんぐり開け、尻尾がふぁさふぁさと揺れはじめた。

——まったく、わかりやすくて可愛い旦那だ。愛おしい、私の永遠の伴侶《はんりょ》。


「アンリ、頭についているぞ」

笑みを含んだ声が降ってきたかと思うと、頭の上から、なにかが取り払われた。

目の前に立つグウェナエルの手には、紅葉した葉があった。屋外で作業しているうちに、いつの間にか頭の上に落ちてきたのだろう。

辺境伯領には、秋が訪れていた。

グウェナエルとアンリの二人は、中庭で作業をしているところだった。職人を雇って頼むこともできるが、これは二人でやろうと話し合って決めたのだった。

「縄を結び終わった。強度を確かめてくれないか」

アンリは今しがた作っていたものをグウェナエルに手渡した。丈夫な板切れの両側に穴を空け、頑丈な縄を穴に通して結びつけたものだ。

同じものを、三つ用意してある。

「うむ、申し分ない」

両方の縄を引っ張り、彼は頷《うなず》いた。

少し引っ張ったくらいで縄が解《ほど》けることはない。

「オレのほうも、ちょうど基礎を組み終わったところだ」

「なら、そろそろテオフィルに一番大事な仕事を頼まないとな」

二人は微笑み合う。

グウェナエルは基礎部分にアンリの作った部分を結びつけ、アンリはテオフィルを呼びに行った。

「なになに、どうしたの？」

アンリに手を引かれてやってきたテオフィルは、中庭に突如として現れたものを目にして、目を輝かせた。

「ブランコだあ！」

そう、二人が作っていたものはブランコだ。

テオフィルの体格に合わせた小さくて縄の長いブランコ。それに、アンリに合わせたブランコ、グウェナエル用の座板が横に長く高い位置にあるブランコの三つが並んでいる。

「これ、ごほーびのやつ……？　テオのために、つくってくれたの？」

「うん、そうだよ。遅くなっちゃってごめんね。もう、秋になっちゃったね」

「ううん、テオうれしい！」

言葉通り、テオフィルはふるふると尻尾を振っている。

「これからテオフィルには、一番大事な仕事をしてもらう」

グウェナエルはその場に跪《ひざまず》き、テオフィルと視線を合わせた。

「だいじな、おしごと？」

テオフィルは、こてんと首をかしげた。

なんて可愛らしいのだろう。

「耐久テストだ。テオフィルには最初に乗ってもらって、きちんとブランコができているか確かめてもらう」

「たいきゅう、てすと……！　わかった！」

テオフィルはキリリとした顔つきで頷《うなず》いた。

使命感に燃えた顔つきで、一番小さなブランコにちょこんと腰かけた。

グウェナエルはブランコの支柱に手を添え、アンリはテオフィルの後ろに立った。それに、万が一ブランコが崩れても安全を確保できるよう、精霊たちを呼び寄せておいた。

これで準備は万端だ。

「テオフィル、行くよ」

「うん！」

アンリはテオフィルの背中を、そっと押した。

「わあ……！」

ブランコが前に進む。

ふるふると揺れる尻尾が、よく見える。

揺り戻ってきたテオフィルを受け止め、再び押してやる。今度はもう少し力を込めて、より遠くへ。

「きゃはは、たのしい！」

揺れが強くなっても、基礎部分はびくともしない。ブランコの耐久性は問題なさそうだ。

「アンリ、もっともっと！」

「うん」

ぐいと強く押して、受け止めてを繰り返した。

「ね、ね、アンリもいっしょにブランコのろうよ！　アンリのごほーびだよ！」

「え、私も？」

「なら、アンリの背中はオレが押そう」

テオフィルのそばを離れて大丈夫だろうかと心配したが、アンリが離れるなり待機していた精霊たちがテオフィルの後ろに素早く陣取って、背中を押しはじめた。

精霊って、ブランコ押せるんだ……

真ん中のブランコに腰かけると、グウェナエルが後ろに立った。

「行くぞ、アンリ」

かけ声とともに、ふわりと背中が押された。

「わ、あ……」

ブランコは前に進み、すぐに元に戻り、また彼が背中を押してくれる。

「ブランコを押してもらうのって、こんなに楽しいんだな」

楽しいだけでなく、安心感もある。この年になってブランコなんて、と思っていたのに、作ってよかったと心から感じた。

勢いがつくと、アンリは動きに合わせて足を伸ばしてみた。さらに勢いがついて、ブランコはひとりでに揺れるようになった。

「ブランコ、たのしいねえ！」

もう押す必要はないと見たのか、最後にグウェナエルもブランコに乗って、漕《こ》ぎはじめた。

三人並んで、秋空の下、ブランコを漕《こ》ぐ。

呼吸を合わせると、澄《す》んだ空気が胸いっぱいに広がった。木と、枯《か》れ葉の匂いがした。

「秋だなあ」

季節を感じると、結婚式の時に聞いたグウェナエルの言葉を自然と思い出す。

『春が過ぎ、夏の暑さに晒《さら》されようと、秋になり葉が落ちて、冬の雪に包まれようと、アンリ・ドゥ・シャノワーヌを生涯伴侶《はんりょ》とし、守り続けることを誓う』

なんと詩的な、永遠の表現だろうか。

永遠に伴侶《はんりょ》とし、守り続けると誓ってくれたのだ。嬉しさが込み上げる。

「グウェナエル、この地は冬になると雪が降るのか？」

ブランコを漕《こ》ぎながら、大きな声で隣の彼に尋《たず》ねた。

「その通りだ。雪が降ると、冬が来るとも言う」

雪が降ると、冬が来る。

詩的なものの見方をする男だと、しみじみと思う。

「なら、雪が降って冬が来て、雪が溶けて春が来て、夏が来て、秋が来て季節が一巡りしても、その後も、ずっと家族でいよう」

今度は絶対に違《たが》えたりしない。

永遠の約束だ。

「ずっと、ずっとだ」

アンリは一際強く、ブランコを漕《こ》いだ。

「うん、ずっと！」

「もちろんだ」

同意する二人の声が、心地よく響いた。

三人は、ずっと家族だ。

番外編　疎まれ第二王子、辺境伯と契約婚したら
可愛い継子ができました

番外編　一　テオフィルとジェロームのお茶会

テオフィルは王城という場所でのお茶会に行くことになった。

自分が、ジェロームという一つ年下の子と会いたいと言ったからだ。

ジェロームという子は王子さまなので、「でんか」と呼ばなければならないと、アンリが教えてくれた。王子さまなだけでなく、もうすぐ王さまになるのだとか。よくわからないが、とてもすごい子だとテオフィルは思った。

お茶会の当日。テオフィルは王城でおめかしさせてもらって、お茶会に向かった。

今日着ている服は、もらっていいのだそうだ。ブルレックというおじさんからの、お詫《わ》びだそうだ。ブルレックおじさんは悪いことをしていないのに、なんでだろうとテオフィルは首をかしげた。

お茶会は王城の中庭でやるのだそうだ。緑の芝生《しばふ》が綺麗に敷かれた庭を、グウェナエルとアンリに付き添われて歩いた。

「おーい！」

生け垣を曲がって会場が見えたとたん、椅子に座っていた子供がテオフィルに大きく手を振ってきた。

あれがきっとジェロームという子なのだと、テオフィルは思った。

「わあ！」

テオフィルは嬉しくなって、大きく手を振り返した。ついでに尻尾までぶんぶん揺れてしまった。近づいてみると、手を振ってくれた子は茶色の髪がくりんくりんで、ふわふわだった。ほっぺがぷくぷくしていて、とても可愛い。胸元の赤いリボンがよく似合っている。

そばにはブルレックおじさんも立っていた。

テオフィルがぺこりとお辞儀《じぎ》をすると、ふわふわの子は話し出した。

「こんにちは。ぼくはだいさんおうじの、ジェロームだよ。きみのなまえを、おしえてほしいな」

やはり、この子がジェロームなのだ。

テオフィルは顔を上げ、ハキハキと元気よく自己紹介した。

「テオのなまえは、テオフィルです！　五さいです！　もうすぐ六さいになります！」

夏が終わって秋になったら、誕生日が来る。そうしたら、六歳になるのだと胸を張った。

「ぼくよりとしうえなんだね。よろしくね」

「よろしくおねがいします！」

「よかったら、いすにすわってほしいな」

「うん！」

グウェナエルに椅子を引いてもらい、テオフィルは椅子に腰かけた。

グウェナエルやアンリやブルレックおじさんは椅子に座らないのかときょろきょろしたが、今日はテオフィルとジェロームのお茶会だからいいのだと、アンリがこっそり教えてくれた。

椅子に座ったら、使用人がお茶を淹《い》れて、ケーキを運んできてくれた。甘いケーキを前にすると、尻尾がそわそわしてしまう。

「これね、ぼくのすきなケーキなんだよ。いっしょにたべよう？」

「いいの⁉」

「うん、いいよ」

ジェロームに勧めてもらって、テオフィルはフォークでケーキを大きく切って、口いっぱいに頬《ほお》張《ば》った。甘くて柔らかくて、幸せな気持ちでいっぱいになって、尻尾がふぉんふぉんと音を立てた。

見ればジェロームも、ぷくぷくのほっぺたをさらにぷっくりさせて、満面の笑みを浮かべてケーキを味わっていた。本当に大好きなケーキを食べさせてくれたんだとわかって、テオフィルはとても嬉しくなった。

「おいしいね」

「うん！」

同意を求められて、テオフィルは勢いよく頷《うなず》いた。

それから紅茶を飲んでみようと、カップを手に取って匂いをふんふんと嗅《か》いでみた。テオフィルは紅茶を飲んだことがなかった。いつもミルクかジュースか普通の水だった。

「そのままだと、ちょっとにがいかもしれないよ。ミルクとおさとうをいれると、いいよ」

飲む前に、ジェロームが教えてくれた。なんて親切な子なんだろう。

自分が四歳の時に、こんなに他の人のことを考えられただろうか。ちょっと考え、ジェロームはとっても優しくて賢い子なんだろうなと思った。

「じゃあ、ミルクとおさとうをいれてほしいです」

使用人にミルクと砂糖を入れてもらって、混ぜてもらった。それから飲んでみた紅茶は甘くて、とっても幸せな味がした。

「えへへ、おいしい」

「そうだね」

テオフィルが笑ったら、ジェロームも笑ってくれて、嬉しくなって尻尾が揺れた。

ケーキを食べて、甘い紅茶を飲んで、とっても幸せになった。

「ジェロームでんかは、おうさまになるんでしょう？　おうさまってなにするんですか？」

自分よりも年下の子が、王さまというすごいものになるのが不思議で、テオフィルは尋《たず》ねた。

「えっとね、むずかしいことはブルレックがやってくれるんだよ。ぼくの『せっしょう』なんだよ」

せっしょうがなんなのか、テオフィルにはわからなかった。ジェロームは難しい言葉を知っていてすごいなと思うだけだった。

せっしょうをするらしいブルレックのほうを見てみた。

「ジェローム殿下が大人になるまで、私が一緒に王さまをやるということです」

ブルレックおじさんは、わかりやすい言葉で説明してくれた。ジェロームが一人ぼっちで王さまをやるわけではなくて、安心した。きっと王さまという仕事は大変に違いないから。

「おうさまになったらね、この国のひとみんなにね、このケーキをたべさせてあげたいんだ」

ジェロームはまた一口ケーキを食べながら、語った。

「きぞくもへいみんも、おかねもってるひとも、もってないひとも、みんなだよ。みんながまいにちケーキをたべられる国にしたいんだ」

テオフィルはホイップクリームの載ったケーキを見下ろした。みんながこのケーキを食べられるだなんて、なんて素晴らしい国だろう！

「それは、とっても、いいくにですね！」

尻尾をぶんぶん言わせて、同意した。

自分にケーキを食べさせてくれたみたいに、ジェロームは幸せを分けてくれる人だ。

気がつけば、周りのグウェナエルもアンリも、ブルレックおじさんも笑顔になっていた。

ジェロームはいい王さまになりそうだと、みんな思ったようだった。

番外編　二　いっぱいぎゅっ！

「テオフィル、ギンが来たよ」

アンリの優しい声に、テオフィルはピンと耳を立てた。

「ほんとお!?」

ふさふさ、ふさふさ。勝手に尻尾が揺れる。それくらい、またギンに会えることが嬉しいのだ。

「じゃあ、じゃあ、ギンにおれいいえる？」

「うん、言えるよ」

アンリが片膝《かたひざ》をついて、頭を撫《な》でてくれる。

それだけで尻尾は、ぶんぶんぶんぶんと音を立てた。

テオフィルは夏に知らない人たちに攫《さら》われ、怖い目に遭った。それをグウェナエルとアンリたちが助け出してくれたのだ。その時にテオフィルが囚われている場所をギンが教えてくれたから、アンリたちは助けに来られたのだという。

辺境伯領に帰ったら、ギンにお礼を言うのだとテオフィルは心に決めていた。

しかし帰ってきたら、ギンは旅立った後だった。行商人だから、常に旅をしていないと商売が成り立たないのだと説明された。

ギンに会うのを楽しみにしていたテオフィルはとても悲しくなった。もう二度と、ギンに会えないのではないかと思った。

グウェナエルとアンリは、ギンはまた来ると言って、必死に元気づけてくれた。テオフィルはそれを信じて待ち続けた。

季節は巡り、辺境伯領は雪に包まれた。

もう五歳から六歳になってしまった。

雪だるまを作ったり、毎日雪でいっぱい遊んだけれど、ギンのことを忘れたことはなかった。

そして今日、とうとうギンがやってきたのだ。

アンリは先に、ギンに会いに行った。

二人の「しょうだん」とやらが終わったら、テオフィルも会えるのだと聞いた。

前の時のように、勝手に会いにいってはいけない。今度は、ちゃあんとわかっていた。

せっかく時間があるのだ。ギンに会う前に、しておくべきことがある。

「まっしろのふわふわの、きる！」

テオフィルは、侍女にお願いした。

真っ白でふわふわの雪の妖精のようになれる、新しい服を作ってもらったのだ。それを着てギンに会えば、きっと褒《ほ》めてもらえるに違いない。

「かしこまりました、テオフィルさま！」

侍女たちは何人かで、素早く着せ替えてくれた。

テオフィルはあっという間に、真っ白いふわふわの雪の妖精になったのだった。

「ちょうど商談が終わったそうでございますよ。さあ、参りましょう」

「うん！」

侍女たちに連れられて、応接間へ向かう。

「ギン、ギン、テオがきたよ！」

扉を開けてもらうなり、テオフィルは中に飛び込んだ。

「わあ、テオフィルくんやないか！」

中にいたギンはテオフィルの姿を見ると、くしゃりと笑ってくれた。

一緒にいたアンリも、テオフィルに微笑んでくれた。

「なんや、このふわふわの格好は。えらい可愛《かい》らしいなあ」

思った通り、ギンは褒《ほ》めてくれた。

着替えてよかったと思った。

ギンに頭を撫《な》でてもらおうと、テオフィルは耳を下げて頭を平べったくした。こうすると、グウェナエルやアンリはすぐに頭を撫《な》でてくれるのだ。

だがいつまでたっても、温かい手の感触がやってこない。

「う？」

不思議に思って目を開けると、ギンが困った顔をしていた。

「テオフィル、家族以外の人は、勝手に身体に触れないんだよ」

「そだった」

使用人の人が頭を撫《な》でてくれる時、「頭を撫《な》でてよろしいですか？」と聞くので、テオフィルは元気よく頷《うなず》くのだ。ギンが他人という感覚がなかったので、テオフィルはすっかり忘れていた。

「ねね、ギン！　テオはギンにかーいらしいっていわれてうれしいから、ギンにあたまをなでてほしいの。だいじょぶ？」

小首をかしげてお願いすると、ギンはくすくすと笑い出した。

「もちろん、ええですよ」

ギンが目の前で片膝《かたひざ》を突いたので、テオフィルは慌てて耳をピッと下げる。

すぐに温かい手が、よしよしと頭を撫《な》でてくれた。もふもふの感触を確かめるような、おずおずとした手つきが嬉しかった。

「テオフィルは、貴方に会うのをずっと楽しみにしていたんだ」

アンリがギンに話しかけているのが聞こえる。

「ほんまでっか？　嬉しいなあ」

ギンも再会を喜んでくれている！　そう思うと、自分の尻尾がピコピコと勝手に揺れた。

「うん、『ほんま』だよ！」

テオフィルは目を開けて、はふはふと笑った。

「あのねあのね、テオね、ずっとギンにいいたかったの！」

「なんやろか？」

「テオのこと、たすけてくれてありがとう！」

するとギンの細い目の隙間《すきま》から、テオフィルとおそろいの銀色の瞳が、わずかに覗いた。

「いやそんな、わいはなんもしとらんねん」

ギンは慌てた様子で、首を横に振った。

「でもアンリは、ギンがたすけてくれたっていってたよ？　アンリ、うそついた？」

テオフィルは、アンリをじっと見つめてみた。

「アンリはんが嘘ついたなんて、そんなまさか！」

「じゃあやっぱり、ギンがたすけてくれたんだ！　ギン、ありがと！」

ありがとうの気持ちと嬉しい気持ちを表現したくて、テオフィルはギンをぎゅっとハグした。

ぎゅーっとすると、幸せの気持ちがいっぱいになる。

「あえ？」

ぎゅっとするのをやめると、ギンの顔が真っ赤になっていた。肌の色がこんなに赤くなっている人を、テオフィルは初めて見た。

「ギン、だいじょぶ？　おねつでちゃった？」

ギンの顔をぺたぺたと触ってみるものの、もふもふの手では熱くなっているのかどうか、よくわからない。

「ちゃうねん、これは熱が出たわけちゃうねん。だから大丈夫や」

「おねつじゃないなら、どしておかおがあかいの？」

「それは、ええーと……アンリはん！　助けてくれまへんか！」

アンリは、くすくす笑っている。

「ギンはハグされて恥ずかしいんだって」

「はずかしい？　それって、イヤってこと？」

「イヤやなんて、まさか！　ただ、こういう風に抱きしめてもろたことが少のうて、恥ずかしいだけなんや」

顔を赤くしたままのギンの説明に、こくりと頷《うなず》いた。

「そか、あんまりハグしてもらったことないんだ。じゃあ、テオがいっぱいぎゅってしてあげるからね！」

テオフィルはもういっかい、ギンのことを力いっぱいにぎゅーっとした。

「まさかこれ、会うたびにする気なん……？」

「うん！」

これからも、ギンに会ったら、たくさんぎゅっとしてあげよう。

自分が大きくなっても、何度も何度もぎゅっとしてあげよう。

そうしたら、きっとギンも恥ずかしくなくなるから。

それはとっても、いいアイデアに思えた。

番外編　三　雪の祭りと伴侶《はんりょ》の笑顔

グウェナエルはその日、天から降り注いできたものに心からの感謝を覚えた。

「わあ、雪だ！　グウェン、雪が積もっている、真っ白だ！」

朝起きて一番に窓の外を見たアンリが、満面の笑みを見せたからだ。

白金のような髪が朝日を受けて、どんな高級な糸よりも美しく輝いている。キトンブルーの瞳に純白の雪原が映り、神秘的な淡い色合いがさらに強調されている。グウェナエルの位置から見える彼の横顔は繊細《せんさい》な稜線《りょうせん》を描き、どんなに腕のいい彫刻家であろうと再現できない美だと思えた。

だが、美しいのは顔の造りだけではない。

愛おしい伴侶《はんりょ》はいつも冷静沈着で、その姿がまた美しい。けれども、笑顔を見せてくれた瞬間の輝かしさときたら。いつ見ても、この狼の心臓を強く打つ。

辺境伯領に慣れるにつれて、ゆるんだ表情を見せるようになったとはいえ、満面の笑みは貴重だ。

グウェナエルはそっと心に焼きつけた。

今日も伴侶《はんりょ》が愛おしい。自分がこんな温かくも狂おしく、そして幸せを感じることがあるなどと、一年前は思わなかった。

それがたったの一年で、愛しい伴侶《はんりょ》と愛しい子に恵まれるとは。グウェナエルはしみじみと目を閉じ、幸福を噛み締めた。

「今年も冬が始まったな」

喜ばしい気持ちを抑えながらアンリの隣に立ち、落ち着き払った低い声を出した。アンリの視線が一瞬、自分の尻尾のほうに向いた。どうしたのだろう。

「グウェンも、雪が降って嬉しいのか？」

理由は違うが、アンリは自分の胸が躍っているのを見事に見抜いた。感情が表情に出ないように努めているつもりなのだが、アンリはいつも感情の機微《きび》を見抜く。他人の感情を察するのがうまいのだなと、内心で一目置いている。

「む。まあな」

アンリの笑顔を見られて嬉しいのだとは言えず、曖昧《あいまい》に頷《うなず》いた。

「そうだ、雪が積もれば、祭りがある」

アンリがさらに笑顔になってくれるかもしれないと、祭りのことを話題に出した。

「冬に祭りがあるのか？　珍しいな」

アンリの言葉に、頷《うなず》きを返す。

「雪がないとできない祭りだからな」

「雪がないとできない祭り……？」

アンリには祭りの内容が想像つかないようだ。

「ふふ、せっかくだから、内容は当日までのお楽しみにしようか。祭りの日は、三人で街に行こう」

グウェナエルの提案を聞いたアンリは、ぱっと顔を輝かせた。また笑顔を見られた、と喜びを噛み締める。

「それはいい考えだな！　ぜひ、そうしよう！」

提案してよかった、とグウェナエルもまた目を細めたのだった。


本当の家族になろうとアンリと誓った日から、アンリが辺境伯の伴侶《はんりょ》として城館《ドンジョン》の管理をすると申し出てくれた。グウェナエルは喜んで頼んだのだが、それはつまりアンリが忙しくなるということだ。

なので、自分の執務が休みの日でも、アンリが忙しくて一緒にいられない日ができるようになってしまった。今日はそんな日だった。

だが落ち込んではいられない。自分には、テオフィルがいるのだから。

テオフィルもまた、朝一番に起きて雪を目にしてからうずうずしていて、興奮のあまり小さな遠吠えをしたくらいだそうだ。実際、グウェナエルの耳には届いていた。非常に愛らしい遠吠えだった。

「テオフィル、今日は雪で遊ぶぞ！」

呼びかけると、テオフィルはぱっと太陽のような笑顔を浮かべた。

「わーい！　あそぶ、あそぶ！」

中庭まで駆けていきそうな勢いのテオフィルを宥《なだ》め、城館《ドンジョン》の中では紳士らしく落ち着いて歩くように教える。

そして中庭に出た途端、二人で駆け出した！

「わー！　きゅっきゅっていってる！」

テオフィルは雪が初めてなのか、雪を踏む感触に目を輝かせていた。なんと愛らしい我が子か。

この分では、雪を使った遊びも知らないに違いない。先達として、自分がたっぷり教えてやらねばなるまい。

雪合戦……はいくら手加減しても、戦力差が大きすぎる。テオフィルがもう少し成長してからにしようと、グウェナエルは考える。

「よし、テオフィル！　雪だるまを作るぞ！」

「ゆきだりゅまって、なあに？」

テオフィルが小首をかしげると、首に巻かれた赤いマフラーが揺れた。

「ふふん、まあ見ているといい」

グウェナエルはまず、両手で大きな雪玉を握った。ぎゅっぎゅっと力をこめて、大きめの硬い雪玉を作る。

「これを転がすのだ。やってみなさい」

「きゃわー」

テオフィルが、小さな手を使って、柔らかい雪の上に雪玉を転がしていく。転がるにつれて、雪玉がどんどん大きくなっていく。

「いろんな方向に転がして、丸くしていくんだ」

「わかった！」

テオフィルは張りきって雪玉を転がし、着実に成長させていった。さすが狼獣人の子だけはある。

「おもいよ～」

やがて雪玉は、テオフィルには転がせないくらいの大きさになった。

「ここからはオレの出番だ。テオフィルはこっちを転がしていなさい」

「わーい！」

もう一つ作っておいた雪玉を手渡すと、テオフィルは大はしゃぎで再び雪玉を転がした。

グウェナエルは目を細めてその様子を見守ると、大きなほうの雪玉を転がしはじめる。

グウェナエルの力で、楽々と雪玉は転がってさらに大きくなっていく。むしろ、力をこめすぎて割ってしまわないように意識したくらいだった。

思えば、雪遊びなどするのは随分と久方ぶりだ。久しぶりにやってみると、雪玉を転がす感触は結構面白いものだった。グウェナエルは張りきって雪玉を転がした。

そして……やや張りきりすぎたようだ。中庭には、邪魔になりそうなほどの大きさの雪だるまができあがったのだった。

「おっきい！　これがゆきだりゅま!?」

「うむ……うん……これこそが雪だるまだ」

アンリや使用人らに叱られるのではないだろうか。グウェナエルの背丈《せたけ》でも見上げるほどの大きさになってしまった雪だるまを前にしていると、尻尾が足の間に挟まりそうになった。

もちろん、実際には尻尾に感情が表れることはない！　もう子供ではないのだから！

「つかれちゃた……」

テオフィルは全力で雪だるまを作っていたから、少し疲れてしまったようだ。

「ふふ、休憩しようか。今日のおやつはパンケーキを作ってもらえるぞ」

「パンケーキ!?　やったあ！」

パンケーキと聞いて、テオフィルは満面の笑みを浮かべた。

テオフィルを連れ、グウェナエルは食堂へ移動する。

食卓に着くと、すぐにテオフィルの前にバターと蜂蜜のたっぷりかかったパンケーキが給仕された。

「わああ……！」

銀色の目がキラキラと、夜空のように輝いている。

テオフィルはナイフとフォークを正しく使い、パンケーキを食べはじめた。教えられたテーブルマナーがしっかり身についているなと安心し、グウェナエルも自分の分のパンケーキにナイフを入れる。

「おいしーい！」

もぐもぐとパンケーキを頬張《ほおば》り、テオフィルはご機嫌《きげん》だ。

たくさん食べるのはいいことだ。ここに来てからというもの、テオフィルはぐんと背が伸びた。いつか、グウェナエルに負けるとも劣らない背丈《せたけ》に成長することだろう。

この場にいないアンリのことを考える。

アンリは心配になるくらい小食だ。人間は獣人ほどたくさん物を食べなくても平気だとわかっているが、どうしても心配になる。夜ごとに抱きしめる身体など、あまりにも嫋《たお》やかで……

テオフィルの前にもかかわらず、ついアンリの肌の感触に想いを馳《は》せそうになり、咳払《せきばら》いをした。

「いま、アンリのことかんがえてたでしょ」

テオフィルから、鋭《するど》い指摘《してき》が飛んできた。

「む、どうしてわかったのだ……!?」

「グウェンはね、アンリのことかんがえてるとき、ごきげんになるんだよ」

テオフィルはふふんと胸を張った。

アンリのことを考えている自分は、そんなにわかりやすいのだろうか。それともテオフィルが特別察しがよくて賢い子なのか。

「グウェンは、アンリだいすきだもんね。なかよくなれてよかったね」

「うむ」

テオフィルの言葉に、深く頷《うなず》いた。

あれはたしか初夏の頃だったか、グウェナエルはアンリへの好意を密かにテオフィルに伝えていた。アンリのことが好きなんだと話したら、内緒にすると約束した上に、いろいろと励《はげ》ましてくれた。

もちろん、契約婚のことは伝えていない。それでもテオフィルは理解を示してくれた。

なんていい子なのだろう。感激するが、少し心配にもなる。もしや、大人の顔色を窺《うかが》うのが癖になっているのではないかと。

大人である自分がもっとしっかりして、テオフィルが天真爛漫《てんしんらんまん》な子供時代を謳歌《おうか》できるようにしてやらなければならない。

「そいえばね、アドルフとマチューがこまってたよ」

パンケーキを食べながら、テオフィルがそう言い出した。

我が領地を代表する騎士たちが、一体なにを困ることがあるのだろうか。

「む、なにに困っていたというのだ？」

「あのね、アドルフとマチューはおまつりにでるんだって。でも、もでる？　がきまらないんだって」

「ああ、なるほど」

冬の祭りには身分の区別なく誰もが参加できて、あるものを作って競う。それにあの二人も参加するのだなと理解した。

「ならば、オレをモデルにしてもいいと伝えてこよう。この城から優勝者が出れば、鼻高々だ」

祭りで作るもののモデルに領主を選ぶのは、よくあることだ。なんなら、目の前でポーズをとったっていい。

「アドルフとマチュー、きっとよろこぶよ！」

テオフィルも同意してくれた。

そんな話をしているうちに、二人はおやつのパンケーキを食べ終わった。

テオフィルはこの後、勉強がある。テオフィルに見送られ、グウェナエルは一人でアドルフとマチューのもとへ向かった。

「よろしいんですか!?」

騎士の宿舎で休んでいた二人に声をかけると、彼らは目を輝かせてくれた。

「なら、ぜひともモデルにしたい場面があるんです。その時のことを詳しくお聞かせいただいてもいいですか？」

マチューが早口でお願いしてくる。

そこまで喜ばれると、こそばゆい。けれども嬉しい。

さて、モデルにしたい場面とはなんだろう。やはり戦《いくさ》に参加した時のことだろうか。一回目か、それとも二回目か。

「もちろん、いいとも。それはどんな場面だろうか？」

グウェナエルは内心わくわくしながら、落ち着き払った表情を取り繕って促《うなが》した。

アドルフとマチューは顔を見合わせてから、口を開いた。

「アンリさまとのなれそめです！」

なれそめ。そうか、なれそめか。なれそめとは、なんだったかな。たしか、恋仲の二人が恋に落ちたきっかけのことだったろうか。つまり、自分とアンリの出会いを語ればいいのか。

――アンリとの出会い⁉

「うむ、その……なれそめか。それはその、もしかしたらアンリが恥ずかしがるかもしれない。一度アンリに聞いて、許可を取ってからでも構わないかな？」

グウェナエルは目を泳がせながら、必死に時間稼ぎをした。

「あ、なるほど！　もちろんです！」

アドルフとマチューはなに一つ疑うことなく、頷《うなず》いてくれた。

早急に、アンリと緊急会議を開かねば！

その後、家族三人で和《なご》やかに夕食を取り、寝る前に寝室でアンリと二人きりになった際に、事情を話した。

「なれそめか。たしかに、いずれ誰かに尋《たず》ねられるのは必然だったな」

事情を聞いても、アンリは落ち着き払っていた。なんてクールでカッコいいのだろう、我が伴《はん》侶《りょ》は。

「どうすればいいだろうか。契約婚だったと正直に話したら、厄介なことになりそうだ」

最初は契約婚だったけれど今は二人とも本当の伴侶《はんりょ》だと思っている……なんて、他人にうまく説明できる気がしない。

「なら、私たちで新しいなれそめを作ってしまえばいいのではないか？」

アンリがにこっと口角を上げて提案した。なんて可愛らしい笑顔……ではなくて！

「アンリ、名案だ！　ぜひともそうしよう！」

こうして、二人でエピソードをひねり出すことになった。

「まず、出会いの場はどこがいいだろうか。王都のどこかではあるな」

分家の者に用があって、グウェナエルが王都を訪ねた際に出会ったという事実はすでに知られている。そこから大きく外れずに話を作らなければ。

「王城の図書館。貴族街の広場。教会。橋……。いろいろと出会えそうな場所はあるが」

指折り王都の名所を数えるアンリを見て、ふとグウェナエルは気がついた。

「そういえば、アンリとはまだ辺境伯領の街を一緒に歩いたことがないな」

いわゆるデートをしていない、とグウェナエルは衝撃を受けた。

なんたる機会の損失か。いきなり夫夫《ふうふ》から始まった関係だったので、デートをする機会がなかったのだ。

アンリがふっと笑う。細められたキトンブルーの目には、慈愛《じあい》が満ち溢れていた。こんな笑顔を向けられたら、今すぐ頭を差し出して撫《な》でてもらいたくなってしまう。

「祭りの日に連れていってくれるんだろう？」

「アンリ……！」

衝動に突き動かされ、愛しい人をぎゅっと抱きしめる。そうだ、家族三人でのデートだ。絶対に楽しいものにしようと心に決めた。

「あはは、まだなれそめを決めていないだろう？　まだだめだ」

アンリの言葉は、なれそめさえ考えつけば抱擁《ほうよう》ついでに押し倒してもいいという意味だと気づき、否が応でも気分が高揚《こうよう》した。

「早くなれそめを決めねばな！」

ふんふんと鼻息を鳴らして、アンリから腕を離す。

「ならば……そう、教会での聖日礼拝の際に出会ったことにしようか」

グウェナエルが提案すると、アンリは頷《うなず》いてくれた。

「礼拝の後で声をかけたところ驚くほど話が弾んで、いつまでも教会に残っていたら、怒った神官に追い出されてしまった……なんてどうだ？」

「おお！」

グウェナエルは、目を輝かせた。

アンリの口から出る話は生き生きしていて、まるで本当にそんな出会いをしたかのような気になってくる。

「いいな、それはいい。きっと教会を追い出された後、オレはもっとアンリと話したくて、他の場所に誘っただろうな」

「まるでその時点で、もう惚《ほ》れていたみたいだな？」

アンリは悪戯《いたずら》っぽく目を細めた。思わず艶っぽさを感じる。

「うむ。きっとオレは、アンリと少し話をしただけで、惚《ほ》れていただろう」

真剣に見つめ返して頷《うなず》くと、アンリの頬《ほお》がほのかに赤く染まった。——ああ、なんて可愛らしいんだ！

「そ、そうか。それで、まあ、広場だとか、そういった場所を巡ったということだな」

話の中の、架空のデートに想いを馳《は》せた。好意を仄《ほの》めかす言葉をかけたなら、アンリは今のように頬《ほお》を染めて恥じらったに違いない。

「デートをした後は、そのまま別れた。次に再会したのは、デルヴァンクールの分家でのことだ。咄嗟《とっさ》にテオフィルを庇《かば》ったアンリを見て、オレはプロポーズをした。ただし、契約婚ではなく本気のプロポーズだ」

「その筋書なら、嘘は少なくて済むな」

アンリは、頷《うなず》いて同意してくれた。

どうやら、無事になれそめ話をでっち上げられたようだ。

「アンリ、一応、念のために、デート中にどのような会話を交わしたのか、練習をしてみないか……？」

念のため、というのはただの口実だ。本音を言うと、甘酸っぱい恋人気分を味わってみたいのだ。

「む……そ、そうだな、練習しておいたほうがいいかもしれない」

アンリはグウェナエルの思惑《おもわく》に気がついたのか、さらに顔色を赤くした。

「では……殿下、貴方のように知的で美しく、可愛らしい人にはお会いしたことがない。できれば、もっと深い関係になりたいものです」

アンリの片手を取り、口元に近づける。手の甲に口づけたいという意思を示すように、上目遣いで見つめながら囁《ささや》いた。出会ったばかりなら、きっと殿下と呼んでいただろう。言葉遣いもまた、今より丁寧なものにする。

「なっ⁉　そ、そ、そのような直截《ちょくせつ》な口説き方を、グウェ……あー、貴公はするのか？」

演技ではなく本気で照れているかのように、キトンブルーの瞳が揺れた。

「誰にでもではありません。殿下にだけです」

グウェナエルは微笑んだ。実際、こんな気障《きざ》な言葉を口にするのは、初めてだ。

「口づけをしても？」

再び低い声で囁《ささや》くと、彼はもはや耳まで真っ赤になりながら、こくんと頷《うなず》いた。

赤く染まった肌が愛らしすぎて、つい悪戯心《いたずらごころ》が湧《わ》いた。

彼の手をそっと引き、もう片方の手で身体ごと抱き寄せる。突然距離を詰められて驚いたのか、キトンブルーの目が大きく見開かれた。

柔らかな桃色の唇に口づける。

口づけという言葉を、彼は手の甲にという意味だと思っていただろう。不意打ちだ。

舌を出してぺろりと表面を舐《な》めると、唇がわずかに開いた。もっと深い口づけをしてもいいという合図だと受け取って、彼の口内に舌先を潜り込ませた。

「ん……っ」

彼の甘い吐息が、己の舌をくぐって吐き出された。舌と舌を絡ませ、呼吸まで味わうように深く口づけた。唾液《だえき》が混じり合い、官能的な心地よさを覚える。

続けているうちに、己の熱が昂《たかぶ》ってくる。このままでは、アンリの身体に己の昂《たかぶ》りを押しつけるという失態を犯してしまう。そんな品のないことはできない。

舌を引き抜いて口を離すと、彼に微笑みかけた。

「寝台に運んでも？」

「う、うん……っ」

潤《うる》んだ上目遣いが向けられる。艶っぽい視線に、彼もまたこの先を望んでくれていると感じた。

彼を横抱きにして、寝台へ運ぶ。それから、グウェナエルもまた寝台に上がった。

「アンリ、好きだ……」

低く囁《ささや》き、白い首筋を舐《な》め上げた。

「あ……っ」

彼が小さく喘《あえ》いだ。なんと艶《なま》めかしい声音だろうか。

グウェナエルは彼の寝間着の下に手を潜り込ませ、まくり上げるようにして脱がせた。

白皙《はくせき》の美しい裸体が姿を現す。恥じらうように胸元を片手で覆《おお》う手つきすら、色っぽい。

逸《はや》る気持ちを抑え、グウェナエルは自分の寝間着を脱ぎ捨てた。

屈み込み、白い素肌に直接舌を這《は》わせていく。滑らかな肌を舐めると、呼吸の揺れまで直接感じ取れる。

「グウェン……っ」

鎖骨や胸の飾りに舌を這《は》わせると、彼は息を呑み、それからグウェナエルの名を口にした。彼が呼ぶ自らの名前の響きが、なによりも幸福を感じさせてくれる。

白い素肌を舌で愛撫《あいぶ》しながら、片手でアンリの下肢を撫《な》でた。兆《きざ》したモノに触れると、彼も興奮しているのだとわかって嬉しくなった。

愛しい茎を握り、ゆるりと手を上下させる。

「あぁっ、グウェン……ッ！」

アンリの身体が跳ねる。強い快楽を感じているのだ。

先端を親指の腹でこねくりまわす動きを加えて、陰茎を刺激していった。

「あ、あっ、あぁ……ッ！」

自分の手で喘《あえ》ぐ彼が愛らしく、欲を煽《あお》って仕方がない。先走りで指先が濡《ぬ》れ、くちゅくちゅと水音が響く。

「アンリ、イキそうか？」

尋《たず》ねると、アンリは必死そうに頷《うなず》いた。

感じている可愛い顔をじっくり眺《なが》めながら、茎を扱《しご》く手つきを激しくした。

「あっ、あぁー……ッ！」

ふるりと茎が震えたかと思うと、白濁が手の平に放たれた。

愛しい白濁を、残らず舐《な》め取って呑み下す。アンリのものなら、汚いなんてことはない。

「アンリ。後ろを向いてくれるな？」

アンリは真っ赤な顔で頷《うなず》くと、背中を向けてうつ伏せになった。

白い背中の筋を舐《な》め上げると、アンリの身体が震えた。舐《な》めただけで感じたのだろうか。

背中から尻へ舌を這《は》わせ、尻たぶを両側から指で引っ張り、その奥に舌を伸ばす。入り口に舌を這《は》わせると、きゅっと窄《すぼ》まった。そこを舌先で弄《いじ》り、ゆっくり解《ほぐ》していく。

「あ……っ、ぁ、あっ、あ……っ」

どれほど解《ほぐ》していただろうか。アンリが潜めた声で喘《あえ》ぐので、どうしようもなく下肢が昂《たかぶ》る。これ以上は、我慢ができなかった。

舌を引き抜くと、自身の昂《たかぶ》りを入り口へ充《あ》てがった。

「このまま後ろからで、いいか？」

こくりと頷《うなず》くように頭が動くのが見えた。

息を吐き、グウェナエルは肉の牙をアンリの身体に沈める。うつ伏せたアンリに覆《おお》いかぶさるように、二人の身体が重なった。

「……ッ」

熱い肉の壁に締めつけられる。

こぶが膨《ふく》らみ、がっちり固定される。これで幾度か射精をせねば、引き抜けない。

「全部、挿入《はい》ったぞ」

後ろからアンリの耳元に囁《ささや》いた。

「うごいて……」

か細い声が、届いた。続きを望む言葉を受け止めると、自身が熱く脈打つ。

「わかった」

剛直をゆっくり引き抜き、また奥を穿《うが》った。

「あぁ……ッ！」

甘い声が耳朶《じだ》を打つ。

嬌声《きょうせい》に急《せ》かされるように、抽送を始めた。

「あぁッ、あ、ンっ、グウェ、んっ！」

甘い声がだんだんと大きくなっていく。一打ちごとに、アンリが感じてくれている。雄としての喜びが、全身を駆け巡る。

アンリの身体は、初めてした時よりも敏感だ。回数を重ねるごとに感じやすくなっている気がする。身体が快感を覚えつつあるのだと思うと、愛しさは留まるところを知らなかった。

「アンリ、好きだ、愛している……ッ！」

猛りのままに、肉を打つ。乾いた音が響くほど激しく腰を打ちつけた。後ろから覆《おお》いかぶさるように抱いているとアンリの身体の細さを感じて背徳感すら覚える。

昂《たかぶ》りを幾度も打ちつけて、彼の身体を貪《むさぼ》った。

「あぁ、あッ、あ、イク、グウェ、あ……ッ！」

彼の絶頂が近い。

「一緒にイこう……！」

最奥へ、したたかに剛直を叩きつけた。

「────ッ！」

噛み千切られるのではないかと思うほどに、彼の内側が強く己を締めつける。それほど愛の証が欲しいのだと思うと、愛おしくなる。応えるように白濁を放った。

熱い息を吐きながら、白濁を放ちきるまでじっとアンリを見下ろす。

それから、震える身体に再び腰を打ちつけた。

「アンリ、アンリ、アンリ……ッ！」

負担をかけてすまないと毎回思うが、一度で昂《たかぶ》りが収まらないのが我が種族なのだ。どうしようもない。

「あっ、あッ、あッ、あぁ、あ……ッ！」

名前を呼ぶ余裕すらないらしく、アンリの口からひたすら喘《あえ》ぎ声が迸《ほとばし》る。

中に出した精を掻《か》き混ぜるように、奥を穿《うが》つ。激しい抽送のたびに、水音が室内に響いた。

「あッ、あッ、あ、あッ、あ、ぁ、あぁ……ッ！」

「アンリ、好きだ、オレの愛を受け取ってくれ……ッ！」

「あぁッ、────……ッ！」

達したばかりの身体は敏感なのか、アンリの身体はすぐに二度目の絶頂を迎えた。ぎゅっと肉襞に握り込まれ、自身もまた愛の限りに精を放った。

「はぁ、あぁ……っ」

アンリが肩で息をしている。

けれども、まだ猛りは収まらない。

「アンリ、好きだ」

昂《たかぶ》りが収まるまで、愛の交わりは続いた……


「ん……ぅ」

アンリが愛らしい吐息を吐いて、目を覚ました。

交わりを終えた後、アンリは気絶するように眠りに就《つ》いた。彼を起こさぬよう静かに身体を清潔にしてやり、寝間着を着せた。

けれども白金の髪を撫《な》でてやったところで、目が覚めてしまったようだ。

「すまない、起こしたか」

「グウェン……きもちよかった」

アンリはほんのり掠《かす》れた声で、幸せそうに微笑みながら情事の感想を口にした。グウェナエルもまた幸せな気持ちでいっぱいになり、自分の額《ひたい》を彼の額《ひたい》に軽く擦りつけた。

「ふふっ」

アンリはくすぐったそうに笑うと、手を伸ばしてそっと頭を撫《な》でてくれた。手の平の感触が心地よい。

「幸せだ」

幸福を噛み締め、呟いた。

翌日の午後、グウェナエルとアンリはアドルフとマチューのもとへ行き、なれそめについて詳しく話した。

アドルフとマチューは目を輝かせて話を聞き、細かく質問してきた。念入りに打ち合わせをしてよかったと思いながら、二人の質問に答えたのだった。

それから月日は経ち……その間にテオフィルとギンの再会といった出来事があり……祭りの日がやってきた。

「おまつり！　おまつり！」

家族で街に出られると聞いてから、テオフィルはずっと祭りの日を楽しみにしていた。とっておきの白いフリルだらけの服を着て、朝からにこにこしている。

「アンリ、準備はできたか？」

「ああ、大丈夫だ」

身支度をして現れたアンリの姿に、グウェナエルは思わず見惚《みと》れた。

アンリは純白のケープ付きコートに身を包んでいた。真っ白な装いが白金のような髪色と調和し、神秘的なまでに美しい。アンリは天から降りてきた天使かもしれない！

「そんなに似合っていたか？」

アンリが照れ笑いを浮かべた。どうやら見惚《みと》れていたことが丸わかりだったようだ。

「む、その、とても、似合っている。うむ」

どうにも照れが勝り、挙動不審になってしまう。それでもアンリは嬉しそうにはにかんでくれた。

「はやく、おまつりいこ！」

テオフィルが間に割って入り、グウェナエルとアンリそれぞれに片手を伸ばした。

「ふふふ」

アンリはグウェナエルと顔を見合わせ、くすりと笑ってから、テオフィルの手を握った。テオフィルを真ん中にして、家族三人手を繋いで歩き出したのだった。

馬車に乗り込み、街の中心まで向かう。祭りが行われている場所だ。もっとも、祭りの会場に馬車を止められるところはないので、少し離れたところで降りる。

「わああ……！」

街の光景を目の当たりにして、テオフィルが顔を輝かせた。

常よりも多くの露店《ろてん》が立ち並び、賑《にぎ》わっている。雪に包まれた中でも、領民は誰もが笑顔で活気に溢れている。治世がうまくいっている証だと、満足感を覚えた。

「おいしいにおいが、たくさんするよ！」

テオフィルは上を向き、ふんふんと鼻を鳴らした。

「まずは腹ごしらえと行こうか。普段領民たちが、どのようなものを食べているのか知るのも領主としての仕事の一つだ」

「なるほど、平民たちの食事か」

キトンブルーの瞳がきらりと光る。どうやら、アンリも平民の食事に興味があるようだ。

「あっち！　おにくのにおい！」

「こらテオフィル、一人で行ってはだめだろう」

走り出そうとしたテオフィルを、グウェナエルはすかさず抱き上げた。

「美味《おい》しいものはみんなで食べたい。だから、オレとアンリを置いていかないでくれ」

自分の目線までテオフィルを持ち上げ、静かに言い聞かせた。

「あう、ごめんなさい……」

「ちゃんと反省したなら、大丈夫だ。さあ、美味《おい》しそうなお肉のところに行こう」

「うん！」

テオフィルが気になっている方向に行くと、燻製《くんせい》肉を売る露店《ろてん》があった。

「さあさあ、チーズの燻製《くんせい》肉巻きはいらんかね！」

露店《ろてん》では、薄く切った燻製《くんせい》肉で包んだチーズの塊《かたまり》を串に刺して売っていた。思わず唾《つば》を呑む。

なんて美味《おい》しそうなんだ。

グウェナエルは、テオフィル、アンリと順に顔を見合わせた。絶対にこの串を買おう、と頷《うなず》き合う。

背の高い自分が露店《ろてん》に並び、店主を大いに驚かせ、三人分の串を手にした。

「これがテオフィルの分、これがアンリの分だ」

「やったー！」

「ありがとう」

二人に串を渡し、グウェナエルも自分の分に齧《かじ》りつく。一口で串に刺さった肉巻きを全て食べた。燻製《くんせい》肉とチーズの味が口の中に広がる。濃厚な旨味に満足して、グウェナエルは目を細めた。

「チーズがのびちゃう～」

テオフィルは噛みついたチーズが長く伸びて困っていたし、アンリは串料理が初めてなのか、どこから食らいつけばいいのかと何度も角度を変えて困惑していた。——家族たちが、あんまりにも愛らしすぎる！

「美味《おい》しいな！」

なんとかチーズの燻製《くんせい》肉巻きを食べ終えると、二人とも顔を輝かせていた。

そんな調子でいくつか露店《ろてん》の料理を食べ——肉巻きの次は、甘い揚げ菓子を食べた——祭りの食べ物を堪能《たんのう》すると、いよいよ祭りの会場である公園に足を踏み入れた。

公園はとても広く、雪のない時期はなにもない空き地も同然だ。今はなにがあるかというと……

「きょ、巨大な雪像が……！」

アンリが驚きの声を上げた。

そう、祭りの時期、公園内には巨大な雪の像がいくつも立ち並ぶのだ。グウェナエルよりも巨大な雪像があちこちに見える。

「なるほど、これが冬でないとできない祭りの正体か……」

アンリを驚かせることができて、グウェナエルは大変満足した。テオフィルは首が痛くなりそうな角度で、雪像を見上げている。

雪像はどれも凝《こ》っている。詩に詠《うた》われる勇者と怪物や、想像上の精霊の姿、戦《いくさ》の場面を模《も》したものなど、神々しいものもあれば勇ましいものもあり……という具合だった。

まるで目に見える英雄譚の展示会だ。

「その通りだ。これらの雪像の出来栄えを競い、最も人気を集めたものが優勝となる」

「こんな祭りが存在するとは……！」

アンリは目を見開いて感激した。

「わああ、すごい！」

テオフィルがさまざまな雪像を見たがるので、手を引かれるままに見てまわった。

そうしていると、奥のほうに人だかりができているのに気がついた。

「一体、なんの雪像だろうな。見てみよう」

人だかりに近づくと、人の群れは自然と割れた。むしろ人々の視線がこちらに集まっているように感じる。どうしたのだろうと思いながら、雪像を見上げた。

グウェナエルは、口をぽかんと大きく開けることになった。

雪像は、グウェナエルとアンリを模《も》したものだった。

見つめ合う二人を頭上から精霊神が祝福する、それは見事な雪像だった。

誰が作った雪像か、すぐにわかった。栄えある我が領地の騎士二人、アドルフとマチューだ。

どうやらグウェナエルとアンリが教会で出会った瞬間を表現したもののようだ。周囲の注目がこちらに集まる理由がわかった。

「わあ、グウェンとアンリだあ！」

テオフィルが無邪気に喜んでいる。

「あの二人が、こんなにも器用だとはなぁ」

雪像の出来に感心し、なにげなくアンリに視線を移した。

アンリの顔が、真っ赤になっていた。

架空のなれそめが、こんなに大きな雪像になっていたからだろうか。それとも、人々の視線を集めているからだろうか。――どちらにせよ、とてつもなく可愛い！

グウェナエルは心の中で、アドルフとマチューに深く感謝した。

「離れるか？」

グウェナエルは片腕を上げ、アンリの姿をマントで覆《おお》って視線から守った。

「いや、もう少し……見ていたい」

顔を赤くしながらも、アンリはキトンブルーの瞳に焼きつけるかのように、じっと雪像を見つめていた。

アンリと、そしてテオフィルが心ゆくまで、雪像を眺《なが》めたのだった。

「まるで二人の愛を大声で喧伝《けんでん》しているようで、恥ずかしかったな」

帰りの馬車の中で、アンリはぽつりと呟いた。

そんな風に捉えていたとは。

「大いに喧伝《けんでん》すればいい。オレたちが愛し合っているのは、事実なのだから」

我ながら熱烈なセリフだ、と自覚して手の平が熱くなってくる。

「テオも、テオもなかよしだよ！」

飛び込んできたテオフィルの言葉に、グウェナエルとアンリは顔を見合わせて微笑んだ。

「そうだな、テオフィルも合わせて三人仲良しだ」

隣に座るテオフィルを引き寄せ、頭を大きく撫《な》でてやる。テオフィルは、嬉しそうに目を瞑《つむ》って、頭を押しつけてきた。まったく可愛らしい子だ。

「来年は、どんな雪像が立つかな」

グウェナエルとテオフィルのやり取りを見つめて、微笑ましそうに目を細めるアンリが呟いた。

「次もまた来よう」

グウェナエルは笑顔で頷《うなず》いた。

来年も、再来年もまた来られる。なにせ、ずっと家族なのだから。

街から城までほんの短い道のりだが、テオフィルは早くもうとうとしはじめ、彼を膝《ひざ》に乗せたアンリもつられて眠たげな顔になっていた。

二人を眺《なが》めていると、胸のうちに大きな幸福感が込み上げる。

祭りに足を運ぶだけでこんなに幸せになれるのは、愛しい家族のおかげだ。

「……オレと家族になってくれて、ありがとう」

グウェナエルは小さな声で呟いたのだった。

ハッピーエンドのその先へ ー
ファンタジックなボーイズラブ小説レーベル

アンダルシュノベルズ
&arche NOVELS

前世の記憶が戻ったら
なぜか溺愛されて!?

嫌われてたはずなのに本読んでたらなんか美形伴侶に溺愛されてます
～執着の騎士団長と言語オタクの俺～

野良猫のらん／著

れの子／イラスト

誰もが憧れる男・エルムートと結婚し、人生の絶頂にいたフランソワ。そんな彼に、エルムートは一冊の本を渡し、言った。「オレに好かれたいのなら、少しは学を積むといい」と。渡されたのは、今では解読できる人間がほとんどいない「古代語」で書かれた本。伴侶の嫌がらせに絶望した次の瞬間、フランソワに前世の記憶がよみがえる。なんと彼は前世、あらゆる言語を嬉々として学ぶ言語オタクだったのだ。途端、目の前の本が貴重なお宝に大変身。しかも古代語の解読に熱中しているうちに、エルムートの態度が変わってきて——

詳しくは公式サイトにてご確認ください。
https://andarche.alphapolis.co.jp

異世界BLサイト"アンダルシュ"
新刊、既刊情報、投稿漫画、X（旧Twitter）など、BL情報が満載!

ハッピーエンドのその先へ ー
ファンタジックなボーイズラブ小説レーベル

アンダルシュノベルズ
&arche NOVELS

私がどれだけ君を好きなのか、
その身をもって知ってくれ

そのシンデレラストーリー、謹んでご辞退申し上げます

Q矢 ／著

今井蓉／イラスト

とある舞踏会で、公爵令息サイラスは婚約者である伯爵令嬢に婚約破棄を告げた。彼の親友、アルテシオはそれを会場で見守っていたのだが、次の瞬間サイラスにプロポーズされ、しかも戸惑った末にサイラスの手をとってしまった!!　とはいえアルテシオは彼に恥をかかせたくなかっただけ。貧乏子爵家の平凡な自分が何事にも秀でたサイラスの隣にいるなんて、あまりに不相応。そう伝えアルテシオは婚約を撤回しようとしたが、サイラスは話を聞くどころか、実力行使で愛を教え込んできて、さらには外堀を埋めにきて——!?

詳しくは公式サイトにてご確認ください。
https://andarche.alphapolis.co.jp

異世界BLサイト“アンダルシュ”
新刊、既刊情報、投稿漫画、X(旧Twitter)など、BL情報が満載!

ハッピーエンドのその先へ ー
ファンタジックなボーイズラブ小説レーベル

アンダルシュノベルズ
&arche NOVELS

モブでいたいのに
イケメンたちに囲まれて!?

巻き込まれ
異世界転移者(俺)は、
村人Aなので
探さないで下さい。

はちのす/著

MIKΣ/イラスト

勇者の召喚に巻き込まれ、異世界に転移してしまった大学生のユウ。憧れのスローライフを送れると思ったのに、転移者だとバレたら魔王の討伐に連行されるかもしれない!?　正体を隠してゲームでいうところの“はじまりのむら”でモブの村人Aを装うことにしたけど、村長、騎士団長、先代勇者になぜか好意を向けられて……。召喚された同じ日本の男の子もほうっておけないし、全然スローライフを送れないんだけど!?　モブになれない巻き込まれ転移者の愛されライフ、開幕!

詳しくは公式サイトにてご確認ください。
https://andarche.alphapolis.co.jp

異世界BLサイト“アンダルシュ”
新刊、既刊情報、投稿漫画、X(旧Twitter)など、BL情報が満載!

ハッピーエンドのその先へ ー
ファンタジックなボーイズラブ小説レーベル

アンダルシュノベルズ
&arche NOVELS

頑張り屋お兄ちゃんの
愛されハッピー異世界ライフ!

魔王様は手がかかる

柿家猫緒／著
雪子／イラスト

前世で両親を早くに亡くし、今世でもロクデナシな両親に売り飛ばされたピッケを救ったのは、世界一の魔法使い・ソーンだった。「きみは、魔法の才能がある……から、私が育てる。」二人は師弟として、共に暮らす家へと向かうが、そこは前世で読んだ小説の魔王城だった!? ということは、師匠って勇者に討伐されちゃう魔王……？ 賑やかで個性豊かな弟弟子たちに囲まれ、大家族の一員として、温かい日々を過ごすピッケは大好きな師匠と、かけがえのない家族を守るため、運命に立ち向かう!

詳しくは公式サイトにてご確認ください。
https://andarche.alphapolis.co.jp

異世界BLサイト“アンダルシュ”
新刊、既刊情報、投稿漫画、X（旧Twitter）など、BL情報が満載!

この作品に対する皆様のご意見・ご感想をお待ちしております。

おハガキ・お手紙は以下の宛先にお送りください。

【宛先】

〒150-6019 東京都渋谷区恵比寿 4-20-3 恵比寿ｶﾞｰﾃﾞﾝﾌﾟﾚｲｽﾀﾜｰ 19F
（株）アルファポリス　書籍感想係

メールフォームでのご意見・ご感想は右のＱＲコードから、
あるいは以下のワードで検索をかけてください。

アルファポリス　書籍の感想　検索

ご感想はこちらから

本書は、「アルファポリス」（https://www.alphapolis.co.jp/）に掲載されていたものを、改稿、加筆のうえ、書籍化したものです。

疎《うと》まれ第二王子《だいにおうじ》、辺境伯《へんきょうはく》と契約婚《けいやくこん》したら
可愛《かわい》い継子《ままこ》ができました

野良猫のらん（のらねこ のらん）

2025年 4月 20日初版発行

編集－渡邉和音・森 順子
編集長－倉持真理
発行者－梶本雄介
発行所－株式会社アルファポリス
〒150-6019 東京都渋谷区恵比寿4-20-3 恵比寿ｶﾞｰﾃﾞﾝﾌﾟﾚｲｽﾀﾜｰ19F
TEL 03-6277-1601（営業） 03-6277-1602（編集）
URL https://www.alphapolis.co.jp/
発売元－株式会社星雲社（共同出版社・流通責任出版社）
〒112-0005 東京都文京区水道1-3-30
TEL 03-3868-3275
装丁・本文イラスト－兼守美行
装丁デザイン－AFTERGLOW
（レーベルフォーマットデザイン－円と球）
印刷－中央精版印刷株式会社

価格はカバーに表示されてあります。
落丁乱丁の場合はアルファポリスまでご連絡ください。
送料は小社負担でお取り替えします。
©Noran Noraneko 2025.Printed in Japan
ISBN978-4-434-35627-8 C0093